HERVÉ BAZIN
de l'Académie Goncourt

Le Démon de minuit

ROMAN

GRASSET

Dans le Livre de Poche

Ce récit est une fiction. Toute ressemblance avec des personnes existant ou ayant existé ne saurait être que l'effet d'une coïncidence.

LE DÉMON DE MINUIT

Hervé Bazin est né le 17 avril 1911 d'une famille de vieille bougeoisie angevine qui a compté parmi ses membres des hommes politiques et un certain nombre d'écrivains (dont René Bazin). Après des études mouvementées, Hervé Bazin entreprend une licence de droit à l'Université catholique d'Angers. Puis, à la suite de violents démêlés avec sa famille, il se sépare d'elle et vient faire une licence de lettres en Sorbonne : à condition de travailler en même temps pour vivre, ce qui le contraint à exercer les métiers les plus divers.
Ce n'est qu'après la guerre que devait s'apaiser cette jeunesse orageuse. Après avoir fondé avec une douzaine d'amis (dont quelques-uns aujourd'hui sont célèbres) le groupe et la revue « La Coquille », Hervé Bazin débuta réellement dans les lettres par un recueil de poèmes, *Jour*, prix Apollinaire 1947, suivi de *A la poursuite d'Iris*, 1948.
Mais c'est seulement en 1948 qu'il parvient à la notoriété avec son premier roman *Vipère au poing*, paru chez Grasset. Prix des Lecteurs, l'ouvrage fut la grande révélation de l'année et manqua de peu le prix Goncourt.
Dès 1949, le second roman d'Hervé Bazin, *La Tête contre les murs*, confirmait ses dons, et le troisième, *La Mort du Petit Cheval* (suite de *Vipère au poing*), connut en 1950 le même succès. Hervé Bazin donnait ensuite : *Le Bureau des Mariages* (1951), *Lève-toi et marche* (1952), *Humeurs* (1953), *L'Huile sur le feu* (1954). Puis au lendemain du référendum des *Nouvelles littéraires* qui le désigna comme « le meilleur romancier des dix dernières années » : *Qui j'ose aimer* (1956), *La Fin des asiles* (1959), *Au nom du fils* (1960), *Chapeau bas* (1963), *Plumons l'oiseau* (1966), *Le Matrimoine* (1967), *Les Bienheureux de la Désolation* (1970), *Cri de la Chouette* (1972), *Madame Ex* (1975), *Traits* (1976), *Ce que je crois* (1977), *Un feu dévore un autre feu* (1978), *L'Eglise verte* (1981), *Abécédaire* (1984).
Grand Prix de Monaco, Grand Prix de l'Humour noir, Grand Prix international de Poésie, Hervé Bazin a été élu membre de l'Académie Goncourt en 1958. Il en est le président depuis 1972.
Traduite en trente-deux langues et considérée comme classique, l'œuvre d'Hervé Bazin est utilisée pour l'enseignement du français tant à l'étranger qu'en France.
Le cinéma et la télévision s'en sont emparés :
La Tête contre les murs, interprété par Pierre Brasseur, Jean-

(Suite au verso.)

Pierre Mocky, Paul Meurisse, Charles Aznavour, Anouk Aimée, est un des meilleurs films de Franju. *Le Bureau des Mariages* a été tourné pour Pathé par Yannick Bellon. *L'Huile sur le feu* a fait l'objet d'une adaptation pour la télévision, comme *Vipère au poing,* Prix Albert Ollivier, par Pierre Cardinal, avec Alice Sapritch dans le rôle de Folcoche. *La Hotte* nous a été offerte, pour Noël 1972, par la troisième chaîne (c'est une nouvelle de *Chapeau bas*), comme *Acte de probité* (nouvelle du *Bureau des Mariages*). En 1976, nous avons vu *Qui j'ose aimer* sur TF1 (réalisation de J.-M. Coldefy). Puis, en 1978, *Madame Ex* (réalisation Michel Wynn). En 1985 ont été tournés *Souvenirs d'un Amnésique* et *Cri de la Chouette.*
Longtemps critique littéraire (notamment à *L'Information*), Hervé Bazin collabore à de nombreux journaux et revues. Il leur a donné de grands reportages et des articles où l'on retrouve le style nerveux et les préoccupations majeures du romancier.
Il est membre du conseil d'administration du Centre National des Lettres et fut longtemps président de la commission d'Aide à la Création. En 1985, le sondage de l'IFOP le classait en tête des « écrivains préférés » des Français.
Le *démon de midi,* depuis toujours, promet le septième ciel et réussit à retarder les pendules. Nul ne s'étonne qu'un (ou qu'une) quadragénaire bouleverse sa vie pour d'autres amours. Mais qu'un septuagénaire entreprenne la reconquête du bonheur – et qui plus est : avec une jeune femme –, malgré de nombreux exemples, cela choque encore. Pourtant, à une époque où les trois quarts d'entre nous sont sûrs de disposer, en bon état, de trois quarts de siècle, le *Démon de minuit* est un fait de société. Au prix de tous les risques, y compris celui de la crise cardiaque, y compris celui de la paternité tardive, ce défi à la mort devient un hymne à l'existence.
Hervé Bazin sait ce dont il parle. Avec la violence du trait, avec la précision cruelle – et parfois crue – qui masquent chez lui la tendresse comme la souffrance et ont fait le succès de tous ses romans depuis *Vipère au poing,* il nous offre le portrait d'un homme qui refuse les tabous ainsi que les usures et les humiliations de l'âge. La vieillesse commence par le mot *vie* et le contient jusqu'au bout. Ce qu'on peut en déplorer ne justifie aucune résignation. Gérard, le héros du *Démon de minuit,* entend vivre et mourir debout. Et heureux si possible.

Quand je sus que je mourrais bientôt, je repris courage.

Marguerite AUDOUX.

Je me sens pareil à ce que je fus toujours au point de croire que la vieillesse n'existe pas.

François MAURIAC.

L'amour, c'est trop facile pour Chérubin, ce n'est vraiment poignant que chez Faust.

Jean COCTEAU.

Les Romains admiraient Masinissa, roi des Numides, qui à quatre-vingts ans faisait encore des enfants à ses femmes.

TITE-LIVE.

GÉNÉALOGIE DE LA FAMILLE LAGUENIÈRE

GÉRARD (1853-1911)
instituteur
épouse en 1880
Adèle Lantron (1853-1928)

ANDRÉ (1884-1923)
professeur d'anglais
épouse en 1910
Rose Cé (1887-1911)
épouse en 1913
Lise Cé (1890-1923)

IRMA (MAMIRNA) (1888)
institutrice
épouse en 1912
G. Save (1886-1914)

par L.C.
GÉRARD (1914)
historien
épouse en 1943
Alice Vinot (1920-1970)
épouse en 1965
Solange Breint (1935)
épouse en 1984
Yveline Darne (1950)

par L.C.
FRANCINE (1919)
avocat
épouse en 1943
J. Tal (1915-1944)

par L.C.
SÉVERIN (1923-1983)
professeur d'anglais
épouse en 1948
Maud Wolf (1926-1960)

par A.V.
MARIE (1944)
épouse en 1963
Paul Gregh (1956)
informaticien

ROSE (1964)
épouse en 1983
Bruno Raon (1956)
ingénieur EDF

IRÈNE (1984)

par A.V.
ANDRÉ (1946)
inspecteur PTT
épouse en 1983
Thérèse Chuin (1950)
greffier

GÉRARD (1984)

par S.B.
EDITH (1966)

par Y.D.
NOËL (1985)

1982

1

Gérard ne devait l'apprendre qu'une semaine plus tard : neuf heures sonnaient à la pendule de cuivre — une Seiko à quartz — postée au centre de la cheminée quand Edith, sa fille, étonnée de ne pas le voir descendre, lui si ponctuel, pour le petit déjeuner, se permit après avoir frappé trois fois d'ouvrir la porte de la chambre bleue, naguère conjugale. Son père gisait sur la descente de lit, les yeux mi-clos, le front barré d'un filet de sang ; il marmonnait des choses indistinctes ; il n'était pas vraiment sans connaissance, mais plutôt plongé dans ce que les morticoles appellent un coma lucide : cet état nébuleux où par moments le sujet coule bas, tandis qu'à d'autres il refait surface, vaguement conscient de ce qui lui arrive, mais détaché, témoin plus que patient.

Témoin contestable, bien sûr. Comment se souvenir exactement d'une aventure dont le début n'est pas plus net que la fin ni le déroulement que la durée, tantôt étirée, tantôt contractée, comme si elle pouvait embrayer diverses vitesses du temps ? D'absence en absence, nulle continuité. Nulle certitude pour Gérard, sauf une : à minuit il était couché dans son lit, parallèle au lit vide de sa femme et recouvert d'une fourrure faite de quatre peaux de chèvre du Cap, héritage de sa grand-mère, sous quoi sa vieillesse s'était longuement recroquevillée. Il était couché, il s'était assoupi et, curieusement truffé de références à la réalité, le reste n'était que rêve. Evadé par la fenêtre, son double se promenait à travers le jardin : un jardin connu mètre par mètre et pourtant différent, impossible, des plates-bandes folles offrant un mélange de tulipes des Rameaux, de pivoines de la Pentecôte et de roses de Noël, toutes au surplus d'un jaune éclatant.

— Enfin, voyons, ce n'est pas sérieux! murmurait-il.

Il allait vers une anse de la rivière, lieu d'élection pour son petit bateau vert. Traversant le potager, il allait, l'extendaphone émetteur-récepteur accroché à la ceinture comme d'habitude lors des tailles ou des tontes afin de ne pas être, en cas d'appel, obligé de rentrer à la maison. Il allait, gêné par l'épaisseur de l'air, en se demandant si c'était bien Ramina, la chatte borgne de la maison, dont s'allumait par éclipses l'œil phosphorescent. Et voilà que soudain, parvenu au bord du Loing qui sentait l'herbe rouie, il a saisi l'appareil pour enfoncer les touches de la Loire-Atlantique, puis le reste d'un numéro jadis attribué à son père. Dans l'irréel la sonnerie, interminable, lui a rappelé qu'il fallait alors traverser au trot trente mètres de couloir avant de décrocher. Cependant ce fut lui qui jeta, essoufflé :

— Allô, monsieur Laguenière ?

Au bout du fil, déjà, on s'indignait, on bafouillait des *Quoi ? Quoi ?* avant de lâcher cet aigre commentaire :

— Bourde administrative ou blague de mauvais goût, monsieur, je ne vous félicite pas. Voilà des années que j'ai acheté la maison aux héritiers du défunt. Moi, je me nomme Dupin.

Et clac! on raccrocha. Mais aussitôt, malgré Dupin, à la vitesse du courant sur la ligne, ce fut bien l'ancien propriétaire qui, évadé de sa tombe, franchit trois cents kilomètres pour se planter devant son fils: tel qu'il était en belle quarantaine, géniteur souverain d'enfants fiers de ses moustaches. On ne s'embrassa pas. On s'accola, comme autrefois, d'une pommette à l'autre. Puis reculant d'un pas, le père hocha la tête:

— Attention, Gérard! Economise-toi. Tu as fait une assez estimable carrière, qu'on n'attendait pas de toi. Tu gardes bonne allure, mais l'intérieur ne vaut pas l'extérieur. Surtout de ce côté-là...

Il pointa l'index avant de continuer:

— Tu ne vas pas mieux que ton ménage et tu risques d'avoir de sérieux ennuis avec ta tuyauterie. Au fait que me veux-tu?

— Vous dire que si rien ne va plus...

— Oui, je sais. Citons Marot : *C'est que tout seul, ta femme, tu n'as pas*. Ce qu'Alice a subi de ta part, Solange te l'a rendu. Pourtant c'est une proprette, une vraie femme d'intérieur, qui coud, lave, compte, cuisine et range à merveille. Hélas! A chacun ses désordres.

Déjà dans une sorte de fondu enchaîné le père s'effaçait, laissant le fils crier:

— Attendez! Etes-vous heureux, vous? Et Maman? Est-ce avec elle ou avec votre première femme ou avec les deux puisqu'elles étaient sœurs, que vous vivez là-haut?

*

L'absurdité d'un rêve finit toujours par réveiller le dormeur. Gérard souleva des paupières lourdes.

Plus rien. La chambre sentait l'encaustique et un reste, tenace, du parfum de Madame. Le père était redevenu ce qu'il était depuis longtemps : un disparu. Mais son doigt s'était enfoncé au bon endroit : là où renaissait la douleur familière, indécise, plutôt proche du foie, annonçant une de ces crises qui, trois fois sur quatre, passaient du sourd à l'aigu, du supportable à l'atroce. De la fine aiguille travaillant de la pointe elle en était déjà au foret. Il faudrait encore un coup appeler le Dr Lhomond qui, la seringue en main, chassant la bulle avant de piquer, chanterait le même refrain :

— Vraiment je n'y comprends rien, monsieur Laguenière. Vous n'avez plus de vésicule et les radios montrent que rien n'obstrue le cholédoque. Vous me faites des spasmes...

Il n'en démordrait pas, l'explication de la douleur d'après lui ne pouvant être qu'hépatique. On est négligent ; on se fie au diagnostic d'un petit généraliste pressé ; on ne trouve pas le temps d'aller consulter un ponte qui vous donnerait d'ailleurs rendez-vous dans un mois ; on attend, on est même faraud de sa résistance ; on compare le dernier accès aux précédents en estimant qu'ils étaient pires, on se répète :

— Ça va passer, ça va passer...

Impossible pourtant, cette fois, de le prétendre. Le foret changeait de pas, doublait de taille, s'emmanchait dans un vilebrequin. Un moment — peut-être cinq minutes, peut-être une heure, allez savoir ! —, Gérard se renfonça dans le cauchemar. Des mains se crispèrent autour de son cou. Puis la réflexion l'emporta : ce n'était pas des mains. Mais que signifiaient cette constriction de la gorge, jusqu'alors inconnue, et ce rhumatisme qui gagnait son bras gauche ? Le taraudage s'intensifiait. L'oppression tournait à la suffocation. Nul doute : cela devenait grave. Pas affolé, pas résigné, ne consentant à rien, Gérard envisageait le pire, récitant même un singulier morceau de pater : Qu'Alice lui pardonne comme il pardonnait à Solange ! Mais comme c'était abominable l'idée de perdre Marie, de perdre André et surtout, surtout — nous n'avons pas le cœur égal — Edith, la petite Edith, la bien-aimée du second lit ! Comme c'était idiot d'avoir peut-être accumulé en vain trois cartons de notes et de documents pour un *Constantin* qui ne verrait pas le jour ! Encore heureux qu'il se fût prémuni en léguant sa collection de coquillages au muséum, en modifiant son testament de telle sorte qu'il n'avantageât plus la coupable, en ajoutant ce codicille en vertu de quoi, refusant de pourrir en caveau dans cette sinistre ville en miniature qu'est un cimetière, il livrait son corps à la médecine, certain d'aboutir ainsi dans un amphi pour l'instruction des carabins qui, après l'avoir décharné, remonteraient peut-être son bonhomme en os, bien sec, bien articulé, bel objet de démonstration.

Singulier instant ! Ce n'était pas son genre de frémir en se demandant : Je claque ou non ? La mort m'essaie ou quoi ? Ce l'était encore moins de minauder comme Mme d'Houdetot : *Je me regrette ;* et pas davantage de s'accrocher à l'idée d'une céleste « concession à perpétuité de la vie ». Il en avait trop parlé des « ailleurs imaginaires » pour y chercher consolation. On se dope comme on peut. On convoque les bons auteurs qui ont dit : *Compte de tes connaissants combien il en est morts avant ton âge plus qu'il y en a qui l'aient atteint.* Ou encore : *Vous pourriez en citer des biographies qui, même celle du Christ, ne se terminent pas invariablement par la mention*

DÉCÉDÉ ? On embauche la dérision : *Me voilà bientôt biodégradable !* Et contradictoirement on se laisse envahir par le sentiment de la solennité qui relie la pauvre fin de chacun à la consommation des siècles. *Je sens que je deviens dieu,* aurait murmuré un empereur romain sur le point d'expirer. Contrôler ce gisant fait encore à ses mesures et à sa ressemblance, s'assurer qu'il ne devenait rien, qu'il avait joué son rôle jusqu'à *the end,* n'était-ce pas honorable ? Et d'autant plus soutenable qu'il n'y croyait pas vraiment, que l'angoisse majeure, cent fois décrite dans les manuels, il ne l'éprouvait pas ? Déjà, une fois, lorsqu'au début de la guerre une balle lui avait traversé la peau du ventre pour aller ensuite couper l'aorte abdominale du caporal marchant pour son malheur quinze centimètres devant, déjà, voyant cet homme devenu brusquement cadavre à ses côtés, il avait connu quelques minutes intenses, et le souvenir de s'en être tiré à bon compte l'aidait sûrement à ne pas considérer la partie comme perdue.

*

Compromise, certes : il essaya de se lever pour atteindre le téléphone. Ses jambes ne le portèrent pas : il s'écroula dans la ruelle, tandis que sa tête rencontrait méchamment l'angle de la table de nuit. Alors, oubliant qu'elle couchait dans une autre pièce depuis des mois, il crut pouvoir crier :

— Solange !

Comme elle ne répondait pas, négligeant les deux kilomètres qui le séparaient d'elle, il appela Francine, sa sœur. Il ne s'entendit même pas. Plus exactement il entendit quelque chose qui ressemblait à un crachement d'air. Ankylosé, presque paralysé, il ne pouvait plus qu'attendre et il attendit longuement dans l'impuissance et la confusion. Sa grand-mère, lorsqu'il était enfant, lui avait raconté comment, après un accouchement difficile, elle s'était transformée en momie vivante du fait d'une crise d'éclampsie miraculeusement interrompue quelques secondes avant sa mise en bière. Cette présence, dans la nullité, devait ressembler à la sienne.

Enfin quelque chose anima ce néant. L'odorat, d'abord, décela un relent d'ail mélangé à celui du tabac. Suivirent des bruits étouffés. Frôlements. Souffles. Plaintes de souliers. Cliquetis de clefs. Battements de porte. Pas. Chuchotements. On s'agitait probablement autour de lui. Qui ? Par qui et comment prévenu ? Une voix devint plus nette, construisit une vraie phrase :

— Pourtant, docteur, c'est à droite qu'il a toujours eu mal.

On répondit aussitôt :

— C'est bien ce qui m'a trompé.

Ensuite tomba le mot le plus meurtrier du lexique, *infarctus,* accompagné de l'adjectif *atypique* prononcé avec l'insistance de l'excuse. Il se passa des choses qu'une série de sensations se chargèrent d'expliquer. Par les pieds, par les mains, ho hisse ! Un ressort du sommier chanta sous lui. Suivirent, aussi sensibles, un écartement de paupières sur un œil révulsé ; un desserrement des mâchoires pour glisser sous la langue de petits comprimés ; une onction fraîche aux poignets, aux chevilles, au sternum, où s'implantaient des électrodes ; une injection signalée par un relent d'alcool ; une impression d'être encollé dans le pyjama (honte ! Il s'était lâché) ; un enroulement de bande autour du front, sans doute entamé lors de la chute ; et pour finir un grand chahut de tout le corps, empoigné de nouveau, emporté, charrié, balancé, tandis que quelqu'un — oui, c'était Lhomond — donnait des ordres de plus en plus clairs :

— Doucement... Au coin de l'escalier le passage va être un peu juste. Soulevez la civière par-dessus la rampe.

Un jappement sec, suivi d'une grogne retenue entre les dents, apprit à Gérard que Pilou, son teckel, bloqué derrière une porte, s'indignait de ne pouvoir suivre. Une femme téléphonait, employant plusieurs fois le mot *grave*. Sa femme ? A voix changée, ni douce ni rêche : une voix de speakerine annonçant un malheur. Cependant Gérard refaisait surface. Après l'ouïe la vue lui revenait, trouble, fournissant des images telles qu'on peut en avoir des passants derrière une vitre embuée. Elles s'éclaircirent. Il fit soudain grand jour et sans raison grand froid. La lumière ne tombait pas des fenêtres, mais du ciel, dôme gris au-dessus de la cour que traversaient deux brancardiers transportant leur malade vers une ambulance à gyrophare bleu. Sur la droite trottait Edith, échevelée, tordue d'inquiétude ; sur la gauche, André, l'inspecteur des Postes, flanqué de son amie Thérèse, la greffière et peut-être future bru, arrivée la veille, la pauvre, jour de la Sainte-Thérèse de l'Enfant-Jésus, sa patronne, pour passer le week-end et faire connaissance avec la famille. Gérard balbutia quelque chose comme *Excusez-moi.* Mais Lhomond, tandis qu'on enfournait son client, pencha sa barbe noire, bien reconnaissable à la bande de poil fauve qui, partie du menton, la divisait en deux parts :

— Ne parlez pas, ne bougez pas, vous faites un petit accident cardiaque.

Un petit, vraiment ? Lhomond annonçait toujours la couleur, mais rose pour rouge, gris pour noir. Un infarctus, c'est connu, s'estime d'après la zone touchée et d'après son étendue. Lhomond n'avait pas encore les moyens d'en juger. N'importe ! Quand vous éprouvez la crainte bizarre que les pièces *attachées* de votre corps (et diable ! c'était la principale) ne soient pas aussi aisément réparables que les pièces *détachées* de votre voiture, vous appréciez les rassurants. Tourné vers le chauffeur, Lhomond ajoutait :

— La salle de réanimation de Montargis est fermée pour réfection jusqu'à la mi-octobre. Il va falloir transporter M. Laguenière sur Paris.

*

Décision entérinée très vite à l'hôpital, atteint en cinq minutes. Mais un samedi, jour de forte intervention sur route, le Samu, débordé, ne disposait d'aucun appareil. La gendarmerie, alertée, consentit à prêter un hélicoptère, mais fit savoir que, ne pouvant le poser qu'en terrain contrôlé, elle utiliserait la cour de la caserne du génie. Il fallut rappeler l'ambulance. Entre-temps une trop jeune soignante, ratant deux veines, avait tout de même réussi à mettre le malade sous perfusion et Lhomond, resté auprès de lui, tâchait de ne pas s'empêtrer dans la longue durit de plastique du goutte-à-goutte.

— Ça va ? Ça va ? répétait-il mécaniquement.

Ça n'allait pas fort. Installé dans une coquille gonflable, moulée sur lui, Gérard repartait dans le brouillard. Il égrenait des noms : Noémi, Denise, Alice, Solange : les quatre qui avaient compté. Il délirait doucement : *Vous savez, docteur, pas de rancune pour aucune, même pour la dernière...*

Cependant l'ambulance fonçait, hurlante, faisant tourner les têtes des passants, les laissant s'interroger sur son contenu, parier sur la funeste ou l'heureuse précipitation en faveur de l'accidenté ou de la parturiente et se dire aussi, peut-être, qu'il y a beaucoup de gens sur la terre pour n'avoir d'importance qu'en menaçant de la quitter. Bientôt les freins grincèrent. La coquille fut débarquée devant l'hélico que lorgnaient des bidasses, hissée à bord et presque aussitôt redescendue :

— C'est fini ? demanda Lhomond d'une voix blanche.

Non, la coquille avait seulement été mal placée : elle coinçait un levier. On la remonta. On essaya le rotor. On donna à une voiturette rouge des pompiers le temps d'arriver et de mettre réglementairement une lance en batterie. Puis l'appareil s'envola comme un faisan, à la verticale d'abord, pour piquer ensuite à l'horizontale. Le suivant des yeux au-dessus des toits, Lhomond dit encore :

— S'il revient...

— Ce sera la morgue, acheva l'ambulancier.

*

L'hélicoptère n'est pas revenu. Mais c'est durant le trajet que le quasi-moribond, deux fois repiqué par un assistant en blouse verte dont il n'a même pas aperçu le visage, s'est trouvé au plus mal. Recensait-il obscurément ses trésors ? Il bafouillait des mots rares comme *byssus* ou *columelle,* parlait du grand turbo, du chank, d'une cyprée aurore manquée lors d'une récente vente de collection. Du toit-terrasse de Lariboisière, servant d'héliport, il ne sut rien ; ni de son déversement dans l'ascenseur à brancards ; ni de l'avis lancé aux infirmiers d'accueil sur le ton d'un garçon de restaurant passant commande auprès d'un passe-plat :

— Un infarctus ! Vite !

Il ne se réveilla vraiment qu'une heure plus tard dans une de ces chambres de la *Réa* qui coûtent chaque jour la moitié du gain mensuel d'un smicard : véritable couveuse pour adultes où tout est surveillé, où tout est prévu, de l'intervox au bouton d'alarme, du mobilier à roulettes au moniteur, aux branchements de toute nature courant le long des cloisons.

— Que vaut le tracé du Douze ? demandait une voix feutrée. Au fait, vous avez le dossier ?

Nul bruit, sauf un faible grésillement. Pas d'odeur particulière. Presque rien à voir : le mur lisse d'en face, aussi nu que le plafond, offrait un exemple d'intersection parfaite de deux plans. Qui parlait de dossier ? La prise en charge, là-bas, à Montargis, rue Crowborough, une employée du Centre 611 s'en chargerait. Gérard était maintenant, comme tout cardiaque, sous la protection de Notre-Dame de la Sécurité sociale, à 100 % penchée sur le 1 14 04 49 007 251. La perfusion commençait à faire son effet. L'oppression diminuait. La douleur en coup de stylet tournait au point de côté, relevé d'élancements brefs alternant avec des morsures de fourmis.

— Je ne me quitte pas, murmura Gérard à l'intention d'une ombre qui veillait dans la pièce.

Souci majeur : s'accrocher à l'existence en s'alliant à la vigilance d'autrui. Un instant le traversa un souci mineur de plumitif : *Pourrai-je me souvenir de tout pour le noter dans mon journal ?* Mais il lui parut vite dérisoire auprès de celui de se maintenir, fût-ce en régressant au stade fœtal dans le placenta des draps relié à la mèremédecine par trois cordons ombilicaux : celui de l'oxygène distribué dans le nez par un mince tuyau transparent, celui du goutte-à-goutte raccordé à l'aiguille fichée dans le pli du coude, celui de l'oscilloscope tirant d'entre les poils de sa poitrine une information transformée en inlassables signaux lumineux.

2

Neuf heures moins le quart. Edith a, beaucoup plus tôt, pris le car de ramassage pour le Lycée-en-Forêt. Solange, qui n'a pas dormi, qui ne sait plus très bien où elle en est, a dépouillé sa robe de chambre, son pyjama de soie rose et, toute nue, assise sur le tabouret tournant devant la psyché à trois faces, considère ce brelan d'épouses Laguenière qui ne le sont plus tout à fait et qui risquent de l'être encore moins. Ce n'est pas seulement leur visage, jour après jour plus dépendant du maquillage, qui l'intéresse si fort. A vingt ans on se grime ; à quarante-cinq on se mérite. Faisant tout ce qu'il faut, Solange apprécie que malgré quelques petits dégâts, fripure du cou, gaufrage des coudes, ces trois filles n'aient pas comme beaucoup les seins en gants de toilette, ni la peau qui cartonne ou fendille, qu'elles ne soient pas réduites à se déshabiller seulement devant leur médecin sans oser le faire sur une plage, qu'à grand renfort de gym, de massages, de peelings, d'extraits placentaires, de masques hydrostimulants à la vitamine F, elles se tiennent, évitant le sort de tant d'amies devenues invisibles — et intouchables — pour la plupart des hommes.

Le robinet d'eau froide coule pour rien dans le

lavabo. Solange, qui n'a pas ouvert le robinet d'eau chaude, plus coûteuse, aime ce bruit lisse qui lui lave quelque chose dans l'oreille. Ah, les filles, ce qu'on vous aime, toutes trois — et la quatrième qui vous regarde —, pour être encore ce que vous êtes ! Ah, les filles, ce qu'on vous hait pour n'être plus ce que vous fûtes à l'époque où Gérard pénétrait dans la salle de bains et devant le même tableau, enlacé par huit bras, murmurait en souriant :

— Ça va, mon petit harem ?

On ne peut pas lui dire, il ne le croirait pas et pourtant il y a de la vérité là-dedans : c'est vous, les filles, qui vous êtes dissipées, qui vous êtes donné la preuve à la sauvette que vous pouviez toujours séduire, en quelque sorte par procuration de la maîtresse de maison fidèle à sa gosse, à son nom, à sa boîte de couture, à toutes les apparences qui couvrent ses secrets.

Mais une double talonnade retentit dans le couloir. Voici les bessonnes, voici les sœurs qui, alertées, ont réussi à prendre leur lundi, à se rendre libres pour le cas où le pire arriverait. La porte s'ouvre juste au moment où Solange constate une fois de plus que, malgré la crème au silicone dont elle se gante au moindre lavage, ses mains ont tendance à se parcheminer sous des veines saillantes tandis que, fait plus grave, il se confirme que sa paupière droite, retirée vers la tempe, voilà six mois, s'est légèrement relâchée.

— Salut ! dit Rosemonde.

— Salut ! dit Edmonde, son double. Il y a longtemps que je ne t'avais pas vue dans cet état. Compliments ! Je comprends l'amateur.

Même dans l'intimité du clan ce serait une erreur de prononcer un nom. Dans la psyché s'agitent six jumelles et Solange chuchote :

— La glace pourrait faire mieux si elle voulait bien se souvenir de ce que je lui montrais voilà vingt ans.

— Un miroir est à peine plus amnésique qu'un mari, bougonne Edmonde qui pourtant n'en a jamais eu. A propos, où en est le tien ?

— Les médecins ne peuvent pas encore se prononcer.

La voix s'est enrouée, l'œil n'est pas sec. Qu'il faille bousculer Solange, la protéger de ses regrets, décider pour elle dans l'immédiat, c'est l'évidence. Rosemonde hausse le ton :

— Je ne sais si tu te rends bien compte de la situation. Etant donné ce qui s'est passé entre vous, sois sûre que Gérard a pris des mesures à ton encontre. S'il disparaît, les enfants du premier lit ne te feront pas plus de cadeaux que tu ne leur en as fait... Habille-toi en vitesse. Cours t'occuper de la paperasse. Retire ce que tu peux du compte et du coffre. Puis tu fileras à Lariboisière. Nous nous occuperons du reste...

— Il y a un autre problème, dit Solange. J'ai reçu une lettre de la cousine Berthe. Maman s'accroche, mais avec ses rhumatismes déformants elle ne peut plus vivre seule, même si on l'aide un peu.

— Il n'y a que toi qui pourrais la recueillir, dit Edmonde.

C'est vrai que les jumelles, toutes deux employées de banque, donc absentes le jour, et logeant ensemble dans un petit deux- pièces du 15e arrondissement où, de temps à autre, la nuit, elles reçoivent chacune un ami marié, ne sauraient loger leur mère dont les principes ont gardé de la raideur. Mais Mme Breint, veuve d'un petit commerçant ruiné, ne vivrait pas plus à l'aise chez son gendre, dont elle accepte difficilement une maigre pension et qui, lui-même, ne la supporterait pas deux heures.

— Il va falloir la placer, souffle Solange.

— Tu sais ce que ça signifie, dit Edmonde.

Embarrassées, les jumelles se détournent, dérivent vers le couloir, s'en vont remuer de la vaisselle dans la cuisine. Solange n'a pas encore eu le courage de bouger. Pas seulement nue, mais vide, elle flotte. Oui, la disparition de Gérard serait lourde de conséquences, jusqu'ici peu envisagées parce que c'était sa présence qui réclamait diversion. Il faut que la terre tremble pour vous apprendre que peuvent s'écrouler les murs porteurs d'une existence. Les coups de téléphone affolés de la famille, la peur de lendemains incertains, l'angoisse d'Edith très branchée sur son père, les souvenirs lointains de la victoire remportée sur Alice, le remords ressenti comme un retour de flamme dans la cendre, la réserve qu'exige la situation, tout se mélange, tout s'aggrave du fait qu'elle peut se demander, Solange, dans quelle mesure elle n'est pas, au moins en partie, responsable de l'épreuve. Lors d'un infarctus chaque minute compte et c'est dans l'heure qu'on a une chance de résorber le caillot avant que se nécrosent les cellules du myocarde. Qu'elle ne se soit pas réveillée plus tôt, on ne doit y voir qu'une malchance. Mais ces trois derniers mois, après une série d'alertes, si elle n'avait pas été si souvent absente, elle aurait pu, elle aurait dû s'alarmer, réclamer l'intervention d'un spécialiste. Elle aurait dû, oui, c'est en vain qu'elle se rebiffe contre l'aveu... elle aurait dû se rendre compte que la maladie de cœur, au sens propre, de son mari n'était pas sans rapport avec une autre maladie de cœur, au sens figuré ; que ses crises ne coïncidaient pas par hasard avec certaines escapades camouflées en séances de soins chez un kinésithérapeute dont elle n'a jamais voulu fournir le nom ni l'adresse et qui étaient suivies, au retour, d'altercations sévères où, ne ménageant rien, pas même les oreilles d'Edith, fusaient ces invectives plus dangereuses parfois que l'infidélité même pour le maintien d'un couple.

— Idiote ! murmure Solange.

Oui, c'est ce qu'elle a été, bien que Gérard, quand ses lèvres le brûlaient, criât plutôt : Salope ! Trahi, mais nullement haï, pas sûr de grand-chose, noyé dans ses archives, il n'a pas compris ce qui lui arrivait et encore moins ce qui lui arrivait, à elle, ce qui devenait son lot de jolie femme sur le retour : les vertiges, les migraines, l'impression d'étouffer, d'avoir chaud, d'avoir froid, les envies de pleurer sans motif, les tremblements, les évocations d'un passé de passion ne souffrant aucune comparaison avec un morne épluchage de calendrier et de pommes de terre, l'ennui de jour, l'ennui de nuit côte à côte avec un laborieux qui ne vaut plus couché ce qu'il vaut debout, le manque d'appétit pour lui (justifiant peut-être qu'il en garde moins pour elle), le fait d'avoir un corps dont les gentils assurent qu'il paraît être celui d'une « fin de trentaine », la quête de sourires, de clins d'yeux, de compliments, d'accrochages dans les expositions, dans le train, sur les pistes de Flaine ou, plus imprudemment, au Mammouth voisin : la chasse, en un mot, la chasse, pour l'essai, pour la gloire, pour rien le plus souvent, à la poursuite de quelqu'un dans le quelconque qui défile sans faire attention à votre faim d'être ce que vous avez été.

— Tu es prête ? crie Edmonde.

Qu'elle s'accuse, Solange, ou qu'elle s'excuse, rien ne l'en fera démordre : c'est le temps qui est le vrai coupable. Comment expliquer autrement que deux êtres, après avoir vécu ensemble la moitié de leur vie, se retrouvent désunis ? Elle se lève enfin. Elle ferme, elle serre le robinet d'eau froide. Bien qu'il ne goutte pas elle serre le robinet d'eau chaude. Elle monte sur le Terraillon et vérifie son poids. Elle lisse des deux paumes ses cuisses serrées sous un triangle sombre réduit au minimum par une soigneuse épilation, puis se précipite vers la penderie où s'étire sur trente cintres un arc-en-ciel de robes. Une rouge serait provocante. Une noire serait funéraire. Décrochant du violet, elle choisit le demi-deuil.

3

Long, sec et chauve, Séverin Laguenière, le professeur d'anglais plus connu des élèves sous le surnom de *Doublemètre,* traverse la cour du collège plantée de tristes marronniers taillés en parallélépipèdes. Bien que volent des gouttes, il stoppe à la hauteur d'Yveline Darne, professeur d'histoire et de géographie, qui lève la tête. Voilà une bonne demi-heure que s'est apaisé le brouhaha de la dispersion des externes et de la plupart des profs. Perché sur d'étroits pantalons trop tirés par ses bretelles, M. Séverin, qui a comme toujours l'air d'avoir grandi depuis la veille, honore de son attention une de ses plus estimables collègues.

— A propos, mademoiselle...

Cette locution ne marque pas chez lui une transition dans le discours. C'est un tic de bouche précédant, selon le ton, un reproche, une louange, une remarque. Il continue d'une voix neutre que filtre sa moustache :

— Vous connaissez mon frère, je crois...

— L'historien ?

M. Séverin pique du nez, mais en fronçant les sourcils qui, eux, sont drus et du même blanc que sa chemise douteuse :

— L'historien, oui... Enfin, si vous voulez. Je suis du même avis qu'Emile Henriot qui écrivait, voici quelques années, dans *le Monde* : « M. Gérard Laguenière s'est spécialisé dans l'énigme historique qu'il ne craint pas de romancer un peu. Il s'intéresse aussi aux mythes, mais comme un bûcheron s'intéresse aux arbres, pour les abattre. » C'est vrai que certains de ses ouvrages comme *Jeanne n'était pas une bergère,* qui a tant fâché Régine Pernoud, ou *la Fleur de lit,* qui recense ceux de nos rois qui, tels Charles VII et Louis XII, pourraient bien avoir été des bâtards couronnés, sont caractéristiques à cet égard. Mais ce n'est guère le moment d'en parler...

Yveline laisse tomber sur des yeux verts des paupières qui n'ont jamais connu le crayon gras. M. Séverin, apparemment, aime bien son frère, mais un peu moins sa réussite. Quant à ce qu'il veut lui apprendre, elle en est avertie :

— Je sais, dit-elle. *France-Soir* d'aujourd'hui consacre trente lignes à son dernier ouvrage, *la Vie de Satan,* en précisant que l'auteur vient d'être transporté dans je ne sais plus quel hôpital où Maurice Genevoix et Georges Marchais ont été précédemment soignés pour le même accident coronarien...

Mais l'ondée se déclenche et, comme s'il se souvenait d'avoir été sous-lieutenant, M. Séverin qui rentre tous les soirs à Paris porte la main à sa tempe et se hâte vers sa voiture. Yveline, machinalement, ouvre son parapluie. Les pieds serrés, les bras repliés, elle se rétrécit sous le dôme de soie verte qui crépite et dont chaque bout de baleine devient une mini-gargouille. Gérard, elle l'a rencontré, voilà des années, lors de la seule visite qu'il ait faite au collège à l'occasion d'une conférence ; il s'était étonné de la façon dont elle parlait de son œuvre et, sans l'avoir jamais revue, il a entretenu avec elle une correspondance assez suivie pour que les timbres collés sur les enveloppes aient plusieurs fois changé de valeur. Il ne lui est rien. Il lui voue une amitié de stylo où dominent le souci de recueillir un avis de lectrice qualifiée et celui de se confier, parfois, à un être invisible. Elle peut le voir, elle, de temps en temps, à la télé, chez Pivot ; elle peut l'entendre à la radio. Mais elle n'oserait pas lui téléphoner. S'il vient à disparaître, qu'y perdra-t-elle vraiment ? Tandis que la pluie larmoie de plus belle, c'est dans l'odeur de terre mouillée, à quoi se mélange celle des cuisines, qu'Yveline s'éloigne vers la chambre dont elle dispose au second étage du pensionnat.

4

En somme, me revoilà! Gérard l'a grommelé une fois, une seule, alors que, malodorant, il chevauchait le bassin : il n'y a pas de situation où il ne fasse bon de se sentir exister. Mais pour qui se croit sauf et craint le démenti d'une rechute, mieux vaut se taire en imitant le patron qui soigne son mérite autant que ses malades et ne lâche pas aisément de pronostic. Qui crie résurrection peut le faire à bouche cousue. Voyez-les donc, les rescapés ! Ils respirent ? Non, ils aspirent, ils dégustent l'air dans cette trachée par où n'a pas chuinté leur dernier soupir. Ils se pelotonnent dans leurs propres bras, jouissant de cette chaleur qui chaque jour, pour plus d'un, dans ce service tout de même assez meurtrier, cesse de faire monter le thermomètre. Ils redeviennent enfants, glorieux de leurs premiers pas, en posant le pied sur le parquet à quoi leur est rendu le droit de redevenir perpendiculaires.

— Un tour de chambre, seulement, a soufflé l'infirmière antillaise.

Gérard en ferait volontiers davantage. Il s'arrête pourtant : parce qu'un rayon de soleil, traversant la fenêtre, projette son ombre sur le sol. Privilège de vivant ! Les morts, eux, ne font pas d'ombre. Ce rien qui n'a ni couleur ni volume ni poids ni odeur exalte pourtant l'évidence : *Je suis,* à la fois du verbe *être* et du verbe *suivre.* Il le savait déjà. Il a maintes fois regardé ses paumes. On dit que les lignes de la main s'effacent dans l'agonie. C'est probablement faux, mais en tout cas les siennes n'ont jamais cessé d'être bien nettes, de tracer notamment une ligne de vie qui file jusqu'aux rascettes. Allons ! Que rentrent dans les dossiers les articles nécro préparés à l'avance par les prudents médias dès qu'un notable grisonne ! Que les uns se réjouissent, que d'autres se consolent de ne pas recevoir un de ces faire-part modernes qui ne comportent plus de larges bandes noires, mais de minces lisérés gris. Le *non-décédé* (comme disent les certificats de vie), il aura soixante-huit ans le jour de Pâques. Alléluia ! Son agonie manquée ne lui laisse qu'une plus forte envie de vivre.

*

Bien sûr, en *Réa,* la règle est d'en passer d'abord par ces heures lentes, dolentes, qui font d'interminables jours blancs.

Gérard s'est réveillé au premier matin sous la lumière crue de seize carreaux et son harnachement l'a dispensé de se demander ce qu'il faisait là, les pieds enflés, la tête couronnée de gaze, le soufflet encore à moitié bloqué. Dieu merci, il avait maintenant les idées claires ; il pensait même sous le pansement à son prochain sujet.

Il a dès lors patiemment attendu la visite : cohorte bisexuée qui envahit le Douze et se disposa en demi-cercle autour de l'émir du lieu, célébrité nobélisable pour ses travaux sur le rythme cardiaque et doté d'un nom maghrébin jeté devant lui comme bonjour et comme présentation : *Salam !*

Il a subi l'examen de routine : écoute au stéthoscope, palpation par l'un, par l'autre, échange d'opinions en jargon de faculté, puis interrogatoire. Excès de tabac ? Excès de boisson ? Excès de table ? Excès de lit ? Excès de travail ? Dormiez-vous assez ? Viviez-vous sous tension ? Avez-vous eu des parents cardiaques ? De telles questions appelaient des réponses à mi-voix, négatives en ce qui concernait les dames, positives pour le reste. Deux paquets de tabac par jour. Trop de banquets professionnels. Peu de sommeil, coupé de réveils par le souci de noter tout de suite les fragiles idées qui vous viennent la nuit. Quant à vivre tendu, comment faire autrement lorsqu'on se rejoue sans cesse ? N'avoir de choix qu'entre l'échec et le succès, c'est la plaie du métier. Mais Gérard n'a pas parlé d'un stress plus grave, d'ordre privé, si méchamment résumé par le vieux quolibet : *Voici que sa tourterelle chante comme le coucou.*

Il l'a revu presque chaque matin, le professeur, qui a fini par lui soutirer quelques confidences, qui a même grogné : *Le serrement de cœur n'est pas seulement une image.* Sur son ordre il a subi toutes sortes d'analyses : à la recherche d'urée, de créatinine, de triglycérides, de cholestérol et autres crasses du sang. Il a été l'objet d'un festival technique : électrocardiogrammes, radiographie, échographie, cartographie mettant en jeu autant de fils multicolores que doit en collectionner un astronaute. Il a avalé quantité de diurétiques, d'antalgiques, de tranquillisants, de somnifères, de bêtabloquants, sans oublier la sainte trinitrine.

Il a vécu, bon gré mal gré, le quotidien du service : l'humiliation du torchage, les ragots d'infirmières, l'attente du plateau, les râles d'un voisin dont le corps sera discrètement évacué sous un drap.

Il a surmonté quelques crises de trouille, surtout nocturnes, quand l'oreille sur l'oreiller devient sensible aux battements des carotides et croit y déceler des ratés.

Il a tiré ses huit jours de réanimation avant de passer au premier étage, en haute surveillance, avec droit de se lever, d'arpenter le couloir, donc suppression du goutte-à-goutte remplacé par des piqûres d'héparine dans le ventre qui l'ont tout ocellé de taches brunes.

Il a reçu des télégrammes, des lettres, des fleurs, des chocolats, des coups de fil : pas forcément de qui il les attendait et notamment rien de sa belle-mère que pourtant il fait vivre. Il a, une fois les visites autorisées, rameuté du monde : sa femme, pas éperdue, mais assidue ; sa fille Marie, son fils André, l'inspecteur des Postes ; sa benjamine, Edith, encore apeurée, ses petits seins tremblant dans son chemisier ; son frère Séverin, le prof d'anglais ; sa sœur Francine, « l'homme fort de la famille » ; sa tante Irma dite *Mamirna,* nonagénaire interdisant « que l'on parte avant elle » ; et des cousins ; et des amis ; et des mi-amis charitables au regard oblique, aux gestes rares, au sourire figé autour d'une bouche n'exprimant rien de leur pensée (Le cœur, mon Dieu ! Pour combien de temps en a-t-il ?) et auxquels il fallait se présenter debout, tranquille, presque gaillard, de telle sorte que, refermant la porte, ils aient changé d'avis et se disent : On a exagéré : il est tiré d'affaire.

Il l'était assez du moins pour être expédié au bout de quinze jours, selon l'usage, dans un centre cardio-vasculaire : à Bligny, ancienne capitale de la tuberculose maintenant peuplée de pontés, de greffés, de clients de la valvulotomie, de la commissurotomie, de la résection de la sténose de l'aorte, d'insuffisants équipés de stimulateurs ou de respirateurs dont le petit tuyau vert leur contournait l'oreille.

Là, il a tricoté des jambes sur la bicyclette ergométrique, l'œil sur le compteur, l'imagination aux aguets évoquant le sort de Goscinny, mort sur la selle pour avoir forcé.

Il s'est peu servi de la télé à compteur où il fallait glisser une pièce par demi-heure. Interdit de travail, mais autorisé à lire, il a repris rendez-vous avec Constantin en se faisant apporter des ouvrages de Dagron, de Palanque, de Piganiol et une bonne traduction d'Eusèbe de Césarée. C'est peut-être ce qui l'a le plus aidé, ce privilège d'intellectuel qui n'est pas, dans la maladie, comme l'ébéniste ou le fermier, complètement coupé de son métier. Violant un peu la consigne, il s'est permis d'écrire quelques lettres, à Yveline, à Edith, et tous les deux ou trois jours, sous prétexte de conserver la main, une page de journal, sur feuille volante.

Il a repassé des examens, vu sur l'écran son cœur battre normalement entre ses poumons. Il a été équipé d'un holter, ce cardiographe portatif capable d'enregistrer en continu, pendant vingt-quatre heures, les moindres réactions de votre pompe aspirante et foulante lors d'une marche, d'une montée d'escalier, d'un séjour en chaise longue. La bande, au décodage, s'est révélée satisfaisante : il était devenu ce convalescent qui peut compter de nouveau sur sa machine à expédier cinq litres de sang par minute ; il ne relevait plus que d'un régime sans sel, d'une médication allégée, d'un taux réduit de prothrombine.

Enfin soixante jours après l'attaque il s'est retrouvé dans sa chambre, exultant. Solange était passée dans l'après-midi pour lui apporter son courrier où se trouvaient, avec des factures et des morasses à corriger, une lettre d'Yveline Darne et une autre d'une certaine Béatrice Goslin, lectrice belge inconnue qu'il avait promis de rencontrer. Toutes deux s'alarmaient : de cette bonne inquiétude qui, dépassée, réconforte. Mais surtout l'interne venait de lui remettre une note du médecin-chef, obligé de s'absenter et l'autorisant à rentrer chez lui. Elle était évidemment assortie des recommandations rituelles : *Attendez encore un mois avant de reprendre votre travail. Continuez le traitement. Marchez (deux kilomètres par jour, si possible), mais ne courez pas. Evitez les ascensions, le saut, le vent debout, le froid, l'effort violent. Ne portez jamais plus de vingt kilos. Défendez-vous des tracas, des émotions, des charges excessives. Pour le reste vivez normalement.*

Normalement : c'était l'adverbe à retenir malgré les interdits qui le contredisaient. Il a quitté sa chambre. Il a de bout en bout traversé le promenoir en considérant avec compassion certains pensionnaires, condamnés à l'étouffement lent et qui petonnaient cramponnés à la rampe disposée le long du mur. Sursis ? Non, sursaut ! Il ne dépendait pas de jadis, mais d'encore. Ce n'était pas pour rien qu'il avait dû coûter quelque chose comme quinze millions de centimes à la Sécurité sociale. Il avait envie de crier : Alors, camarade Camarde, on renonce ? Comme elle finit toujours par nous avoir, la gueuse, tôt ou tard, le prudent qu'il était aussi l'a retenu, sans lui interdire de hausser les épaules en entendant un autre sortant gémir :

— Maintenant pour nous ce sera la petite vie.

— Mais non, dit vivement Gérard, moi, je compte bien me jeter sur mon reste : tout est encore possible.

Dum spiro, spero ! Il a poussé plus loin, agacé. Heureusement, issues d'un transistor posé sur les genoux d'un adolescent très cyanosé, atteint de la maladie de Fallot, se répandaient alentour les *Variations Goldberg*. Gérard s'est souvenu d'un article de *Match*. C'était ce même morceau qu'avant de transplanter un cœur neuf — celui d'un Hollandais de quinze ans — dans le thorax de John Wade, son chirurgien, le Dr Yacoub, avait religieusement fait entendre à son équipe dans le bloc opératoire. Lui aussi, Gérard, avait droit à du Bach.

5

Après avoir tourné le bouton de la télé qui commentait le voyage de Reagan à Brasilia et l'explosion d'une lettre piégée au domicile de la Dame de fer, Edith, qui bâillait ferme, s'est octroyé une heure de sortie. Elle a d'abord rempli de millet la mangeoire des oiseaux. Puis elle est allée s'asseoir au bord du Loing dans l'herbe drue où domine la menthe. Il est trop tard pour faire un tour de bateau. Un martin-pêcheur, ablette en travers du bec, vient de passer dans un sens ; une foulque, dans l'autre. La rivière commence à dissoudre de l'ombre : le fond, parsemé de gonflements flous qui sont des pierres enchâssées dans la vase, se distingue mal. La surface, décalcomanie de ce qui la surplombe, reproduit en gris foncé les arbres de la berge, frémissant dans l'air comme dans l'eau.

Comprimée par un soutien-gorge trop serré, Edith gratte machinalement un de ses désespérants boutons d'acné. Une fois de plus au retour du lycée elle s'est retrouvée seule. Sa mère l'avait prévenue, ce matin même, au moment où elle empoignait son cartable :

— Je dînerai peut-être chez tes tantes à Paris.

En ce cas ne m'attends pas, glane ce que tu veux dans le frigo et n'oublie pas de noter les appels.

Comme d'habitude, après avoir passé partout l'aspirateur, Solange est partie en laissant une maison si nette, si bien rangée qu'elle décourage de s'aventurer dans les pièces communes. Edith ne déteste pas cependant assurer l'intérim, discuter avec les correspondants en articulant bien comme s'il s'agissait d'un exercice de diction. A dix-huit heures s'est manifesté un journaliste qu'elle appelle Croque-mort, parce qu'il semble déçu des meilleures nouvelles du malade. Une demi-heure plus tard c'est Elodie, toujours elle, qui a réclamé le mot à mot de la version anglaise (tarif : 10 francs). Et presque aussitôt, appelant (bien tardivement) d'une cabine, c'est la cousine Berthe qui s'est inquiétée de la santé paternelle au nom de la grand-mère Breint, trop impotente pour se déplacer.

Le soir fraîchit, s'attriste : on ne distingue plus à l'endroit où le soleil s'est enfoui sous un pansement de nuages qu'une vague suppuration de lumière. Edith, torturant toujours ses boutons, rentre par l'allée courbe dont le gravillon est constellé de tortillons de boue déglutis par les vers. Une tourterelle crotte, perchée sur l'antenne de télé. Le teckel, à l'intérieur de la maison, s'égosille en abois de bienvenue et ce ne peut être qu'en l'honneur de la tante Francine qui habite tout près, à Villemandeur, avec Mamirna ; elle a la clef et, toujours bien informée, est venue, dans son antique et increvable 2 CV, tenir compagnie un moment à sa nièce et filleule. Du couloir où elle vient de pénétrer, Edith l'entend qui fourgonne du côté de la penderie et, dans sa peur légendaire des courants d'air, crie :

— Ferme ta porte et amène-toi dans la cuisine.

Il faudra qu'elle attende trois minutes. Le nouveau poste à touches carillonne. Edith — c'est une de ses manies — joue aux devinettes. Est-ce Maman, annonçant que finalement elle couchera à Paris ? Est-ce le vétérinaire pour le vaccin du chat ? Ou l'oncle Séverin ? Ou encore l'homme à la voix rauque qui depuis quelque temps se manifeste ? Non. Hypothèses en déroute. Sur la ligue se chevauchent d'abord deux conversations où il est question de viandes importées et d'une grande déception sentimentale exprimée par une dame à voix de contralto. Un tiers survient qui lance: *Allô, Solange !* La voix est audible, mais lointaine, comparable à celle qui, de câble en câble ou ricochant sur satellite, provient parfois de Québec ou de Papeete, points de chute du conférencier. Elle est seule maintenant, elle annonce faiblement :

— Je sors demain à dix heures. Vous venez me chercher.

— Youpi ! On y sera, papa, hurle Edith.

Le brouhaha reprend, la communication est coupée. Edith s'interroge. Peut-on vraiment compter sur un chauffeur ? Sa mère sera-t-elle rentrée ? Un pas lourd fait craquer le plancher et d'un bras gras où s'incruste un anneau de jais l'archi-tante attire sa filleule sur une forte poitrine qui sent la sueur et le patchouli :

— J'ai tout entendu sur l'autre poste. Ne t'inquiète pas. Au besoin nous nous occuperons de tout.

Francine n'est pas seule en effet. Apparaissent maintenant André, le frère aîné, Marie et sa fille Rose, la « nièce » de dix-huit ans. Si Edith n'avait pas à l'instant entendu son père, ce rassemblement aurait pu l'inquiéter. Qu'y a-t-il encore ? On l'embrasse, on s'embrouille dans les explications :

— La famille n'a pas de chance en ce moment, dit Marie.

— Elle nous a fait grand-peur, dit Rose.

— Elle est en clinique pour quelques jours, dit André.

— Mais qui ? demande Edith, battant des cils.

Francine prend le relais :

— Mamirna a dû faire un petit ictus. Depuis hier soir elle ne reconnaît plus les visages, mais seulement les voix familières. Excuse-moi si j'écorche le mot, mais d'après Lhomond il s'agirait d'un cas de prosopagnosie : une lésion d'une zone de l'hémisphère droit spécialisée dans l'identification des traits. Désormais pour parler à Mamirna il faudra d'abord se nommer.

Edith s'est soudain rembrunie : la malvoyance, dans cette maison, peut être intentionnelle. Son père, sa mère, peu avant l'infarctus, ils en étaient arrivés à se regarder sans se voir ; et l'un niant la présence de l'autre — et vice versa — pouvait parler à leur fille comme s'il était seul avec elle, obligée de tenir parfois deux conversations croisées.

— Ça se guérit, ces choses-là ? murmure-t-elle.

6

Deux mois d'absence ont le même effet qu'une amnésie partielle. Le jardin n'est plus celui du cauchemar, mais le vrai et tout de même un autre, le calendrier végétal n'attendant pas plus que le grégorien. Gérard n'a pas vu les feuilles tomber : il semble qu'elles se soient envolées, migratrices, avec les hirondelles qui, la veille de sa crise, se rassemblaient, trissant à pleine gorge, notes vivantes sur les portées de fils électriques. A l'intérieur de la maison des objets ont changé de place. D'autres sont devenus interdits : les pipes, notamment, provocantes sur leur râtelier. *Ramina* est morte (disons que la mort s'est contentée d'elle) et un nouveau venu l'a remplacée, *Grobis,* ainsi baptisé par Edith ; c'est un persan bleu déjà familier des aîtres alors que, d'un œil rétréci, il regarde Gérard comme un étranger.

Fidèle à lui-même au contraire, fêtant, léchant, humant son maître, le teckel insiste trop, exprime une inquiétude qu'on retrouve, articulée, dans les bouches de la famille. Autre inconvénient des retours d'hôpital : sévit une impitoyable sollicitude. De la part d'Edith ce n'est que gentillesse maladroite : elle se croit vraiment obligée de regrimper l'escalier parce que son père a oublié ses lunettes.

— Ne bouge pas ! J'y vais.

De la part de sa tante c'est encore excusable : l'entrain de Francine, on sait ce qu'il cache ; elle s'est fait un sang d'encre pour son frère. Elle passe chaque jour ou au moins téléphone et ne laisse à personne le soin de contrôler le bon usage de la boîte à pilules. Des autres proches, Séverin, André, Marie, les adjurations du genre *Tu fais attention, j'espère ?* se contrent facilement par une plaisanterie : *Et toi aussi, quand tu traverses la rue ?* L'insupportable, c'est l'insistance des abonnées : l'Edmonde, la Rosemonde qui semblent avoir reçu pour consigne de plaindre le beau-frère, de le convaincre de sa déchéance. Chaque samedi, puisque chaque samedi elles envahissent la maison jusqu'au lundi matin, les petites phrases se mettent à tomber. S'agit-il de retapisser la chambre d'ami ?

— Dans ton état tu n'y penses pas ! proteste Edmonde.

S'agit-il de la réception de la sous-préfecture ? A Solange qui en parle, comme ça, en montrant le carton, Rosemonde décoche aussitôt :

— Tu veux faire danser un cardiaque ?

S'agit-il d'entreprendre une nouvelle recherche de documents pour l'ouvrage en cours sur Constantin ? On ne déconseille pas l'entreprise, mais on se récrie :

— Tu ne vas pas cavaler partout. A toi la plume. Pour le reste embauche quelqu'un.

Disons plutôt : quelqu'une. Très candidate. On voit s'incliner la tête de Solange. En l'absence de l'époux elle a exercé la régence avec empressement ; elle s'est emparée des comptes, des archives, des rapports avec les agences, les médias, les éditeurs ; elle a discuté, au besoin disputé, pris des décisions, administré la fortune commune dans la mesure où elle avait l'assentiment des tiers. Pour « épargner » Gérard elle continuerait volontiers. Débrouillarde, ne rechignant pas sur les petits boulots annexes de frappe et de classement, sachant qu'elle a besoin de se rendre indispensable, de faire oublier ses écarts, elle aimerait profiter de cette double occasion, pour elle nullement contradictoire, de s'imposer au-dedans et de multiplier les bonnes raisons de se trouver dehors.

*

Elle se trompe, Solange. Celui qui est revenu de Bligny n'est pas le même homme. Il a retrouvé certaines de ses routines. Il prend toujours du thé au lait — presque du lait au thé — au petit déjeuner. Il fait deux tours pour assurer son nœud de cravate. Il continue à professer quelques petites haines rassurantes : pour le céleri, l'opérette, les araignées, l'odeur du camphre. Il a repris la rédaction de son journal qui pour lui tient lieu de l'exercice, de l'excrétion, de l'entretien avec lui-même et dont il n'a jamais publié une ligne. Peu loquace, il ne fait guère de remarques désobligeantes : beaucoup moins qu'avant, en tout cas. Mais l'indifférence est un état bien plus grave que la colère et c'est là le pire effet de l'interruption de la vie commune. En fait elle n'a pas repris son cours. Ce qui peut lui rester de regret, de tendresse navrée, Gérard le tait, comme ses griefs. Ce qu'il a éprouvé le jour de sa sortie se confirme et se retrouve, en termes parfois un peu soufflés, dans son journal.

C'est curieux : depuis que je dépends d'une

médication précise et de précautions soutenues, je me sens davantage responsable de moi. Les philosophards, professant que, non seulement mortelle, mais hautement improbable, notre existence n'est qu'une détestable conjonction de hasards, ne m'impressionnent pas. Certes, ma vie n'est pas moins scandaleuse que ma mort, ce néant d'après moi qui me fera retourner au néant d'avant moi. Mais puisque j'en dispose jouissons-en jusqu'au bout. Faust n'a rien de légendaire : c'est vous, c'est moi, c'est n'importe qui entend se conserver le plus longtemps possible du paradis sur terre. Comme j'en manque, je vais m'en occuper.

En fait Gérard n'a rien décidé. Il réfléchit. Il balance encore. Quand Solange entrebâille la porte du bureau et jette : *Chéri, je vais à mon cours,* il se contente de sourire. *Chéri,* ce n'est depuis longtemps qu'une habitude de bouche, un mot vide de sens dont l'*i* ne fait plus bougie de Noël. Quant aux cours, il n'y en a pas moins de trois ; de gym, d'anglais, de peinture, à l'Université du troisième âge qui recrute d'ailleurs dans le trente comme dans le soixante. Honorable, contrôlable (à condition de se donner le ridicule d'aller y voir), le cours est probablement un alibi, un passe-partout servant de temps à autre à ouvrir d'autres portes.

Solange partie, Gérard reste seul dans le ghetto de son bureau. En face d'elle, malgré tout. En face de ce portrait peint par Minaux et perpétuant une de ses plus fraîches incarnations. Depuis lors, il y en a eu beaucoup d'autres et, celles-là, pour les revoir, il n'a qu'à laisser tomber les paupières. A se recueillir. A laisser défiler.

Voici, rencontrée fortuitement chez un ami, à Lyon, une inconnue du genre Tanagra : vive, plus jolie que belle, typée, frémissante et sûrement pas innocente comme l'annonce un regard bleu insistant, lancé comme le fil d'un hameçon.

Voici cette demoiselle, Solange Louise Chantal Breint, secrétaire d'un soyeux, née à Valgorge, Ardèche, de Gaston Breint, épicier failli, puis gratte-papier à la Sécu, et de sa veuve Mélanie Bertolet, Cévenole d'ascendance camisarde, dame fort stricte, affolée par les libertés que s'octroient ses filles... Voici cette demoiselle qui désole sa mère et, légère de linge, de scrupules et d'années, suit — ou plutôt entraîne — un père de famille dans un voyage de non-noces, à travers les oliviers et les bories du Lubéron.

Voici, remontée à Paris pour une longue liaison, la rieuse, la cajoleuse Solo qui sait tout faire : la secrétaire, la ménagère, la couturière, la partenaire, pour s'attacher un bigame dont la passion n'exclut pas la contrition et dont la légitime attendra quatre-vingt-seize mois avant d'aller voir un avocat.

Voici Solange Laguenière, triomphant enfin de sa rivale (qui mourra quatre ans plus tard d'un cancer du foie) et devenant soudain très Madame, diplômée par son livret, installée dans l'exercice légal de ce qui figurait à charge dans les attendus du tribunal.

Voici la mère d'Edith, d'abord enflée sans enthousiasme, puis débordante de lait et par les laines, par les langes de l'ange, comme tant d'autres, tout à fait sanctifiée. C'est l'époque où les générations commencent à s'embrouiller, où Marie, la fille aînée du premier lit, mariée très tôt, est déjà flanquée d'une Rose qui a près de trois ans de plus qu'Edith et aura chez un commerçant, jugeant Solange sur la mine, ce trait plaisant : *Tu entends, grand-mère ? On t'appelle Mademoiselle.*

Voici l'épouse de notable, épanouie, au moins en apparence, donnant l'impression d'être sûre d'elle, qu'elle soit en chemise, en robe du soir ou en tablier, mais cherchant déjà pour sa gloire comme pour sa défense à rameuter les Breint en face des Laguenière.

Et puis voici la fin de la période chantante de la « clef de Sol ». Voici cette même femme qui commence à se plaindre de ce que Gérard s'occupe moins d'elle que de sa carrière, qui s'affole d'avoir dépassé la quarantaine, qui bientôt en fait une maladie, se plaint de constipation, de prurits, de chaleurs, se bourre de tranquillisants, se couche des journées entières, se relève fébrile, sort, revient à des heures impossibles, s'enferme, repart, laisse entendre à certains qu'elle s'aère, à d'autres qu'elle consulte, à d'autres que *c'est avec les cheveux blancs que le mariage le devient aussi,* qu'elle ne s'y résignera pas, qu'avoir vingt ans de moins que son mari donne des droits, ne précise pas lesquels, laisse cancaner, déplore ces ragots, mais quitte le lit conjugal, se coupe dans ses propos, légitime les soupçons sans jamais parler de *qui* bénéficie des blancs de ses horaires.

*

Gérard ouvre les yeux, s'amollit un instant. Il faut être objectif. Solange, évidemment, ce n'est plus la fille convoitée par tous, obtenue par quelques-uns, qui régnait sur le « Groupe sportif du Quai ». Ce n'est plus la « petite Madame Laguenière » auprès de qui s'empressaient les messieurs propriétaires de noms connus et d'épouses fanées. Mais son mari ne peut pas l'ignorer ; avec de la repartie, de la santé, du tempérament, cette volonté qui habite souvent les petites femmes, avec ce corps bien défendu, ce visage resté attachant, très *fin de fleur,* Solange dispose d'atouts suffisants pour être encore recherchée. Cache-t-elle son jeu ? A-t-elle changé ? A-t-elle eu peur ? Aussi discrète sur les trottes de ses hauts talons, elle est moins épineuse. Veuve, que serait-elle devenue ? A cœur chaud comme à cœur froid, le mariage est pour elle une situation : aussi vexant que ce soit, vu sous cet angle, il lui apporte la sécurité de l'emploi. De ses écarts, au bénéfice de la différence d'âge, en effet, ne pourrait-on l'absoudre si elle se résignait, enfin convaincue qu'aux bouches des amants la salive n'a rien d'une eau de jouvence ?

Question bouffonne, quand de cette eau-là lui-même n'est pas sans soif ! Mais pour autant qu'il s'abuse, Gérard va être aussitôt détrompé. Le téléphone sonne et l'écouteur, saisi de la main gauche, se plaque sur son oreille :

— Allô, allô, allô ! égrène une voix d'homme.

La répétition peut être un code. Des coups de fil interrompus dès que Gérard répondait, il s'en est produit souvent : attribués par Solange à de mauvais plaisants, voire à des cambrioleurs essayant de savoir si les gens sont sortis.

— Allô, allô, allô ! fait-il d'une voix pointue, contrefaisant celle de sa femme.

Ce n'est pas la première fois qu'il emploie cette astuce, dont il n'a pas lieu d'être fier, pour écarter un importun en se réputant absent. Au bout du fil en tout cas il semble qu'on s'y soit trompé :

— Ici, Gonzague. Peux-tu me rejoindre à La Poste, comme l'autre jour, à sept heures ?

— Comme l'autre jour, d'accord.

On raccroche. A l'évidence, il ne s'agit pas de la poste, qui est fermée à sept heures, mais de l'hôtel de ce nom. La commission ne sera pas faite, le rendez-vous sera manqué. Mais l'important, c'est l'impair: la petite erreur dans le jeu des prudences. Gonzague est un prénom rare et Gérard n'en connaît qu'un porteur: un électricien venu, notamment, dépanner la pompe à chaleur et que *l'Eclaireur* a photographié une fois en page six, tenant son vélo d'une main et de l'autre brandissant le bouquet du vainqueur à l'issue d'une course d'amateurs. Incroyable! Même s'il ne s'agit pas de lui, l'invite et le tutoiement demeurent. Gérard éclate d'un rire sec, se lève, pousse droit devant lui, traverse la salle à manger où pèse de tout son poids de chêne, de vaisselle et de temps le buffet Louis XV qui fut celui de sa grand-mère, puis de sa mère, puis de sa première femme, avant de servir à la seconde et de baigner comme tous les meubles, tapis et tentures dans l'Opium, le bien nommé parfum dont Solange s'inonde. Vous croyez qu'une petite notoriété vous protège? Détrompez-vous. Elle excite au contraire le plaisir d'encanailler un peu ses distractions.

Mais il faut à tout prix épargner un cœur encore fragile où se réveille un point douloureux. Non, pas d'injures. Non, ça lui ferait sûrement du bien, mais Gérard n'expédiera pas le vase de Copenhague — cadeau de mariage d'Edmonde — dans la glace de la cheminée. Il revient vers son bureau. Il s'incline au passage devant le portrait. Il dit merci...

Oui, merci. Quand la tension devient trop forte, dirait l'électricien, les plombs sautent. Ils ont sauté. Voilà. C'est fini. Le courant qui, jadis de l'ordre du coup de foudre, a baissé jusqu'à devenir du 220, ne sera pas rétabli. Se jeter sur son reste, qu'est-ce que ça peut signifier maintenant? Programme, s'il vous plaît? Le mois de repos obligatoire se termine le quinze, date où sera impérativement repris le travail en retard. Le même jour tombe l'anniversaire de Madame: il sera fêté comme il convient et, le soir même, on pourra prendre la route. Pour faire diversion il semble tout à fait indiqué d'examiner, d'étiqueter, de mettre en place, entre un cassis et un triton non moins remarquables, la pièce reçue d'un collègue cypriote: exemplaire exceptionnel, mesurant près de trente centimètres, de *Tonna galea,* ce coquillage unique en son genre, prédateur qui tue ses proies à l'acide sulfurique. Une fois calmé, il sera très sain de noter sommairement sur le journal ♀♂ГОНЗАГ: inscription commémorative qui n'aura de sens que pour lui.

*

Puis il s'en ira tranquillement chez le bijoutier de la Grand-Rue chercher le médaillon qu'il lui a fait transformer. Certes il a son drageoir qui contient deux ou trois jours de drogues, mais un drageoir peut s'oublier dans une poche quand on change de costume. Au bout de sa chaînette un médaillon, parfaitement hermétique, ne vous quittera jamais, même sous la douche. Il s'ouvre comme n'importe quel autre et dans la partie gauche, bien que pour l'instant il n'y en ait pas de prévue, on peut encastrer une photo. Mais l'essentiel, c'est la partie droite dont le double fond, divisé en deux logettes, est fermé par deux minces volets à déclic. Le bijoutier était un peu ahuri quand Gérard lui a demandé de cloisonner ce côté qui, à l'origine, contenait des cheveux de son arrière-grand-mère. Gérard n'allait pas lui expliquer que se défendre d'une crise brutale ne suffit pas, qu'il faut aussi se prémunir contre ce qui pourrait advenir si elle vous mettait à mal. Le zèle médical est féroce : bon gré mal gré, il entretient dans l'impotence, la douleur et la honte de grands paralysés, des aphasiques, des loques humaines qui accablent leurs proches et ne demandent pourtant qu'à les délivrer d'eux. Il faut *aussi* pouvoir, à l'occasion, en finir proprement, sans traîner. Quand on sort de cette cour des miracles que sont certains services hospitaliers, on sait ce dont on parle ! Une case pour le dinitrate. Une case pour un centigramme de cyanure. La vie, la mort, côte à côte : la sécurité.

7

Si Lazare a pu faire la grimace en réfléchissant qu'il lui faudrait mourir deux fois et a, dit-on, macéré dans la crainte, ce n'est pas le cas du miraculé maison. Il devait se faire vacciner contre la grippe, ce matin, au dispensaire. Il a dû prolonger sur les bords du canal sa marche réglementaire. On peut se faire du souci : avec lui plus d'heure qui tienne. Dans le vivoir où les glaçons tombent dans les verres de whisky, Solange vient de faire remarquer :

— Tout le monde est là, sauf lui.

A vrai dire tout le monde n'est pas là. Ni Marie ni André ne se dérangent pour l'anniversaire de leur belle-mère qui, elle-même, préférerait qu'on fêtât plutôt la Sainte-Solange (sans pour autant faire référence à sa patronne, bergère du IXe siècle qui défendit si pieusement sa vertu qu'elle la garda, mais perdit la vie, assure Séverin). Les sœurs ont reparlé du placement de leur mère dans une maison de retraite. C'est un problème Breint qui n'est un problème Laguenière que dans la mesure où, seul, Gérard pourrait payer ; et Mme Breint ne s'y oppose pas, à condition de ne rien demander, et que ce soit en quelque sorte une tardive rançon de l'« enlèvement » de Solange que sa vigilante rancune n'a pas depuis vingt ans pardonné. Ne participant guère à l'entretien de la vieille dame (dont elles n'ont pas manqué de rappeler qu'elle a seulement trois ans de plus que son gendre), les sœurs n'en sont pas moins catégoriques : c'est un devoir pour ceux qui le peuvent. Solange acquiesce, très mollement : elle sait trop bien que s'il secourt « l'Ardèche dans la dèche », comme il dit, Gérard ne le fera qu'à budget limité et que lui demander davantage, ce serait le faire exploser. La conversation languit. Francine ne fait qu'un tas. Séverin, fidèle au Job gommé, se roule une cigarette, trop ventrue et qui craque. Changeant de disque, les jumelles, toutes deux empaquetées dans un gros pull marine et un jean unisexe, plus indiscernables que jamais (à une broche près : un E ou un R d'argent, peut-être malicieusement intervertis), racontent qu'elles viennent de faire renouveler leurs cartes d'identité :

— C'est moi qui me suis fait photographier, dit Edmonde.

Grobis, errant au hasard des caresses, s'approche de Mamirna qui étend vers lui une main tremblante. Rétablie, mais ne voyant plus en fait de visages que des ovales couleur chair, vivant dans un monde de voix auxquelles elle tend désespérément l'oreille, elle rappelle qu'elle a perdu un chartreux ; elle demande si Grobis a été piqué contre la leucose féline.

— Le vétérinaire est passé hier soir, dit Solange.

— Lequel, ma petite Edith ? reprend Mamirna. Il n'y a que Pérobon pour être sérieux.

Mère et fille ont, en effet, à peu près la même voix. Séverin enchaîne, déplore qu'en France six millions de chats mangent plus de viande que les enfants du Mali. Mais la porte s'ouvre et le même Oh! jaillit de toutes les bouches.

*

C'est avec une discrétion feinte, mais en ne perdant rien de son mètre soixante-douze que Gérard apparaît, accueilli par des yeux ronds. Verts chez sa fille, gris chez son frère et sa sœur, bleus chez les trois Lyonnaises, ils n'expriment rien que l'étonnement. L'ironie, c'est au coin de la lèvre de l'arrivant qu'on la trouve malgré l'effort qu'il fait pour se masquer de sérieux. Solange avait de bonnes raisons de s'attendre à un éclat, mais pas à cette démonstration. Cependant Gérard, négligeant l'apéritif, fait des pas vers la longue et lourde table de couvent où sa place est immuablement fixée en face de celle de Madame et marquée par une serviette roulée ceinte d'un rond d'argent gravé à son chiffre, GL, qui est aussi une signature discrète au bas de certains articles et un sobriquet, jadis utilisé par Mamirna quand elle n'était pas satisfaite de son neveu, aujourd'hui par lui-même quand il se snobe. Il avance, à l'aise dans un Ted Lapidus tout neuf, de couleur brique, remplaçant l'austère complet anthracite qui depuis des années lui encastrait les épaules. La cravate assortie aux chaussettes et la ceinture aux souliers en font une gravure de mode. Mais la provocation majeure, c'est le poil. Il y a des gens qu'un grand malheur fait blanchir en une nuit. A lui, depuis le matin, il est arrivé le contraire.

— Ce n'est pas vrai! Tu t'es fait teindre!

Solange pique du nez, gênée: elle se souvient d'un mari plus jeune qui ressemblait à celui-ci dont fuse la réplique:

— Eh oui ! Je me suis décidé à faire ce que tu fais depuis longtemps.

Il l'a même fait tout seul. Pour éviter le contraste, en dépit des risques encourus par les yeux, les sourcils ont aussi été traités ; et pour la même raison, en cas de déshabillage, les toisons de poitrine, d'aisselle et de pubis : ce qu'aucun coiffeur ne fait, ce qui a obligé Gérard à procéder, dans la salle de bains verrouillée, aux diverses opérations : mouillage, enfilage des gants de plastique, mélange du révélateur avec le colorant, application raie par raie, malaxage, pause, rinçage, shampoing neutralisant, second rinçage, séchage gonflant... Il ne s'en serait pas cru capable. S'il a dû jeter une serviette irrémédiablement tachée, s'il n'a pas résisté au fou rire en voyant s'agiter dans la glace un nudiste englué de noir aux bons endroits, il a réussi son coup. Ce que la métamorphose, pour les intimes, peut avoir de ridicule ne laisse pas d'être émouvant, même pour Séverin qui rit, avant de grogner :

— J'ai neuf ans de moins que toi et j'ai l'impression d'être devenu ton oncle.

Tournant le dos à la partie salon, Gérard s'est assis, mais en cavalier sur sa chaise retournée. Chacun se lève pour le rejoindre tandis que l'aîné asticote son cadet :

— Séverin, ton scalp te chagrine. Ni les tricho-peptides ni les implants ne peuvent plus rien pour toi. Mais si je vivais dans ton veston je courrais me faire poser un remplacement capillaire. Ne me dis pas que ce serait de la triche... Est-ce que tu vas tout nu ? Tu te nippes, tu te chausses, toutes choses que la nature n'a pas tellement prévue. Moi, je crois maintenant que l'apparence fait partie de la santé.

Le teckel intervient, renifle son maître, pour lui

identique, puisqu'il n'a pas changé d'odeur. La famille s'installe devant les assiettes à fleurs héritées du grand-père. Figée, perplexe, Solange se recroqueville dans sa robe. Elle qui ne s'autorise pas un fil blanc, qui peuple ses étagères d'une foule de boîtes, de pots, de fioles, de tubes contenant ses fards, ses crayons, ses masques, ses pommades, ses crèmes à l'élastine, au citron, au concombre, ses déodorants, son huile de vison, son gomme-tâches, son allonge cils, son blanc perle pour les dents, sans compter ses gels et lotions, son kit soin-des-ongles avec râpe dure, râpe douce, lime, curette, écarte-doigts et matériel à vernir comme à dévernir... comment pourrait-elle contester à quiconque l'emploi du Brun n° 4 ? Mais comment admettre que Gérard qui a horreur des magasins, qui s'y laissait traîner à peine deux fois par an, ait pu se rhabiller tout seul en se laissant vendre ce qu'il porte ? Qu'il se brave en même temps que ses proches, c'est clair. Mais il y a plus grave : Gérard se refuse pour devenir un autre. Jusqu'où ira-t-il ? Maîtresse de maison, elle tente une diversion :

— Coquilles Saint-Jacques, cailles aux raisins, sabayon, gâteau du vingt-troisième anniversaire de mon vingt-troisième anniversaire, ça vous va ?

L'ange qui passe a du plomb dans l'aile. Il n'est pas un regard qui ne soit fixé sur Gérard. Il n'a pas remis sa chaise à l'endroit. Il caracole dessus et soudain laisse tomber trois mots :

— Je suis désolé...

Sa pomme d'Adam bouge : il vient d'avaler sa salive. Le reste part d'une traite :

— Je suis désolé. Il faut que je vous abandonne. Mon collègue, Alain Gaude, vient de me téléphoner : il s'était engagé pour une tournée de conférences en Belgique, mais il s'est démis une cheville. Le Club Parole est affolé : salles louées, billets vendus, retransmission programmée par les radios locales, délais trop courts pour décommander ! Alain me supplie de le remplacer. Je lirai son texte : sa femme doit me le remettre cet après-midi, à Paris. Je passerai ensuite à Lariboisière voir Salam et demain matin je prendrai le train à la gare du Nord.

Hormis Solange qui secoue les anneaux de son semainier nul ne bouge.

— Quoi donc ? Qu'y a-t-il ? fait Mamirna dont l'attention défaille.

— Ici Séverin. Je dis, ma tante, que Gérard n'est pas raisonnable. Un voyage, déjà !

— Il fallait refuser, dit Francine qui émiette du pain.

Mais Solange, pas folle, ne proteste pas. Gérard a sauté sur l'occasion si même il ne l'a pas provoquée ; Gaude est son meilleur ami. Il s'agit d'un affront prémédité fait devant la tribu à une date symbolique. On s'en va. Pas de souhaits, pas de fleurs, pas de cadeaux, pas d'anniversaire. Se fâcher ? Surtout pas ! Ce serait s'avouer touchée devant ces Laguenière qui aimaient bien Alice, qui l'aiment moins, qui ne l'ont vraiment acceptée qu'après la naissance d'Edith, mais depuis deux ans se montrent de nouveau très réservés, taisant ce qu'ils savent ou ce qu'ils devinent. Seule bonne attitude : la compréhension. Disons que guéri, Gérard ne peut pas refuser ce service à un confrère dans l'embarras : l'imprévu fait partie de son métier.

— N'oublie pas qu'à Noël, Edith et moi, nous partirons pour la Savoie, murmure-t-elle simplement.

Gérard est déjà debout ; il fait le tour de la table,

il embrasse avec application tous les siens, s'attarde près de sa fille et enfin effleure sa femme :

— S'il arrive quelque chose, appelez le Club à Bruxelles : on saura où je suis.

Et si c'était à lui qu'il arrivait quelque chose, si ça le reprenait en force, là-bas ? Il va. Il gagne le vestibule. La moustache de Séverin se rebrousse, se mélange aux vibrisses de son nez. Francine s'efforce en vain d'être une lune souriante. Edith boude, sans trop comprendre. Les sœurs, qui savent de quoi il retourne, affichent le même air pincé. Solange, humiliée, n'en laisse au contraire rien voir et semble ne pas entendre le grincement de la porte de sûreté qui se verrouille en trois points et que surveille un Dictograph Security System pour l'instant — comme son mari — déconnecté. Le battant se referme. Gérard n'entendra pas ce jugement de Solange :

— Depuis son accident, vraiment, il est imprévisible.

Il n'entendra pas la réplique de sa sœur :

— Non, Solange ! Sa réaction, il n'y avait pas besoin d'être voyante pour la prédire.

8

Dans le Paris-Copenhague bondé il s'était, faute d'avoir réservé, installé tout au bout de l'allée centrale à la place marquée *Mutilé* avec le sentiment d'y avoir quelque droit. Rabattant la tablette, il essaya de travailler un peu. Sans succès. Alors il entreprit de lire un article du *Monde* sur la streptokinase, thrombolytique bien intéressant pour ceux qui risquent de se boucher une nouvelle fois les coronaires. Mieux valait pourtant s'oublier. Il se tourna vers cette carte postale mouvante qu'est une vitre de wagon.

N'aimant guère l'auto, encore moins l'avion qui, s'il fait beau, vole sur une carte d'état-major et, s'il pleut, sur un océan de coton hydrophile, d'ordinaire il appréciait le train, proprement nourri de volts par les caténaires : le train, procession rapide, fête-lieu, lissant du fer entre ces temples de l'exactitude que sont les gares. Mais cette fois, devant ce paysage ponctué de terrils et de hautes cheminées à traînantes fumées, si la tête y était, le cœur n'y était pas. Fugue ! En réalité il faisait une fugue ! Il s'en voulait. Dénombrer les poteaux du bord de voie et, compte tenu de leur écartement comme des secondes grignotées par la trotteuse de sa montre, en déduire la vitesse, non, le jeu ne l'amusait pas. De pré en pré les vaches — ici flamandes, là plutôt charolaises — ruminaient moins que lui. Vous partez en tournée, vous ne dites à personne qu'en fait elle commence deux jours plus tard, vous faites confiance à la SNCF que relayera la SNCB... Mais pour autant, savez-vous si vous pouvez vous faire confiance à vous-même et prendre le risque de dérailler de votre vie ? Bénis soient les auditeurs wallons désireux d'entendre parler de ce pèlerin légendaire que fut le très politicien Godefroi IV de Boulogne dit Godefroi de Bouillon ! Mais en vérité pourquoi Namur plutôt que Mantes, pourquoi Béatrice Goslin plutôt qu'Yveline Darne ? Il y a dans la vie des moments où tout se résume à aller voir plutôt que de voir venir et c'est alors la girouette qui donne la direction. Rien d'étonnant si la rengaine des tours de roue, sur quoi peuvent s'adapter n'importe quelles paroles, semblait scander : Que fais-tu là ? Que fais-tu là ? Quand le haut-parleur avait fait son office à Senlis, à Saint-Quentin, à Maubeuge, Gérard n'aurait pas été étonné qu'il lui posât la question. Fugue ! Il faisait une fugue ! Ces choses-là se sentent. Au passage des douaniers, accompagnés d'une forte fouilleuse de dames, il devait avoir une allure, un regard suspect, pour mériter une si minutieuse vérification de son bagage et de ses poches.

— Auriez-vous du feu ? lui demanda peu après son voisin malgré le panneau à cigarette barrée d'un X rouge.

Satisfait d'une mince complicité, Gérard prêta son briquet de vermeil, datant d'une époque où ni le tabac ni l'amour ne lui étaient retirés. Deux momies vivantes, crayeuses, mâchouillant de tout leur dentier un idiome probablement scandinave, se retournèrent, humant l'air avec indignation. Il faillit murmurer : « Qu'est-ce qu'elles ont, ces vieilles ? » Mais elles avaient son âge — ou un peu plus ou un peu moins — et cette remarque était frappée d'interdiction. Il se rabattit sur le fumeur qui lisait *Le Figaro* titrant « Lech Walesa retenu par la police » et soufflait bleu sans vergogne : son sans-gêne, l'autorité de son menton, l'épaisseur de ses lunettes d'écaille interposant du verre entre l'univers et lui donnaient à penser qu'il devait être PDG ou, plutôt, fonctionnaire de haut rang...

*

Cependant Namur approchait. La ligne longeait la Sambre encrassée de nuages flous filant à contresens de longs chalands chargés de houille. Le train pénétrait dans une banlieue pauvre entre des maisonnettes serrées mur à mur et des jardins exigus peuplés de gamines jouant à l'abri de fragiles barrières. En fait de conjectures, peut-être était-il plus urgent de se demander qui était Mme Goslin. Que savait-il d'elle ? A peu près rien. Elle lui avait écrit, trois mois plus tôt, à la suite d'une émission de TF1 sur « les plus beaux coquillages du monde » : émission à laquelle il participait parmi des spécialistes de la conchyliologie à titre de collectionneur averti et où il avait déclaré : *Remarquez que ce qu'il y a de plus banal peut parfois devenir ce qu'il y a de plus rare. Ainsi l'escargot : si sa spire tourne à droite, il ne vaut que le coup de fourchette ; si sa spire tourne à gauche, c'est une pièce de musée, le cas est rarissime.* Or Mme Goslin, invitée par une amie et dégustant douze escargots de Bourgogne, en avait trouvé un qui tournait à l'envers.

D'où la première lettre. Impossible de ne pas s'en souvenir. D'abord elle flattait son hobby.

Ensuite sur l'enveloppe le timbre était collé à gauche et de telle façon que le roi Baudoin se présentât la tête en bas. Avec l'adresse *Mme B. Goslin, 32 avenue du Gouverneur Bovesse à Jambes* figurait au verso la mention imprimée *Bureau d'Aide Sociale.* Mais surtout son écriture, sur quatre pages, ne pouvait que tirer l'œil du destinataire : avec ses *m* à trois arches, ses petits anneaux servant de points sur les *i*, ses *T* barrés de biais — sans compter l'emploi de l'encre bleue — elle ressemblait étrangement à celle de Noémi, jeune fille dont il avait été écarté dans sa jeunesse après deux ans de fiançailles. C'est pour cette raison même qu'il avait hésité à répondre et confié à son journal :

S'il s'agit de pousser plus avant la comparaison, méfions-nous d'y chercher un rajeunissement d'occasion : il n'y a que les antiquaires à pouvoir recopier un meuble ancien.

Puis peu à peu hanté par la perspective d'enrichir d'un spécimen introuvable son rayon des « pulmonés terrestres », de le déposer dans l'ouate entre une achatine géante de Guinée et un polymile multicolore des Indes, il s'était permis de faire savoir à Mme Goslin que sa trouvaille l'intéressait. Retardé par l'accident, relancé par la fille, il lui avait tranquillement télégraphié la veille :

J'arriverai samedi à onze heures en gare de Namur. Rendez-vous sur le quai.

C'était aussi incertain que cela ! Rien ne l'assurait d'une rencontre avec cette personne. Elle pouvait être absente. Elle pouvait être malade. Elle pouvait entre-temps avoir perdu ou vendu ou cassé son hélicidé. Elle pouvait même à la limite ne pas exister, n'être qu'une invention d'un rigolo ravi de sa bonne blague. Inch' Allah ! Rien n'empêchait au surplus qu'elle apparût sous les traits d'une vieille dame ou d'une mamelue buveuse de bière flanquée de son époux. Inch' Allah ! Quand on n'a pas d'intention précise autre que l'acquisition d'une coquille anormale de mollusque, on peut s'en remettre au hasard : au *petit hasard,* source de ces démarches menées au *petit bonheur* qui changent rarement notre destin. Cette légèreté bousculait fort ses habitudes de studieux, assurant plutôt trois fois qu'une son programme et ses horaires, mais il n'était pas impossible que, de ce citoyen-là, l'infarctus eût en lui fait un mort.

— Namur, une minute d'arrêt !

Il descendit. Manteau bouclé, valise au flanc, un bras en l'air, il s'immobilisa comme le faisait jadis le petit jeune homme attendu par Noémi sur le quai numéro 3 de la gare de Nantes. Cette gare-ci allongeait comme partout des quais de béton surplombés de galeries couvertes et dominant l'acier luisant qui sur des traverses grasses aboutissait plus loin à l'enchevêtrement des aiguillages. Bonne image ! Gérard ne se sentait pas moins compliqué. Gris ciment sous les pieds, gris nimbus sur la tête, tandis que le Paris-Copenhague repartait vers Liège, il attendait, presque ennuyé d'être là, lorgnant vaguement un défilé de dames appartenant sans doute au même club et présentant tous les genres d'allure : la fessière à mamelu contrepoids, la ventrale à dos rejeté, la coincée réglant de petits pas sur l'étroitesse d'une jupe, l'obtuse commandant au contraire de larges enjambées depuis la racine des cuisses. Il nota toutefois que deux agréables voyageuses, accrochées au passage par son regard, lui rendaient son coup d'œil, sans plus, mais lui prouvant ainsi que, délivré de la canitie, il avait, semblait-il, cessé d'être absolument négligeable, qu'on pouvait se tromper sur son compte. Le dernier voyageur disparaissait dans l'escalier de communication quand le remonta vivement un parapluie violet :

— Monsieur Laguenière ?

Le parapluie s'abaissa, découvrit une fille longiligne aux seins actifs dans un chemisier mauve, au genou vivace sous la jupe-kilt fermée par une grosse épingle. Avec son casque de cheveux dorés, surabondants, exaltés par un récent brushing, avec sa bouille de madone raphaélique retouchée au rouge baiser, ses yeux à sclérotique très blanche incrustée d'ambre, elle était mieux que bien, elle était *trop* bien, Mme Goslin. Face à la jeune espèce, celle qui ne l'est plus se sent démunie comme un joueur de belote annonçant tierce contre un cent.

— Monsieur Laguenière ? répéta la blonde. Bienvenue à Namur ! Et excusez-moi d'être en retard : le bus a accroché un taxi.

Le trac ! Il avait envie de disparaître, M. Laguenière. Mais comment dire à qui vous a repéré sur le petit écran : *Vous vous trompez, madame* ou, ce qui serait encore plus ridicule : *Tout compte fait, restons-en là* ? D'ailleurs il n'avait pas moins envie de poursuivre, il se redressait, il rentrait le ventre. Mme Goslin, prenant l'initiative, tendait la main, ajoutait :

— J'ai confié ma fille à ma mère. Je dispose de mon samedi et, si je veux, de mon week-end.

Evidemment l'accent wallon ne transparaissait pas dans ses lettres, n'évoquait plus la petite Nantaise qui, fille de son temps, ne possédait pas cette assurance. Mais c'est toujours un *moment* que la sortie du néant d'un être dont l'existence jusqu'alors n'a rien eu à voir avec la vôtre : il naît pour vous comme vous naissez pour lui, avec un pouvoir d'apparition variable et qui, là, jouait en faveur de la visitée entraînant son visiteur vers le passage souterrain en raillant sa politesse :

— Non, vraiment, ne m'appelez pas Madame, mais Béatrice ou mieux Béa, comme tout le monde.

La voix était fraîche comme la peau, la jambe se tortillait comme le regard :

— Je vous connais un peu, forcément, mais vous ne savez rien de moi.

Le passage souterrain de la gare, à Namur, la traverse tout entière et des deux côtés aboutit en ville. Elle parlait, elle parlait, Mme Goslin : de sa fille Nora, quatre ans ; de ses parents retirés à Natoye dans le Condroz ; de son mari, un coureur doublé d'un ivrogne dont elle vivait séparée en attendant le divorce ; de son travail au Service social de la SNCB. Elle en disait trop, probablement pour la même raison qui empêchait Gérard d'en dire assez, le mutisme étant parfois le recours des innocents qui ne sont plus sûrs de le rester. Que fallait-il comprendre ? Elle venait de saisir son bras, la petite Wallonne, pour s'aider (?) à remonter les vingt marches de la sortie débouchant au milieu de la place bordée d'une part par les bâtiments du chemin de fer, de l'autre par une file de commerces. Théoriquement, après une honnête transaction, il devait se retirer à l'Hôtel de Flandre, repéré sur le *Guide Vert* et dont le nom s'affichait à l'angle d'une petite rue. Mais pour être improbables, en fait de soirée, d'autres variantes restaient possibles. Voilà longtemps que Gérard ne s'était trouvé dans une situation de ce genre, l'œil troublé par un long cou très pur comme le nez par un parfum banal, mais nouveau. Et voilà que Mme Goslin, enlacée par un léger coup de vent, retenant sa jupe, s'arrêtait en plein asphalte, le considérait, commençait une phrase :

— Pardonnez-moi, mais à la télévision vous n'étiez pas à votre avantage, vous paraissiez beaucoup plus...

Le mot lui resta dans la bouche. Elle rougit. Elle reprit vivement :

— Que voulez-vous faire de nous ?

Aimable pluriel, difficile à interpréter ! Mais quand on craint ce qu'on espère, quand on ne sait ni ce qu'on veut ni ce qu'on peut, dans une ville étrangère de surcroît, comment répondre, sinon par une plate invitation ?

— Trouvez-nous un endroit agréable...

L'espace d'une seconde Mme Goslin regarda l'heure au cadran de la gare en plissant les yeux et son compagnon trouva rassurant qu'elle fût myope. Elle fit quelques pas dans la direction de l'Ambassador, le grand café de la place, puis se ravisa et piqua sur le premier taxi de la file d'attente :

— C'est un peu tristounet l'hiver, dit-elle, mais je vous emmène quand même à Chevetogne.

9

Parce qu'il n'est pas seulement le médecin de son mari et à l'occasion le sien, mais aussi un familier, Solange est arrivée tard chez Lhomond à l'heure où, ses visites terminées, son repas de célibataire expédié sur un coin de table, il ouvre son courrier qu'il n'a pas eu le temps, en général, de lire jusque-là. Elle n'a pas sonné, elle s'est faufilée par la petite porte, rarement fermée, de la cuisine, qui donne sur un jardin à l'abandon. Elle a, en passant, selon son tic, resserré le robinet de l'évier, qui gouttait. Puis apparaissant dans le vivoir enfumé, elle s'est annoncée d'une voix chantante :

— C'est moi, Luc !

Lui, il a émis, sans ôter sa pipe de sa bouche, un grognement de bienvenue, mais sans interrompre sa lecture. Sur onze enveloppes six n'ont lâché que de la publicité pharmaceutique, quatre des résultats de laboratoire. La dernière, il est en train de l'éventrer comme les autres à l'aide de ce vieux couteau corse pour touriste qui lui sert aussi à se curer les ongles et qui porte l'inévitable inscription : *Che la mia férita sia mortale !* Dépliant sans se presser un feuillet dactylographié au bas de quoi figure le grand S, suivi d'une vague ondulation qui sert de signature au Pr Salam, il le parcourt et, d'un coin de lèvre, marmonne :

— Vous tombez à pic, Solange.

Il retire enfin sa bouffarde de sa bouche et s'en débarrasse dans un cendrier de bronze en forme de crabe qui a dû être un brûle-parfum chinois et dont rien ni personne ne saurait expliquer la provenance.

— Excusez le charabia médical. Il faut que je vous lise la communication que je viens de recevoir de Lariboisière...

Ici, Solange prend toujours un petit air pénitent, qui en appelle au bon bourru compréhensif comme au praticien à bouche scellée par le secret professionnel. Elle s'est assise sur l'extrême bord d'un fauteuil aux ressorts incertains et laisse Lhomond débiter la lettre de Salam :

Mon cher confrère, sur sa demande nous avons examiné de nouveau M. Gérard Laguenière, votre client. L'incident coronarien dont il a été victime a bien évolué. Sur l'ECG persiste une cicatrice avec onde Q en antéroseptale de V1 à V3 et faibles troubles de la repolarisation en latérale. A part ça le cœur se montre, en scopie, de taille et de cinétique normales. Ni souffle ni galop. Bonne fonction ventriculaire gauche. La médication à base de dérivés nitrés-retard devra, bien sûr, être maintenue, comme les précautions d'usage. Nous souhaitons revoir M. Laguenière dans trois mois...

D'un coup de pouce, crac, sur la molette du briquet qu'elle a trouvé sur un guéridon, Solange vient de faire naître une petite flamme qu'elle promène devant son nez, pour s'occuper, pour rien, avant de l'éteindre d'un souffle sec. A-t-elle seulement écouté ? Lhomond sait bien qu'elle n'est pas venue pour ça, que dans une certaine mesure elle aurait avantage à consulter un psy, mais le lui conseiller aurait pour résultat de la braquer aussitôt contre lui. Tout de même, il faut que sur un point elle entende raison. Il reprend fermement :

— Passons le reste. Mais je n'ai pas le droit de vous épargner le post-scriptum : *Dorénavant fragile, M. Laguenière doit impérativement être ménagé par ses proches : ce qui ne semble pas toujours avoir été le cas...*

Tel un diable-à-ressort, Solange se remet debout, secoue ses cheveux, talonne le parquet en criant :

— Et le grand-père et l'oncle de Gérard qui ont fait aussi des infarctus, qui en sont morts, seront-ils comptés parmi mes victimes ?

Il arrive qu'on s'accuse en voulant se défendre. Lhomond, qui a touché le point sensible, se garde bien d'insister. Il sait à peu près pourquoi Solange, en l'irritant, le touche : bien qu'elle ne l'ait jamais entrepris, il y a entre eux une obscure sympathie de coureur à coureuse, pour ne pas dire une complicité. Lorsqu'elle a eu besoin d'onguent gris, voilà six mois, n'est-ce pas par lui que, pour éviter l'étonnement du pharmacien, elle se l'est discrètement procuré ? Et pour calmer des inquiétudes d'origine forcément suspecte n'a-t-il pas pratiqué ce prélèvement anonyme dont elle attend les résultats ? Il s'en veut, parce qu'il estime le mari innocent de sa disgrâce. Mais comme beaucoup de ses confrères, anciens carabins, il ne sait pas condamner ce genre de Marie-Madeleine qu'affole la ménopause et qui, entre deux pot-au-feu, ont besoin de fredaines pour se sentir exister.

— A propos, murmure-t-il, pour ce que vous savez, rassurez-vous, tout est négatif.

10

Mme Goslin le connaissait apparemment très bien, le parc de Chevetogne, ce site classé, peigné, bien fréquenté, honoré de visites royales, qu'on trouve entre Meuse et Ourthe en plein milieu du très boisé pays de Famenne. Elle expliquait au chauffeur que, non, l'autoroute inachevée des Ardennes, elle n'y tenait pas, que ça ferait balade de passer par la N 4, de la lâcher bien avant Bastogne à l'embranchement de la N 49 pour filer sur Leignon où se prend une tournillante vicinale... Un cas d'hypermnésie routière, en somme! Il fut patent quand elle dut décider, à l'entrée du domaine, entre les deux allées :

— A gauche! Montez vers Les Rhodos.

Son visage restait lisse. Tout de même deux minutes plus tard, sur le terre-plein où stationnaient une dizaine de voitures, tandis que Gérard payait le taxi, elle est devenue presque aussi raide que son parapluie fiché dans le sablon. Elle semblait fascinée par l'enseigne. Elle écoutait à peine Gérard qui, revenu vers elle, la félicitait de son choix. Malgré la défeuillaison la haute futaie reposant sur un immense tapis roux et lançant vers le ciel des troncs épais comme des colonnes, c'était vraiment une sorte de temple hypèthre avec de grands déambulatoires murés par de hautes charmilles. Ce n'était pas la saison où s'embrasent les rhododendrons, tandis que plus haut flamboient les hêtres pourpres. Mais dans la clairière, restée verte sous le mufle des chevaux de selle, la vieille auberge conservait bonne allure. Cependant de qui traîne une valise le premier souci est de s'en débarrasser : forcément dans une chambre.

Une chambre ? Ou deux ? Marchant vers le bureau derrière Gérard, Mme Goslin n'affichait rien qui pût la faire considérer comme une compagne ni rien qui en interdît le soupçon, rien qui permît d'affirmer (comme dit brutalement Stendhal) qu'elle était *ayable* ou pas. Ce restaurant après tout, c'est elle qui l'avait choisi, sans ignorer qu'il était flanqué d'un motel, de construction récente. Si le fait de louer une chambre ne signifiait pas forcément qu'elle le fût pour deux, Mme Goslin pouvant repartir après le repas, rien n'interdisait qu'elle servît à tous les usages auxquels l'hôtellerie pour le même prix les destine ; et parce que Gérard était dans ses petits souliers, parce que très sûr de lui en public il souffrait en telle occasion de timidité privée, la patronne comprit tout de suite qu'elle était en face d'un non-couple dont les alliances n'avaient sûrement pas été bénies par le même curé ! Ce fut elle qui décida :

— Je fais porter votre bagage au Sept.

*

Il était remarquable que, durant ce dialogue, Mme Goslin n'eût pas soufflé mot. Une fois assise dans la salle à manger et suçotant un cocktail maison en bout de paille, elle ne put retenir de ces coups d'œil qui, de recherche en esquive, signifient partout: *Et alors ?* A l'évidence elle hésitait entre deux rôles possibles ; et Gérard ne balançait pas moins. On a de ces retours sur soi pour se demander ce que vaut une chance. Entre *Je suis preneur* et *Tu n'as pas droit à ça,* difficile d'éviter le va-et-vient. Depuis Solange, Gérard savait trop bien comment de telles aubaines peuvent vous tomber dessus, se transformer en liaison, vous scier en deux, vous torturer de cas de conscience, de silences, d'attentes, de scènes, d'hésitations à souscrire à l'épilogue, quel qu'il soit. La vraie question revenait en force: *Que fais-tu là ?* Elle se précisait: *De quoi s'agit-il ?* Et pourtant, même si le sénestre — dont ni l'un ni l'autre n'avaient encore parlé — n'était pas pur prétexte, comme elle lui importait, cette rencontre avec cette jeune femme au chemisier mauve semé de violettes!

— Vous êtes marié, je crois? fit-elle tout à trac.

— Un peu.

Il remarquait non sans gêne et non sans plaisir les regards lancés à son invitée par les dîneurs des tables voisines et plus encore par leurs compagnes flairant d'instinct le couple dépareillé. Très vite il s'en remit à la carte qui méritait le recueillement. Bon menu, bon vin, ça aide. Ceci a même été dit plus crûment par le grand Anthelme: *Quand vous traitez une dame, il est habile de lui réjouir une bouche avant l'autre.* Le patron en personne, toque en tête, se penchait, tentateur:

— Puis-je vous proposer ma petite salade de girolles et de fèves aux moules traitées à l'huile de noisette? Et, pour continuer, mes suprêmes de faisan aux deux choux, vert et rouge?

Mais bien sûr! Mme Goslin faisait plaisir à voir. Gérard, rassuré, s'encombrait d'un autre souci. Il pouvait pour une fois abandonner le « régime Reagan ». Pas ses médicaments. Mais extraire d'un pilulier un cachet blanc de Lipanthyl contre le cholestérol, un comprimé rose de Sintron anticoagulant, une gélule bicolore de Lénitral, une dragée bleue de Citroflavonoïde défenseur des parois vasculaires... Impossible ! Autant crier : Je suis invalide ! Il se disposait à gagner les toilettes pour avaler le tout discrètement quand Mme Goslin tira un petit flacon de son sac en s'exclamant :

— J'allais oublier mon Tranxène.

Réflexion faite, Gérard n'a pas tout de même sorti ses drogues, les réservant pour plus tard. Mme Goslin enchaînait, expliquait :

— Vous savez, j'en ai tellement bavé depuis quelque temps que mes nerfs ont craqué... Je ne devrais peut-être pas vous raconter ça, mais il vaut mieux que vous sachiez à quoi vous en tenir à mon sujet. Disons la vérité : je suis dans la dèche la plus noire...

Sans doute grâce au dessert, sa voix ne devint pas triste, mais plutôt d'une mordante gaieté pour ajouter :

— Mon père buvait pour trois gosiers : ce qui nous a évité quand nous étions enfants de trop beurrer nos tartines. Mon mari boit pour dix, il est couvert de dettes et grâce à lui dont je reste solidaire jusqu'au jugement, j'ai des relations suivies avec les huissiers. Mobilier saisi, salaire amputé du maximum légal, c'est la joie ! Et je ne parle pas de la pension alimentaire qu'Albert me doit en principe pour ma fille : si je devais compter dessus, Nora ressemblerait aux petits affamés du Sahel.

Tirade préparée et au bon moment placée ? Pour n'être ni dupe ni salaud, il fallait y penser, sans y croire. Candide, la bouche entrouverte et découvrant de petites dents serrées, aussi blanches que la porcelaine de la tasse où fumait un café très noir, Mme Goslin éclatait de rire.

*

Du même rire nerveux qu'elle devait avoir quelques heures plus tard, après l'amour, quand Gérard se retira d'elle, essoufflé, ému, incrédule, surpris de ce succès hâtif et se demandant presque malgré lui : Que peut bien faire Solange en ce moment ? Sous-entendu : si ça se trouve, la même chose. Le souci de s'absoudre lui desserra les lèvres :

— Tu ne me croiras pas, mais c'est la première fois que je trompe ma femme qui, pourtant, ne m'a pas ménagé.

— Alors tu ne la trompes pas, fit la jeune femme. L'infidèle, du même coup, te rend ta liberté.

A vrai dire il s'en était fallu de très peu qu'il ne se passât rien. L'après-midi ils avaient visité le château, parcouru les avenues, joué au billard dans un café en buvant du Vieux Temps. Béatrice, certes, au lieu de repartir pour Namur, avait regagné Les Rhodos, mais réclamé une autre chambre. Il ne restait de libre que le Six où elle se retira vers dix heures après un souper chaleureux qui aurait dû faciliter le passage de la nappe au drap, mais fut gâché par une promenade nocturne sur une allée craquante de gel et sous un ciel de papier carbone percé d'étoiles comme de trous de frappe.

— Quelle idée de vous amener ici ! fit-elle, au bout de cent mètres. Il y a quatre ans, j'y étais avec Albert.

Et brusquement :

— On caille. Je rentre, Gérard.

Et elle était rentrée au Six, lui au Sept. Mais séparant deux lits qui y sont adossés, une cloison, ce n'est qu'un pan de plâtre encollé de papier : quinze centimètres de matière opaque pour les yeux et beaucoup moins pour les oreilles. Si du côté Goslin ne venait aucun bruit, du côté Laguenière c'était l'agitation, l'arpentage de parquet, la grogne. Quel piètre passe-muraille il faisait ! Quelle belle expédition aboutissant à un gros dodo bien chaud de pépé solitaire ! Lui vint heureusement une idée farfelue. Un bon demi-siècle plus tôt, chez les scouts, il avait appris le morse et, comme les copains, transmis des messages : au sifflet, de jour ; à la lampe électrique, la nuit ; et parfois, dans les gîtes cloisonnés de montagne, en se servant simplement d'un ongle toquant le bois pour une brève, le griffant pour une longue. Pourquoi ne pas essayer ? Quel risque ? Quand un homme sérieux poursuit des fins qui ne le sont guère, pourquoi ses moyens le seraient-ils ? Le poing partit d'abord pour une tambourinade d'appel. Puis l'index envoya le prénom suivi d'un ironique appel au secours :

—· · ·—· ·— ·—· —·· ··· —— ···

Et Gérard ne fut plus qu'attention : comme jadis, encore plus loin dans le temps, quand à la kermesse du collège l'équipe de la cinquième A, jouant contre celle de la cinquième B, suivait le balancement de l'hameçon devant le nez du poisson rouge de celluloïd, en criant : *Approche ! Accroche !* et d'aventure, triomphalement : *Il l'a !* L'œil vif, la main sûre, la langue coincée sur une canine pour ne pas souffler mot, il était fort à ce jeu-là : certainement plus qu'à celui-ci. Et pourtant ! Ecoutez ! Elle mordait. Elle répondait. Peut-être avait-elle été cheftaine, peut-être avait-elle travaillé comme auxiliaire de vacances au télégraphe. Toujours est-il que défilaient, une par une, les huit lettres de Béatrice précédant le même SOS de fantaisie.

–... . .– – .–. .. –.–. . ... —— ...

Il n'y avait plus qu'à faire un bond vers la porte du Six. Elle n'était pas fermée.

*

De ce revirement, plus tard sans doute, il saurait la raison. Mais de la scène elle-même il ne garderait qu'un souvenir flou. Dans l'empressement souvent la mémoire défaille ; et pas seulement la mémoire, d'ailleurs, surtout quand ce que vous faites n'est décidé que par une partie de vous-même. Rendez-vous compte ! Vous étiez, voilà un quart d'heure, un monsieur en complet-veston, Légion d'honneur à la boutonnière, tel que votre photo diffusée dans les gazettes ; et vous voilà qui entrez, en pyjama, pieds nus, dans la chambre d'une quasi-inconnue. Qui va s'occuper d'elle ? M. Laguenière ? Non. L'homme en pyjama. C'est important, c'est plus facile pour elle, qui est aussi en pyjama, qui était en train de se couler dans les draps, qui vous laisse le faire en même temps qu'elle, comme si vous étiez de toute éternité destiné à lui devenir parallèle. Pas un mot, sauf un *Gérard !* de faux reproche à quoi répond un *Béa !* qui, d'un seul prénom tronqué, annonce la prise de possession. Les bouches se rencontrent. Ce qui gêne, les vestes d'abord, commence à voler. Le reste suit. C'en est fait. Ce ne sera pas un échec, ce ne sera pas un triomphe. On ne peut pas demander l'impossible quand *lui* ne sait pas jusqu'à quel point il a le droit de risquer la tachycardie et quand *elle* ne tire d'un petit fond de trachée qu'une faible chanson, en manifestant un gentil savoir-faire assez éloigné tout de même du superbe enthousiasme qui vous engame un homme.

Lit pour lit, certes, ce n'est pas rien d'être en mouvement sur une vivante, de s'échauffer dans ce va-et-vient tout animal qui sert de conclusion aux plus belles romances et (si l'on veut être emphatique) fait éclater la sainte ampoule qui sacre les rois comme les gueux. Lit pour lit, non, ce n'est pas rien, pour qui risquait le grand froid, voilà peu, la grande immobilité face au plafond de la chambre Douze. Mais le meilleur de la nuit va se situer ensuite, dans le blottissement au creux de l'épaule de qui est devenue autre en devenant vôtre et soudain passe à la tendresse : de second choix sans doute quand ne l'inspire que le peau à peau, mais bien doucette quand même et sur le moment bon ersatz de celle du cœur à cœur.

*

Il a remis son pyjama : quand on n'est plus Apollon, mieux vaut ! Il refrène une stupide petite gloire mêlée à une courte honte de profiteur. Il n'y a pas de quoi pavoiser. Faire l'amour avec qui que ce soit, c'est toujours à peu près la même chose et c'est utile de penser que, comme pour une prise de courant, la nature permet que les deux pièces soient interchangeables. Faire l'amour n'aurait rien de l'extravagante importance que lui accordent l'art, la littérature, l'histoire — et lui-même, Gérard, dans son for intérieur — si, réduit à l'agréable, cet acte dont la plupart du temps on cherche à éviter la fin, la transmission de vie, ne fournissait à son auteur, du fait de cette éventualité, non seulement une attestation de présence, mais un permis de genèse, un diplôme de collaborateur dans la Création. Faire l'amour, en vérité, ou plutôt copuler pour fouir, pour jouir, quatre-vingt-dix-neuf fois sur cent (et probablement davantage), ce n'est que l'œuvre du brave démon à corne molle, craignant avant tout d'être démiurge, mais en gardant le prestige. Bon ! Il faut le savoir. N'en doutant pas, Gérard n'en finissait pas de considérer Béatrice. Elle était restée nue, elle, tout enveloppée de peau-soie, bien tendue, élastique aux charnières et partout épilée, sauf de la touffe. Si peu qu'il ait de comparaisons à faire, qui n'a pas sa statue de référence ? Plus longue d'au moins dix centimètres, celle-ci ne tenait ni de Noémi ni d'Alice ni de Solange, ces menues personnes. Avec son cou Modigliani, ses aréoles de sein en pièces de cinq francs, ses hanches un peu sèches, ce n'était pas Miss Belgique. Mais avec des jambes dignes de servir à une réclame de bas, elle offrait ce qu'ont oublié les maris aux abords de leurs noces d'argent : un front, des tempes, des paupières sans une rayure et ce rien de trop, ce rien de moins qui font d'un corps une sculpture chaude du musée du provisoire. Bref, il s'agissait d'une nymphe. L'espèce, devenue urbaine, étant rarement esseulée, une question, qui ne s'imposait pas, ne put être retenue :

— Excuse-moi, Béatrice, mais faite comme tu es tu ne vas pas me dire que depuis ton mari tu n'as eu personne.

— Bien sûr, j'avais quelqu'un, dit-elle.

Quoi de plus naturel ? Un imparfait cependant peut être valable à diverses distances. Elle avait quelqu'un... Quand ? Voilà six mois ? Voilà quinze jours ? Ou la veille ? Le genre masculin, que les consentements rapides inquiètent au moins autant que les longs refus, aurait plutôt l'oreille sensible à quelques méchants proverbes du genre : *Fille facile à prendre, fille facile à perdre.* Béatrice avait-elle cédé par hasard ? Par calcul ? Par curiosité ? Par indifférence ? Pour punir un tiers ? Pour le seul plaisir ? On a beau se dire que l'improbable commence avec notre naissance, on ressent, dès qu'il nous favorise, ce côté exceptionnel du *cas* qui déconcerte l'enchantement.

— Roland m'a quittée voilà un mois, précisa Béatrice. Il ne supportait plus mon campement !

Cette franchise méritait d'être payée de retour. Elle et lui, si ça devait se reproduire, ce ne serait pas un duo facile à programmer :

— Ma situation est encore moins nette que la tienne et je me demande même si je pourrai...

— Ne te demande rien, surtout ! Je crois aux bons accidents.

Bondissante, elle se levait et la fesse ronde, les bras envolés des épaules, allait fouiller dans son sac accroché à la patère de l'entrée. Elle en revint, tendant une grosse boîte d'allumettes de cuisine :

— Tiens ! Voilà ce que je t'ai promis.

De l'index, hors du frottoir, fut doucement poussé le tiroir qui n'était même pas garni d'ouate. Il était là, vraiment, par chance pas ébréché, intact et de bonne taille, le « roi des escargots » comme l'appellent les collectionneurs : le grand colimaçon qui tourne à gauche. Un sifflement d'amateur éclairé salua l'apparition de cette coquille vide qui pour le vulgaire ne méritait que la poubelle. Combien de fois dans les bois, les prés, les caniveaux, les bords de puits, les carrés de choux ou de salade, Gérard avait-il cherché, trouvé, examiné ses frères pour qui l'expression *ventre à terre* traduit l'extrême lenteur de qui doit glisser sur sa bave? Combien de fois avait-il séparé deux amants visqueux, verruqueux, copulant sole contre sole en s'enfonçant réciproquement leur dard calcaire d'hermaphrodite? Sa spécialité parmi les univalves, c'était surtout les cyprées, les cônes et les murex: pour cette étrange beauté dont on oublie qu'elle est funèbre, qu'un coquillage est un squelette externe, une des rares belles images que la nature nous ait fournies de la mort. Jaunâtre, cerclé de roux par ses anneaux de croissance, pas beau, mais rarissime, cet *Helix pomatia* à spirale inversée, c'était quand même une pièce de choix dont il fallait dire honnêtement:

— Il a une certaine valeur.

Un sénestre a même une valeur certaine sur le *Market of shells*. Mais Béatrice pouffait:

— Tout de même! Je ne vais pas revendre ce que j'ai mangé.

*

Dans la minute suivante elle a repéré le médaillon et demandé:

— C'est ta femme qui est là-dedans. On peut voir?

Gérard a consenti à faire jouer les ressorts, à montrer que le médaillon ne contenait pas de portrait, mais des pilules, sans préciser toutefois que l'une pouvait vous maintenir sur la terre et l'autre vous envoyer au ciel.

Il ne restait plus qu'à éteindre. Béatrice s'est endormie tout de suite, d'un bloc, paupières et poings serrés, comme si elle n'avait pas de problèmes et bien qu'elle ait soufflé juste avant de fermer les yeux :

— Ne t'étonne pas trop, Gérard. Quand on se noie, on se raccroche à qui on peut. Je crains d'avoir besoin de toi...

Lui, il a dû prendre un somnifère et en attendre l'effet plus de vingt minutes, dans la nuit meublée d'un parfum et d'une respiration. Pour être claire la situation ne devenait pas simple. Pas question, bien sûr, de dire comme pour le beaujolais : l'amour nouveau est arrivé. Ce n'est pas dans un lit d'occasion qu'on se délivre du mal de n'être plus aimé ; ce n'est pas la chaleur d'un corps qui vous rend celle d'une vie. Encore que ce fût inespéré, ça ne méritait — en attendant mieux — que la notation ♀♂ dans le journal. La dame à l'escargot ! Quel rapprochement ! Comme le colimaçon le sexe est rétractile. Comme du colimaçon que décoquille la pie, de l'aventure d'une nuit le plus souvent il ne reste rien. Et pourtant les derniers mots de Béatrice avaient touché Gérard : *Je crains d'avoir besoin de toi.* Il y a des hommes — et ce sont les plus nombreux — qu'un aveu de ce genre fait aussitôt filer. Il y en a d'autres que cela retient, que ça exalte, surtout quand il s'agit de deux êtres dont l'avenir commun semble condamné par l'arithmétique. Car enfin pour ne pas y revenir il fallait une bonne fois faire ce calcul : 69 que divise 23, ça donne 3. Béatrice aurait pu être la petite-fille de Gérard. Sur la pyramide des âges elle était placée tout en bas, dans la partie large, et lui il était presque en haut, là où, surtout pour les hommes, ça commence à se rétrécir très vite vers la pointe.

11

Le dimanche après-midi sur la première neige çà et là tachée de jaune par les pipis de chiens, ils ont quitté Chevetogne pour Jambes où Gérard, malgré les réticences de Béatrice, a réussi à lui faire monter l'escalier, sortir sa clef, ouvrir sa porte.

— Voilà mon désert.

Leurs pas ont résonné dans le petit appartement où l'huissier n'avait laissé que les meubles indispensables qu'épargne une saisie légale. L'hostilité des murs dépouillés de tout cadre et où ne persistaient que leurs clous soulevait une question :

— Tu as payé le loyer, au moins ?

— Avec quoi ?

Tous deux se sont regardés avec un air fautif et ont détourné les yeux. Sortir son portefeuille, pour un amant de la veille, eût été indécent. Gérard n'avait d'ailleurs sur lui que la somme autorisée par le contrôle des changes. Chéquiers et cartes de crédit se trouvant bloqués hors frontières par de récentes mesures, il ne pouvait même pas s'en servir pour régler la quittance probablement détenue par la concierge. Il a dit :

— Ça va être l'heure de mon train.

Et elle, d'une voix mince :

— Ma mère ne va pas tarder à me ramener ma fille. Si tu reviens, téléphone-moi la veille au bureau pour que je puisse demander un congé à mon chef.

Si tu reviens : elle n'y croyait pas beaucoup. Quand on habite à plus de trois cents kilomètres l'un de l'autre, chacun dans un pays différent où le retient sa situation, il est bien peu plausible qu'un couple puisse tenir : à supposer qu'il soit déjà constitué, ce qui n'était même pas le cas. Toute vie est pleine d'amours désamorcées par de banales nécessités. Après un baiser, qui pouvait être final, Gérard est redescendu seul, étranglé par sa cravate et boutonnant nerveusement son manteau. Il était si peu à son affaire qu'il faillit, en traversant pour aller prendre l'autobus, se faire emboutir par une Volkswagen. Pas vraiment embéguiné, mais troublé, apitoyé, trop proche encore de l'événement pour céder au refus de se compliquer la vie et surtout lauré d'une victoire remportée avant tout contre son huit cent vingtième mois, il piqua droit sur un tourniquet à cartes postales dès qu'il fut à la gare. Il dédaigna la citadelle, il dédaigna la Meuse, il dédaigna une vue de Wépion, la cité des fraises, et choisit, bien sûr, la statue de Godefroi en selle sur son palefroi cabré auprès du pont de Jambes. Et deux mots lui suffirent : *A bientôt !*

Quand ? Comment ? Sous quel prétexte ? On verrait. Le problème le tracassa durant le trajet et, à vrai dire, durant toute sa tournée où il allait trouver à Bruxelles, à Liège, à Charleroi des salles presque aussi peuplées d'auditeurs que de fauteuils et dont l'acoustique permettrait une honnête écoute sans faire sauter l'applaudimètre.

*

Il le tracassait toujours lorsqu'il rentra chez lui et dans le vestibule affronta Solange qui, les seins en proue, le nez en étrave, avançait sur lui en piaulant :

—Tu exagères ! Pas le moindre coup de fil. J'ai vainement essayé de te joindre au Club. Je sais que tout contrôle t'irrite, mais il y avait urgence. Attends-toi à de tristes nouvelles.

Passer si vite d'un pays à l'autre, d'une femme à une autre, retrouver celle-ci qu'il venait de bafouer à son tour, il y avait de quoi être étourdi. Et voilà qu'il se souvenait — Pourquoi à ce moment, je vous le demande ? — qu'elle avait été plutôt gâtée par la nature et que charme, bagou, santé, tempérament, elle avait tout eu jadis pour le retenir ; qu'il n'avait pas été peu fier de la traîner à son bras durant des années.

— Il y avait urgence, répétait Solange. L'abbé Vachenard venait de me téléphoner pour m'avertir que Germain Rondeau, administré par ses soins, n'avait pas trois jours à vivre. Embolie pulmonaire...

Vachenard, Rondeau, deux condisciples : l'un archiprêtre, l'autre confiseur, restés à Nantes et animateurs de l'Amicale des Anciens : deux des treize survivants du cours sur vingt-sept, décimés par la guerre, le cancer, la congestion, les accidents d'auto. Préférant leur écrire plutôt que de les revoir — dans quel état ? —, Gérard gardait l'image avantageuse qu'ils donnaient d'eux... en 1943, date à laquelle il avait cessé de tenir pour évident que le fait d'avoir passé leur bac ensemble les fasse tous vivre à la même époque.

— Il est mort ? murmura-t-il.

— Ils sont morts ! dit Solange. Affreuse coïncidence, Rondeau est décédé après Vachenard, foudroyé deux heures avant par une hémorragie cérébrale. C'est en croyant rappeler l'abbé que j'ai appris par sa bonne le double décès. J'ai fait envoyer des fleurs, avec ta carte.

Lui, Gérard, il venait par Interflora d'en expédier à Béatrice. Une bouffée de chaleur lui monta aux joues. L'un se couche encore pour l'amour. L'autre se couche déjà pour la mort. Onze, ils restaient onze, statistiquement chanceux, porteurs de carnets d'adresses remplis de disparus. Mais n'est-ce pas une règle ? Quand la loi des grands nombres, dans sa férocité, réduit au tiers les survivants d'une génération, on ne vit plus dans la sienne, mais avec les suivantes. Qu'avait-il de commun, Gérard, avec l'abbé Louis Leguérot, tué en 40 sur la Warndt ? Avec le cancre Frédéric Mazdau, devenu un brillant homme d'affaires, mais mort d'une chute de cheval en 51 ? Ça ne veut rien dire, *un contemporain,* si cette qualité n'est liée qu'à un acte de naissance et non à la même durée.

— Tu sais que nous partons demain, dit encore Solange : un jour plus tôt que je pensais, pour voir ma mère à Lyon et essayer de régler la question de son placement.

Gérard l'entendit à peine. Trop est trop. Que de chêne débité pour les cercueils d'amis ! Il avait beau plastronner, il avait beau dire : l'âge se mesure aussi au nombre de ceux que nous avons perdus comparé au nombre de ceux qui nous restent.

12

Dispersion demain pour les vacances de Noël qui vont la ramener chez elle dans son deux-pièces de Mantes... Ouf! Yveline en a assez de cette chambre meublée à la diable qu'en cours de semaine le collège prête aux célibataires. Tout est dépareillé : le lit de cuivre 1900, l'armoire Barbès, le fauteuil Arts-Déco, le paravent tendu de cretonne plissée qui cache le lavabo, le bureau métallique grisâtre devant quoi elle est assise sur une chaise paillée. Au-dessus de sa tête, suspendue au fil électrique qui descend d'un plafond fendu, s'arrondit l'auréole d'émail garnie d'une ampoule de soixante watts et concentrique au circuit ordinaire des mouches. Yveline ne possède rien ici en dehors de ses frusques, des livres qui s'alignent sur une étagère de bois blanc passé au brou de noix et de l'ours brun en peluche dont les yeux sont des boutons de bottine et qui fut l'alibi de la tendresse pour une petite fille placée par l'Assistance.

On entend vaguement la télé qui diffuse un film dans la salle commune. Yveline se ronge les petites peaux du bord des ongles : manie chez elle, quand ça ne va pas. Devant son nez bée une grande boîte de carton rouge à poignées de cuivre achetée en Angleterre quand elle était étudiante au pair dans une famille de Birmingham. Une cloison la divise en deux loges : l'une pleine de coupures de presse, l'autre de lettres pliées en quatre. Yveline vient d'en numéroter une nouvelle, qui sera la cent sixième. Bien sûr, elle l'a déjà lue, les coudes en avant, les mains aux tempes, les lèvres entrouvertes. Et la voilà qui recommence...

Je vous étonnerai peut-être, Yveline, en vous disant que, tout compte fait, comme je le notais hier dans mon journal, mon infarctus m'a fait du bien. Je pousse un peu, oui ! Mais vous savez quelle était ma vie : le choc m'a fait comprendre que, pour ne pas la perdre, il fallait aussi m'en guérir, donc en changer. Ce parti — ou ce pari —, pour tardif qu'il soit, mérite l'examen.

Voyons le passif. J'ai l'âge que j'ai, un cœur avarié, des yeux qui ont du mal à lire les notes de bas de page, trop d'estomac, moins de muscle. Les escaliers deviennent plus hauts, les chemins plus longs, les valises plus lourdes, les souliers à lacer plus bas. Faut-il m'en prendre à mes oreilles quand les chanteurs manquent de voix et à mon palais parce que la cuisine moderne affadit les saveurs, c'est moins sûr. Mais, aucun doute, ma mémoire décline. Je vais chercher quelque chose dans ma chambre, j'y arrive, j'ai oublié pourquoi. Les nouveaux noms me semblent du chinois ; les anciens souvent me restent sur le bout de la langue.

Voyons l'actif. Contrairement à beaucoup de gens qui sont, paraît-il, nés en même temps que moi, je ne me sens pas hors du coup. Le passé ne me tarabuste pas, y compris le mien. A ce que je fus je préfère nettement ce que je suis, à ce que je fis ce que je fais. Malgré le prétendu « coefficient de vécu », le temps ne me paraît pas filer plus vite : c'est quand il est vide qu'il s'accélère, l'absence d'intérêt pour la suite le transformant en fuite. A cet égard je suis protégé par mon métier qui ne comporte pas de retraite. Je crois l'être aussi par mon goût, resté vif, de la nouveauté. Quant au physique, s'il a pâti, il n'a pas entamé le moral. C'est une machine d'occasion : nous ferons avec, pour jouer les prolongations.

Entendons-nous d'ailleurs. Je n'ai aucune envie — ni aucune chance — de battre le record du villageois des Andes, Miguel Carpio, cent quarante-deux ans. Mais si les années ont douze mois comme les alexandrins ont douze pieds, mon bout d'existence, je l'aimerais dense comme un sonnet. Bref, pour bien finir, recommençons. Ce qui m'arrive n'est-il pas un signe ? Au début de ma tournée en Belgique j'ai rencontré à Namur cette jeune femme qui devait me remettre ce que vous savez. Elle a, comprenez-moi, disposé de bien davantage...

— Et alors ? murmure Yveline.

Elle apprécie d'ordinaire qu'en lui écrivant Gérard, en fait, s'écrive : des lettres qui ne sont jamais dactylographiées, mais autographes, griffées par la plume qui fait courir de ligne en ligne des jambages aigus, crochus comme des pattes de hanneton. Aujourd'hui Gérard ne parle que de lui et termine sur une coucherie. Beau test, en vérité ! Passons. Elle ne va pas l'apprendre par cœur, cette épître. Elle a des copies à corriger. Elle ferme la boîte, va la ranger au-dessus de l'armoire, revient vers son bureau où l'attendent feutre noir et feutre rouge. Mais elle s'arrête, semelles ancrées au parquet, jambes raides dans le jean qui gode aux genoux, seins noyés dans le pull, menton bas, paupières tombées. Ce qui l'enveloppe, c'est un cocon de stupéfaction. La découverte qu'elle vient de faire peut à bon droit l'émouvoir, mais ne flatte pas la perspicacité, à l'égard d'elle-même, malgré licence, maîtrise et CAPES, de Mlle Darne Yveline !

— Ce n'est pas vrai ! lâche-t-elle encore.

Avec plus d'humeur que de conviction : Ne disait-elle pas, hier, à ses élèves, en cours de géo, après avoir parlé des différentes couches, *sial, sima, nife,* qu'on suppose exister sous nos pieds : *Nous habitons la Terre et, pourtant, certains de ne jamais en atteindre le centre, nous ne savons pas grand-chose de ce qui s'y passe.* Apparemment chacun s'habite dans les mêmes conditions. Yveline a soudain envie de marcher. De ses jambes, au moins, elle est sûre. Les copies attendront qu'elle ait fait un certain nombre de fois le tour du collège par des rues vides jalonnées de poubelles et dont les réverbères, entre deux zones d'ombre malodorante, plaquent sur des rendez-vous de chats des pans de lumière froide.

13

Depuis qu'elle est veuve d'un déporté qui ne fit que passer dans sa vie, Francine, maintenant retirée du barreau où elle était l'adjointe effacée, mais efficace, d'un spécialiste du divorce, vit avec Mamirna dans sa maison de Villemandeur, dite *Le Pommier* et dont l'étroit jardin n'abrite en effet qu'un seul arbre de cette espèce, planté par le grand-père Germain Lantron, qui l'enta sur trois greffes devenues aujourd'hui trois branches maîtresses livrant trois variétés de pommes : calvilles, reinettes et belles de Boskoop. Francine est l'âme du « conseil du pommier », autrement dit des réunions de famille. Qu'au lendemain de la guerre elle ait abandonné, même au palais, le nom de son mari pour reprendre son nom de fille, c'est tout dire. *Francine est notre syndic,* répète Gérard. Séverin, qui a toujours la langue pointue, préfère murmurer : *Elle a du poids.* Elle a en tout cas le don de rassembler les siens et aussi, quand ils viennent lui faire des confidences, celui de les écouter avec une discrétion professionnelle de robin et une résistance de blanchisseuse à l'odeur du linge sale.

Une fois de plus, sans ciller, sans bouger, massive et trônant sur une sorte de cathèdre, elle vient de jouer le rôle qui lui vaut le surnom de *sainte Ouïe* et de dire :

— Jusqu'ici tu étais victime, mais innocent. Tu perds cet inconfortable avantage.

Elle ajoute, un doigt en l'air :

— Si quelqu'un devait en bénéficier, ce n'était pas cette dame que j'attendais.

Allusion à Yveline, sans doute. Mais Francine reprend aussitôt :

— Faisons le compte : Béatrice pourrait être la fille de ta femme qui te rend déjà deux décennies... Voilà le hic ! Pas pour toi, évidemment. Ni pour elle, au moins provisoirement. Mais pour les censeurs...

Edith et Solange glissent sur les pistes. Gérard est seul. Il en a profité pour venir se débonder chez Francine. C'est plus fort que lui, ce besoin. Quand on l'a (voilà si longtemps !) séparé de Noémi, quand Denise, autre fiancée manquée, l'a quitté, quand il hésitait à épouser Alice, quand il s'est séparé d'elle pour suivre Solange, quand celle-ci a commencé à l'inquiéter, c'est toujours chez sa sœur qu'il est venu faire le point. Alors qu'il peut rester des mois les mâchoires soudées devant ses autres proches, il ne lui a jamais rien caché, à elle : même s'il doit s'attendre — et c'est le cas — aux plus vives réactions. Il ne gomme aucun détail et c'est seulement lorsqu'il a tout déballé qu'il fait des phrases :

— Franchement je ne comprends pas Chateaubriand qui, aimé d'une très jeune fille, avouait *n'avoir jamais été si honteux*. Je me sens plutôt privilégié.

C'est faux. Francine le connaît bien, son Gérard : il en remet. Aiguisant son sourire, elle peut en faire autant :

— Revu et corrigé comme tu l'es, Mme Goslin n'est pas forcément gérontophile.

Qu'il ne se rengorge pas, le frère! Le reste arrive:

— Et puis tu as un nom, une situation, des moyens. Elle a du bon sens, cette petite; elle ne s'adresse pas à un manœuvre ou à un valet de ferme.

Pouffons. Reprenons avec entrain:

— Bref, c'est plutôt toi qui serais gérontophobe. On ne fait pas mieux comme refuznik du troisième âge. Enfant, tu le détestais déjà.

Exact. Gérard avait neuf ans, Francine quatre, quand leur père, professeur d'anglais au lycée de Nantes, veuf de Rose Cé, remarié avec Lise Cé, sa sœur, s'est noyé en Loire, précédant dans la mort sa femme qui venait d'accoucher de Séverin et succombait peu après à une fièvre puerpérale. Que faire des orphelins? Ce fut d'abord leur grand-mère Laguenière, née Lantron, qui les recueillit. Mais au bout de six ans elle disparaissait, passant le flambeau à sa sœur à peine moins âgée qu'elle et qu'allait emporter trente mois plus tard une grippe infectieuse. Dernier recours: la tante Irma Laguenière, institutrice, veuve de guerre, aussi dévouée que lugubre. La jeunesse de Gérard n'a connu que de vieilles dames en noir, rabâcheuses, victimes d'une mémoire presbyte, dispensatrices de tristes tendresses et de confitures moisies. S'il a de la reconnaissance pour ces doyennes, elle est d'obligation et d'autant moins chaude qu'elles ont toutes outrageusement préféré « le petit Séverin ». Son goût pour les cadettes, d'après Francine, c'est une compensation, une revanche. Il est vrai qu'on peut citer de lui quelques méchants traits comme *La vénusté soutenant la vétusté,* aparté prononcé un jour que Marie donnait le bras à Mamirna.

Mais tous les Laguenière, qui s'aiment bien, ont du mordant. Plus significatif sans doute est le fait qu'entre lui et les femmes de sa vie la différence d'âge n'ait cessé de grandir. Noémi avait trois mois de moins que lui ; Denise, cinq ans ; Alice, dix ; Solange, vingt. Francine a beau jeu de s'exclamer :

— Quarante-cinq d'écart avec Béatrice ! Remarque : ce n'est pas le record du monde qui serait de cent un sur vingt, au Caucase. Rome nous fournit l'exemple de l'austère Caton épousant sur le tard une fille à peine nubile et la France celui de Louis XII, très abîmé, convolant avec Marie d'Angleterre, de quarante-cinq ans sa cadette, elle aussi. De nos jours Picasso, Chaplin, pour ne citer qu'eux, ont fait presque aussi bien. Tout de même quelle vitalité, mon frère ! Il y a un affreux dicton qui fait la joie des titis et que, si j'en crois un récent sondage, semblent admettre à regret la plupart des intéressés : *sexagénaire, sexe gêné.* Toi, au moins, tu résistes !

De cette agressivité toute verbale, Gérard ne saurait se choquer. D'abord c'est le non-dit qui compte le plus : Francine s'inquiète sûrement pour Edith, enfant de la tribu. Ensuite c'est vrai que, si le racisme recule, l'âgisme s'aggraverait plutôt. L'hypocrisie a beau essayer de contourner le vocabulaire, parler maintenant d'un jeune homme, d'un homme jeune (l'inversion donne dix ans de plus), d'un homme encore jeune, d'un homme qui n'est plus très jeune, ces précautions pour éviter le mot *vieux* laissent intact le tabou. Quoi ? Ils pourraient draguer, les grisons, qui composent « la frange usée de la population » ? Impossible ! D'Aristophane au théâtre de boulevard en passant par Molière, ils ont toujours écœuré la galerie. De leur part désir, plaisir, c'est pour les autres classes d'âge concurrence déloyale, lubricité tardive, offense à l'esthétique. Malgré de grands exemples, l'usage veut que Philémon sur tendron et, pis encore, Baucis sous minet soulèvent l'effarement, le tollé, le charivari.

— Que veux-tu, reprend Francine, plus tu sembles près de ta fin, moins on t'accorde le droit de récidive ! C'est un fond de pensée que confortent les albums de famille. Ah, les photos ! Tu les vois, le bébé, le bambin, l'écolier, le premier communiant, l'étudiant, le conscrit, le futur, le mari, le papa, tous à la file, aboutir vite fait à un pépé ? On peut tourner les pages à l'envers, mais les revivre, jamais !

Gérard n'oublie pas que sa sœur a l'habitude de plaider et que les Laguenière — dynastie d'enseignants — ne détestent pas la glose. Francine abuse souvent des considérations comme d'autres des médicaments faute d'avoir lu la notice où il est écrit : *Ne pas dépasser la dose prescrite.* Elle continue :

— Ça fait problème, je te l'accorde, à un moment où, au baby boom, succède le papy boom : le grouillement des vétérans dont s'accroît la verte longévité. Pas de toubib ni de socio ni de psy pour leur interdire la carte du tendre. Mais leurs fils ou petits-fils ? Mets-toi à leur place ! Ecoute-les : « Pouvoir, titres, valeurs, voitures, appartements, honneurs, les vieux ont tout. S'ils nous prennent encore les minettes, il va falloir les tuer. »

Trop est trop. Francine le sent enfin et, sans craindre le coq-à-l'âne, bifurque :

— Mais changeons de sujet. Question boulot, dis-moi où tu en es. Toujours sur Constantin ?

Gérard a déballé son affaire : si ça dure, il aura quelqu'un pour en reparler : il tâchera d'expliquer qu'il n'a pas voulu se venger, pas vraiment, pas seulement du moins ; qu'il a plutôt cherché à s'évader de son contingent. Et Francine haussera ses puissantes épaules et, goguenarde, dira que c'est instructif, que c'est beau à voir, un docte, un abonné des savantes recherches perdre le sens commun dès qu'une fille l'enjupe ! Pour l'instant il serait louable en effet de parler d'autre chose : de hisser le labarum, puisqu'on le lui demande. C'est un autre Gérard qui débite :

— Constantin, oui. Je te l'ai déjà dit : il est étonnant que son extraordinaire carrière n'ait pas donné lieu à un ouvrage majeur ni même à un grand film. Sorti de l'hagiographie, son cas reste exceptionnel. De Chéops à Hiro-Hito en passant par David, Xerxès ou Louis XIV, c'est du dieu en exercice que le souverain tient son pouvoir. Il y a peu d'exemples de l'inverse. Akhénaton, en Egypte, a bien tenté d'introniser Aton contre Amon, ce qui revenait à faire triompher le monothéisme. Il n'y est pas arrivé. Constantin, lui, a réussi.

Comme un curé sous chape, Gérard s'est enfoui dans le sérieux, mais dispose d'un œil en coin pour voir si Francine suit. C'est douteux. Que Constantin soit aussi un roublard — ou, au choix, un grand politique — jouant sur les deux tableaux, qu'il débatte de doctrine alors qu'il n'est même pas baptisé, qu'il accepte tous les titres païens ou chrétiens, qu'il soit encore le meurtrier de ses deux beaux-frères, de ses neveux, de son fils Crispus, de sa femme Fausta, Francine s'en préoccupe modérément. Le resserrement des orbes de son visage annonce qu'elle mitonne une dernière sortie. Dans son style amusant, la voilà qui fuse :

— Bien, bien... Excuse-moi de t'interrompre, mais vraiment tu m'inquiètes. Je sais bien que tu n'es pas un de ces chevaliers de la courte lance enragés de joutes amoureuses et qui se rameutent au cri de Montjoie-Saint-Pénis ! Tout de même fais attention ! Tu sais ce que tu as. Les transports n'améliorent pas la circulation. On sait maintenant qu'Attila — comme récemment un cardinal — est mort dans son lit pour s'être trop occupé de la dame qui était dedans.

— Mais enfin, proteste Gérard, ne ramène pas tout au corps à corps...

— Tiens donc ! reprend vivement Francine. Crois-tu que je ne sais pas que le vrai coup de chien, pour toi, ce serait le coup de cœur ?

1983

14

Descendue de Flaine à Cluses sur pneus à clous, la GS grise de Solange attend sur le parking de l'hypermarché où une centaine de voitures, au bas de caisse souillé, écrasent de la neige sale. A l'intérieur c'est l'heure d'affluence où les caissières s'affolent, où les surveillants n'ont pas assez d'yeux, où les chariots font du gymkhana. Solange, qui en Savoie se contente le plus souvent à midi d'un sandwich pour profiter du dégagement des pistes, a rapidement glané les provisions nécessaires pour les quatre ou cinq jours de supplément qu'elle compte s'octroyer en repoussant d'autant la rentrée de sa fille. Le caddy roule pour peu de chose ; Evian, scotch, pâtes, Nescafé, ketchup et quelques surgelés qui passeront, vite fait, du four à micro-ondes dans l'assiette. Cuisinière vantée par les siens, elle refuse de l'être en vacances où, une passion chassant l'autre, le cordon bleu s'efface devant le chamois de bronze. Elle n'a déjà été que trop déçue. De l'absence de Gérard, qui ne skie pas, qui ne joue à rien, on peut s'accommoder ; de celle des sœurs retenues par leur travail, beaucoup moins ; de celle des amis qui ont filé ailleurs, pas du tout. Le chalet est mal équipé. Le redoux met de la bouillie sous les lattes et la promesse d'un regel ne date que du matin. Nulle surprise, au surplus, ni en haut sur la rouge ou la noire, ni en bas au cinéma ou dans cette boîte des Carroz où, pastichant Brassens, un croque-notes s'efforçait de la moustache et de la guitare.

Solange regarde autour d'elle : à quatre-vingt-cinq pour cent c'est de la nana qui grouille, poussant le chariot où est perché le lardon. A dix pour cent ce qui suit, c'est du mari qui a voix consultative pour le fromage et le pinard. Du petit reste, une fois déduits les veufs et les célibataires, que peut-on espérer près des grands congélateurs où les viandes rouges, parées, pesées, datées, saignent doucement dans le plastique ? C'est là où il y a de l'image et de la musique que d'ordinaire on trouve du quinze-à-trente. Quand elle se sent chercheuse, Solange, qui a ses habitudes au Mammouth de Montargis, y remonte la galerie que bordent Maison-Jardin, la pharmacie, le loto, le pressing, Clef-Minute, Kiss-Photo, le fleuriste. Elle pique sur le portillon et traverse tout droit vers l'ensemble phono-radio-télé. L'acheteur s'y fait plus rare, mais plus appétissant. L'amateur se renseigne, compare et, en attendant que son portefeuille gonfle, régale gratis sa rétine ou son tympan. Par moments on dirait un club où le fait de s'arrêter un peu longuement vaut inscription. Avec la complicité des vendeuses on essaie des disques, des audio ou des vidéocassettes. On opine. On copine. Il arrive alors qu'au prochain bistrot on chopine. Il arrive même qu'on en sorte à deux, serrés comme ces amandes jumelles qui vous font crier : Philippine ! C'est là, par exemple, que Solange a rencontré Maurice : un représentant en produits d'entretien, pas vilain du tout, plutôt drôle, tireur d'élite, mais malheureusement très dispersé et presque aussi vite perdu que trouvé.

Ici, à Cluses, voyons voir ! Le secteur correspondant occupe le fond de la troisième travée, à droite. Solange retire son alliance ! Pour un roué que ce rond d'or excite, combien de prudents rebute-t-il ? La foule s'épaissit. Il faut traverser la région des conserves, puis celle des produits laitiers où un télescopage met aux prises une cliente suisse qui revendique le droit de priorité pour le caddy le plus chargé et une Savoyarde qui en tient pour le code de la route. Solange a pu crocheter. Elle parvient au but ; elle contemple trente écrans de tailles diverses où se rétrécit, s'agrandit, se multiplie le même commentateur déplorant que, la veille, l'absence d'un camion-grue ait empêché le président de parler en direct depuis Latché et jubilant, aussitôt après, pour annoncer qu'ils vont être trois cent vingt et un place de la Concorde à prendre le départ du cinquième rallye Paris-Dakar. Peu de monde pour écouter : un seul vendeur, qui bâille et, en fait de chalands, deux barbus.

— Ils vont encore scandaliser le Sahel, dit l'un dont la barbe est blanche.

— Mais les petits nègres, papa, boufferont dans leurs poubelles, dit l'autre dont la barbe est brune.

Des écolos, sans doute : ils s'éloignent, nonchalants. Déçue, Solange pousse plus loin, erre, revient sur ses pas, stoppe, repart, l'œil aux aguets. Son manège est repérable. Elle se fait coudoyer en même temps, à droite comme à gauche, par deux superbes garçons dont l'un se retourne, s'esclaffe et lance :

— Alors maman, on drague ?

Solange s'enfuit, se retrouve dans un rayon où

voisinent Sopalin, Lacroix WC, tampons Gex, Décap-Four, Paic-Citron et autres leaders de pub. Elle ne cherche plus qu'une porte et c'est juste à ce moment qu'elle fait une vraie touche!

— Pardon, madame, puis-je vous demander quelles lessives vous avez jusqu'ici employées?

Un Viking! L'homme est blond, très grand, carré d'épaules, riche de cheveux, de sourcils, de touffes dans les oreilles révélant une telle vitalité du poil qu'entre peau et chemise doit prospérer une chaude, une puissante broussaille. Il ne porte pas comme la moitié des gens dans ce magasin l'uniforme des pistes: pantaski, gros pull, bonnet de laine aux couleurs vives. C'est un gentleman en complet marine éclairé d'une cravate azur. Pour l'âge, estimation quarante. Sous son aisselle droite se coince un cahier à reliure spirale. L'abordage, sous couleur de sondage, est original. Solange frissonne, comme chaque fois qu'elle accroche: de plaisir, de curiosité, d'agréable gêne, du piquant remords de songer à son mari dès que se présente une occasion de prêter à autrui ce qui lui appartient. Elle va jouer le jeu:

— Dash, Axion, Ariel, Omo, Supercroix, Vizir, j'ai tout essayé, dit-elle.

— C'est un ordre de préférence?

— Non, d'indifférence. Toutes les lessives lavent plus blanc: ce que m'assurent des réclames qui, à un demi-million de centimes la seconde, comptent sur ma débilité mentale.

Vieille règle: piquez un peu, soyez pointue en restant rieuse; puis feignez de vous éloigner, gardez le rôle du poisson: on ferre en se laissant ferrer. Sur des roulettes qui grincent le chariot avance, lentement. On suit. On s'exclame:

— Intéressant! Je travaille pour une agence qui m'a confié une étude de motivation. Accepteriez-vous de me suivre à la cafétéria pour remplir mon questionnaire ?

— Moi, je veux bien, dit Solange, mais vous avez vu les files d'attente aux caisses ?

— Laissez votre caddy sur place, rétorque l'inconnu. On ne vole pas ce qu'il faudrait payer à la sortie.

Cet aplomb mérite une récompense. Solange abandonne ses achats, se touche les tempes comme pour en effacer la patte-d'oie, se tapote les cheveux et part, guillerette, tournant du talon d'une façon qui relève presque de la danse. Attentive à sourire et le regard coulissant, elle réfléchit sans en avoir l'air. Si les choses se précisent, elle dispose de peu de temps ; elle doit rentrer avant Edith qui a pris la benne qui monte au désert de Platé. Pas de nuit disponible. Rien qu'un après-midi pour une rencontre éclair sans confidences, sans identité, sans suite et sans regret. Elle habite très loin et à la fin de la semaine elle disparaîtra. Il suffira de surveiller le sac à main que certains, après l'amour, quand vous êtes aux lavabos, fouillent en se demandant qui vous êtes. Elle-même, Solange, d'un regard bref sur une étiquette de valise, n'a-t-elle pas été amusée de s'apercevoir que Maurice se nommait en réalité Adolphe, tandis qu'elle s'était rebaptisée Joséphine ? Cette fois-ci elle s'appellera Véronique.

— Vous n'êtes nullement obligée de répondre à toutes les questions et encore moins de signer.

Il devient fatigant, avec son truc, le Viking. Il est entré à la cafétéria, il a choisi son coin, il s'est assis : non pas à côté de Solange sur la banquette, mais en face et les pieds recroquevillés sous sa chaise. Il a détaché de son cahier une feuille beige, une sorte de formulaire tout imprimé et le voilà qui sort son stylo : objet mince et froid, à tenir entre trois doigts, pour cocher oui, pour cocher non dans les cases appropriées. Et pensum rempli, café crème payé, merci madame, il prend congé, il s'en va sur des souliers bien cirés. Mort-née, Véronique ! Ce n'était vraiment qu'un sondeur.

*

Solange ne rentrera pourtant que fort tard, bien après sa fille qu'elle trouvera devant le poste de télé, maniant avec une dextérité dont elle-même est incapable les commandes d'un jeu électronique aux sujets hautement éducatifs comme l'attestent leurs titres : *Les pistoleros, Bataille de tanks, Feu sur les Martiens...*

Elle n'a rien rapporté. Son caddy était bien resté là où elle l'avait laissé, mais de joyeux farceurs, sans doute embusqués alentour, l'avaient rempli à ras bord de rouleaux de papier hygiénique. Elle n'allait pas leur fournir l'occasion de s'amuser à ses dépens. Humiliée derechef, rageuse, décidée à prendre n'importe quelle revanche, elle a filé, elle s'est retrouvée à Sallanches dans un cabaret où, entre fêtards, on tirait chrétiennement les rois sous une pluie de confettis. Elle en ramène quelques-uns qui parsèment ses mèches et une tache bleuâtre dans le cou qui ressemble à un suçon. Elle s'en veut. Quel exemple pour sa fille !

— Maman ! dit simplement Edith, chantant les deux syllabes dont la première est un possessif.

— Attends une minute, ma chérie.

Solange a ses rites de purification. Elle va se boucler dans la salle de bains, se déshabiller, mettre tout son linge au sale, prendre une douche froide, se frotter au gant de crin. Puis elle reviendra dans la salle, en pyjama blanc, une serviette éponge nouée en turban autour de la tête, célébrer la fermeture. Double tour de clef pour la porte d'entrée dont les verrous seront tirés en haut comme en bas. Serrage des crémones de fenêtre, des robinets d'eau et de propane. Contrôle du voyant rouge de l'alarme automatique mise en position nuit. Alors assurée des lieux à défaut d'elle-même, indifférente au crépitement de la pluie sur les bardeaux du toit comme à la chute des stalactites de glace qui se décrochent des gouttières pour se briser sur le balcon, elle ira, douce, douce, douce et murmurant des choses, se blottir dans l'innocence de sa fille sur le vieux canapé aux accoudoirs râpés.

15

Gérard avait mal dormi et ça s'embrouillait ce matin-là dans sa tête. Sur un menton barbouillé de mousse il repassait pour la seconde fois son rasoir à deux lames, soucieux de faire disparaître le moindre picot blanc. Il bougonnait. A la pesée matinale, en dépit de ses efforts pour se rationner en pain, en vin, en beurre, en dépit de ses deux kilomètres quotidiens de marche lente, pour redescendre à soixante-dix kilos, il n'avait pas perdu un gramme. Il remâchait aussi la nouvelle annoncée par un glorieux coup de fil de Marie, la veille au soir. Enceinte, Rose ! Enceinte à dix-huit ans de ce garçon sérieux, Bruno, ingénieur EDF. A qui se fier ? Et comment supporter le commentaire : *Ben, oui, papa, elle a souvent oublié sa pilule. Mais quoi ? Elle se marie. Le garçon est à l'échelon GF 14 et il ne paie pratiquement ni gaz ni électricité. Si tu peux nous aider à les loger...* C'est ça ! Baise, ma Rose. Paie, papi. Et prends dans la vue une génération de plus. Si quelqu'un devait se marier dans la famille, pourquoi Rose et pas André, trente-six ans, champion de cohabitation depuis deux lustres avec Thérèse ?

— Bon Dieu ! Tu arrêtes, toi ?

Non, ce n'était pas sa petite-fille qui était en

cause, mais sa crampe au mollet droit. Tout s'en mêlait. Cette nuit tardive, ce ciel couleur de rat offert par la fenêtre, quel ennui ! Et quel ennui cette vie d'ermite, toujours obéissant à ses obligations ! Le laborieux qui le commandait, il en avait plein le dos, comme de l'imprudent qui voilà trois jours avait cessé de prendre ses anticoagulants parce qu'ils vous rendent petitement hémophile, parce qu'au moindre choc vous êtes tatoué de bleus vilainement auréolés de jaune et que Béatrice, le nez froncé, avait posé le doigt dessus. Entre deux risques on ne choisit pas forcément le moindre.

Et ça, là ! La tache brune sur la pommette gauche, qu'en dire ? Pétéchies ? Ephélides ? Grain de beauté ? Mon œil ! De ces macules elle était criblée, Mamirna : sur le front, le nez, les coudes, le dos des mains. On dirait que le pigment, quand il abandonne le poil, s'en venge sur la peau. Nouvel indicateur ! Elle s'affirmait, elle fonçait, la tache ; et une autre se formait à côté, plus pâle. Gérard s'était renseigné ; ça se combat. Application de neige carbonique, abrasion au petit rouleau de caoutchouc tournant à grande vitesse, emplâtre rouge de Vigo, au choix, ce ne serait de toute façon ni simple ni discret et sans cesse à refaire (comme l'inverse, la teinture dont le besoin se faisait de nouveau sentir, surtout à la tonsure). Francine, moqueuse, mais secourable, avait peut-être raison en parlant d'une lotion, préventive, curative, à base d'une substance au nom de fée : la mélanolysine. Mais que c'était donc lassant par moments cette incessante lutte contre le chenu, le presbyte, l'édenté, la bête datée qui n'est même pas notre alliée dans notre effort pour freiner son déclin !

*

Cependant, quel était ce raffut ? Le chien en bas engueulait le chat, à moins que ce ne fût son maître, oublieux de sa pitance et qui n'avait pas racheté, comme prévu, quelques boîtes de cette bonne bidoche dont les mauvaises langues assurent qu'elle débarrasse l'Argentine de ses vieilles vaches et l'Australie de son excès de kangourous. Tant pis ! Grobis et Pilou boufferaient du steak haché. Toilette achevée, Gérard donna un coup de pouce sur la poire du pulvérisateur et bien net, frais, fleurant le Jules de Dior, s'interdisant d'enfiler sa veste bras levés (faute pour un cardiaque) comme de descendre l'escalier quatre à quatre (autre faute), gagna posément la cuisine où l'accueillirent les glapissements de joie du teckel et la feinte indifférence du persan qui s'enroulait autour d'un pied de table.

*

Il n'y resta pas dix minutes. La bouilloire ayant chanté, le sachet de thé bruni de l'eau chaude directement dans le bol et trente-deux dents — dont quinze fausses — croqué des biscottes sans sel, Gérard se retrouva dans son bureau. *Bonjour !* fit-il en passant devant le portrait de Solange. Il faisait si sombre qu'il alluma avant de décrocher le pêle-mêle de famille qui dissimulait de la façon la plus classique un petit coffre mural à combinaison connue de lui seul. Ouvert, celui-ci livra le cahier de moleskine noire qui lui servait à tenir, très irrégulièrement, son journal. Soucieux de retouche, il relisait ses textes huit ou dix jours plus tard. Le dernier remontait au 27 décembre :

Retour à Namur. Je m'étais promis de réfléchir, d'attendre. Sans prétendre que j'étais en manque, j'avoue que je n'ai pas pu me tenir parole. Ça m'irritait de ne pas savoir ce que je voulais, ce qu'elle voulait et s'il y avait quelqu'un là-bas, pour Noël, alors qu'il n'y avait personne ici. Parti cette fois en voiture, je me suis arrêté, comme l'exige Lhomond, cinq minutes tous les cent kilomètres. J'avais, en passant par Paris, acheté un «panier de réveillon». A quoi tiennent les choses ? J'ai failli, à Jambes, ne pas retrouver la rue dont le nom m'échappait (j'avais oublié le carnet où je note tout, pour seconder mon cervelet). Enfin arrivé sur le palier et sonnant à la porte de gauche, j'ai vu s'effacer celle de droite et paraître Béa, flanquée d'une gamine au museau fripé qui s'accrochait à sa jupe :

— Toi ! fit-elle. Tu as de la chance. Si mes parents n'étaient pas grippés, je serais chez eux.

Passons sur la petite bouffe qu'en joignant mes provisions aux siennes nous fit faire la voisine, Mme Claire, institutrice en retraite. Son exclamation d'accueil : Ah ! C'est vous ! *n'avait pu cacher que, pour être avertie, elle n'en pensait pas moins. Passons sur l'hostilité immédiate de la petite Nora qui m'assassinait de regards noirs en se bourrant de gâteaux. Sa mère du moins faisait l'ange et, sa fille une fois couchée, dans la petite pièce contiguë, me gratifia de ce que Solange appelait jadis «une séance de douceur». Si douceur n'est pas tendresse, quand même, ça touche. Elle paraissait très fatiguée et, la tête contre mon veston, lâchait des bouts de phrases :*

— Tu sais, je ne croyais pas que tu reviendrais...

— Tu sais, nous deux, forcément, c'est provisoire...

Finalement, sur le lit pas défait, elle s'assoupit dans mes bras, le visage enfoui, ne laissant plus voir à travers ses cheveux qu'une oreille d'un rose nacré, fortement ourlée comme les coquilles d'ormeaux. Quand elle se réveilla ce fut pour devenir soudain la vive petite bonne femme que les hommes apprécient en les redoutant un peu quand ils ne sont pas absolument sûrs de leurs moyens : une autre Béa, call-girl experte, proposant son programme avec des rires étouffés, des jeux de doigts, des fantaisies de bouche, des formules drôles : « Tu sais, j'aime bien la machine à coudre, mais je ne déteste pas le fait-main... »

Malheureusement ça devait se terminer par une scène ridicule. Nous étions en pleine activité quand un gargouillis m'alerta, me fit retourner la tête. La gamine s'était levée et, petit fantôme blanc nimbé par la lueur rosâtre de la veilleuse, pointait sur nous un doigt tremblant et vomissait sur sa chemise en nous regardant faire l'amour.

Nettoyée, changée, recouchée, elle consentit à se rendormir. Mais toute la nuit, ensuite, je suis resté en panne et ce n'est qu'au petit matin que j'ai pu me racheter. Après quoi nous avons examiné la situation et pris quelques décisions sages. Trop sages, probablement. Chacun de nous, il va de soi, reste libre. Je passerai un week-end sur deux à Namur. Je paierai le loyer et les dettes les plus urgentes. Si Béatrice veut m'écrire, elle le fera en poste restante à Châtillon-Coligny. Mais si elle veut me joindre directement, elle ne pourra téléphoner chez moi qu'en demandant Monsieur Chevetogne : *cette fausse erreur me fera comprendre que je dois sauter à la poste pour y composer le numéro de la SNCB sans craindre une autre écoute.*

A franchement parler je ne me félicite pas d'être entré dans ce monde de mensonge et de dissimulation qui jusqu'ici était celui de Solange.

*

Depuis le 27 décembre il n'y avait rien de mentionné dans le journal sauf une observation inscrite à la date du 4 janvier 1983 :

Constantin, premier chapitre.

Quand on n'a pas de patron, il faut se donner des ordres. Mais l'autorité supérieure était celle de l'agenda qui répétait l'invite accompagnée d'une mention codée :

АШЕВЕР ЕНВОИ 61 111

Il y a des précautions précaires et celle-ci l'était particulièrement. Gérard haussa les épaules en regardant le portrait de Madame. Si un agenda, traînant dans votre poche, est de nature à être lu par des tiers, le Petit Larousse fournit des modèles d'alphabet et, comme le cyrillique, la notation inversée des chiffres destinée à rendre incompréhensible toute somme ou tout numéro de téléphone litigieux n'était pas difficile à décrypter :

1 2 3 4 5 6 7 8 9 0
0 9 8 7 6 5 4 3 2 1

АШЕВЕР ЕНВОИ 61 111 ? Autrement dit achever envoi 50 000. Une liasse, tout de même ! Ce tour de passe-passe, pour narguer sans trop de risques le contrôle des changes, lui laisserait un souvenir déplaisant ! Quel qu'en soit le motif, un trucage reste ce qu'il est. Mais il n'avait pas eu le choix. Comme on pouvait s'y attendre, la situation de Béatrice empirait : menacée d'expulsion, elle l'était aussi de famine, sa banque ayant bloqué son compte, largement découvert. Mais le programme de travail, après trois mois d'inactivité, obstruait le calendrier jusqu'au séminaire sur « L'Histoire immédiate » qui devait se tenir à Lille du 10 au 15 et permettrait un crochet par

Namur. Chaque jour ouvrable, Gérard appelait le poste 103 à la SNCB. Il tombait d'ordinaire sur le sous-chef, il l'entendait crier :

— C'est encore pour vous, madame Goslin.

Puis il avait droit à cette voix qui se voulait plaisante :

— Rassure-toi, Nora n'a plus risqué d'embarras gastrique.

Béa ne demandait rien, réclamait seulement de la présence. Il en promettait vaguement. Comment répondre que le temps, denrée entre toutes périssable, lui était mesuré ? Une femme vous jugera toujours sur votre application à le dépenser pour elle. Qu'elle tienne, se disait Gérard, ce sera un test. Le lendemain du jour de l'an, passé en compagnie de Francine, seul membre de la famille à n'avoir pu s'absenter, il n'avait obtenu qu'une information :

— Mme Goslin est en congé de maladie. Entre nous, dans sa situation, on pouvait s'attendre à ce qu'elle craque.

Du coup celui qui se répétait : *On ne change pas de vie comme de chemise* s'était tu au bénéfice de celui qui lui soufflait à l'oreille : *Tu vas la perdre.* Ayant promis son aide, n'ayant encore rien fait, Gérard s'était jugé sévèrement. Pour un peu il se serait reconnu coupable de non-assistance à personne en danger. Sur l'heure il décida de dépanner Béatrice et comme il n'avait pas assez de liquide, courut au Crédit Lyonnais sacrifier des bons anonymes.

Restait à expédier l'argent. Impossible de l'emporter sur lui, quand il regagnerait le Nord : ce serait tardif et trop dangereux. Sur les lignes qui traversent la Belgique, particulièrement surveillées pour l'évasion monétaire dans un sens et pour l'invasion de drogue dans l'autre, on ne défie pas la douane. Les grands fraudeurs ont des moyens inaccessibles aux petits, ces romantiques, qui ont tout essayé : le pigeon voyageur, le chien rappelé au sifflet ultrason, la valise encollée, la bille de bois creuse lâchée au fil de l'Escaut (une cousine de la boule du siège de Paris), le faux touriste muni du maximum autorisé et dix fois par jour faisant la navette... Cependant, pour l'avoir vu utiliser par un de ses amis, Stanislas, secourant sa famille restée en Pologne, Gérard n'ignorait pas que, sauf pour les très grosses sommes, la voie la plus simple, à condition de prendre quelques précautions, c'est la postale. Et c'est ainsi qu'il s'était mis au travail, ganté de soie noire et le nez sur une notice tapée par Stanislas :

Comme la France n'a pas en ce moment de plus grosse coupure, compte deux Pascal par enveloppe de format 110-120 (lettre d'affaires) qui évite le pliage, donc l'épaisseur. Exclure les autocollantes trop faciles à ouvrir et à refermer après vol du contenu. Pas de cire à cacheter, pas de scotch de renfort qui attirent l'attention. Le timbre le plus banal. Détail important : pour interdire transparence et bruissement, taille deux feuilles un peu plus petites que l'enveloppe dans du papier carbone, matière aussi légère qu'opaque. Introduis-les, faces grasses tournées vers l'extérieur et glisse les billets au milieu du sandwich. L'adresse sera dactylographiée, de préférence sur une machine de louage, et les envois postés en divers endroits. Les résultats sont plus incertains à l'Est qu'à l'Ouest. Les billets français, dont le change n'est pas glorieux, ont au moins l'avantage de ne pas comporter, comme beaucoup de billets étrangers, ce très fin fil magnétique incorporé au papier et qui alerte le mouchard des trieuses automatiques...

*

L'exécution avait suivi et la mise au point de cinquante enveloppes, contenant cent Pascal glissés entre cent découpes de Carboplane, demandé une matinée. La dispersion, du fait des trottes nécessaires, en demandait davantage. Partie la première, une lettre ordinaire avait averti le bénéficiaire en cinq mots tapés sur une carte blanche : *Compte ce que tu reçois,* Gérard ayant en effet, pour contrôler l'arrivage, amélioré le procédé en numérotant chaque enveloppe au chiffre-décalque, sous le rabat. Comme il allait dîner chez Francine un soir sur trois, celle-ci, mise au courant, s'était tout de suite récriée, devant un canard aux navets :

— Pour deux nuits voilà une petite qui revient cher !

Et deux minutes plus tard, en passant la saucière :

— As-tu pensé que tu disposais pour elle de l'argent du ménage ? Tu vas me dire, comme tous les hommes, que c'est toi qui le gagnes et ta femme qui le dépense. Reste que tu es marié sous le régime de la communauté et que Solange se trouve être de moitié dans l'assistance apportée à Mme Goslin, elle-même solidaire d'un mari défaillant dont tu allèges le passif. Cocasse, non ?

Mais ce n'était vraiment pas ce détail qui tracassait Gérard, plutôt inquiet de son amélioration. Au cas où une lettre serait interceptée, n'avait-il pas, en numérotant, fourni une indication permettant de surveiller la suite ? Tout cela n'était pas sérieux et, pourtant, que ce ne le fût pas ne le chagrinait guère. C'était con, c'était bon de se sentir gamin. Allons ! Il irait, à midi, jusqu'à

Nemours et ensuite à Malesherbes, à Pithiviers, garnir des boîtes.

En attendant, deux heures durant, il peina, déconcentré, scandalisé par sa propre inattention, sur son premier chapitre. Quelle superbe entrée en matière lui fournissait, pourtant, l'incroyable chevauchée du jeune Constantin, écarté de la pourpre par Galère et traversant l'Europe au galop, de Nicomédie à Trèves, des bords de la mer Noire à ceux de la Moselle, pour distancer les assassins lancés à sa poursuite et finalement recueillir la succession de Constance Chlore, son père, cet officier illyrien remarqué par Aurélien, nommé gouverneur de Dacie sous Probus, puis césar des Gaules sous Dioclétien et enfin auguste d'Occident ! Quel personnage à camper, d'emblée, que ce colosse surnommé *Trachala* (Cou de taureau) par la troupe, capable de tuer un lion dans l'arène d'un coup de lance, et qui stratège avisé, grand meneur d'hommes, rival implacable, allait au cours du plus long règne de l'histoire romaine la détourner de Rome en s'installant loin d'elle et en bousculant son panthéon !

*

Rien à faire. Ça ne venait pas. Quand l'encre sèche dans la plume mieux vaut attendre l'état de grâce. A onze heures, pour se refaire une humeur, Gérard renonça, passa dans ce qu'il appelait, à l'ancienne, son « cabinet » : une petite pièce, annexe de son bureau, garnie jusqu'à un mètre du sol de tiroirs capitonnés à glissières graphitées et, au-dessus, de rayonnages à glaces coulissantes protégeant de la poussière ces folies multiformes du carbonate de chaux : ces tubes, ces conques, ces coques, ces cônes, ces bulles, ces navettes, ces fuseaux, ces vrilles, ces serpentins, ces couteaux, ces disques, ces boîtes, ces spires, ces rubans, les uns épineux, rameux, lamelleux, squameux, les autres fasciés, striés, flambés, émaillés, irides-cents ou encore enveloppés dans le fibreux « drap marin » que les initiés préfèrent nommer périos-tracum. Au rayon des curiosités, comme prévu, l'escargot de Béatrice tournait, tournait, tournait à gauche. Gérard n'avait pu s'empêcher d'en parler au courtier londonien qui, la veille, au bout du fil, lui proposait une cyprée albinos de Tasma-nie :

— *A turning left snail! How much?* s'était exclamé le bonhomme.

Il le croyait farci de zéros, l'escargot, et pour la gloriole Gérard ne l'avait pas détrompé.

16

Un soleil anémique s'enfonce dans une brume mauve. Le toit de la maison, les gazons, les sapins qui l'entourent sont salés de givre. L'eau de pluie tombée voilà huit jours sur la couverture de plastique bleu de la piscine est gelée, comme l'est au fond du jardin la rivière, surface vitreuse où s'encastre le bateau immobile. Avec huit jours de retard sur la rentrée scolaire — mais munie d'un certificat médical de complaisance qui excusera Edith auprès du proviseur —, Solange a ouvert la grille et avancé la voiture jusqu'au perron, pour décharger.

— M. Laguenière m'a redonné vos bêtes ce matin, crie la voisine par-dessus la haie de troènes.

Gérard a dû partir tôt. Le courrier est dans la boîte et Solange commence par l'en retirer. Maison vide : elle s'en doutait. D'un pas sec la voilà sur la porte qu'elle déverrouille et qui la laisse passer en lui lâchant au nez une bouffée de chaleur et cette odeur composite propre à chaque maison. Edith s'affaire derrière elle, décroche les skis de la galerie, sort les valises du coffre et, emportant la sienne, disparaît dans sa chambre, cellule sévère où elle ne tolère ni cadre ni bibelot, mais seulement un lit, une armoire, une table, une chaise de hêtre brut et *son ami,* un philodendron à larges feuilles digitées qui, de son bac à réserve d'eau, s'élance jusqu'au plafond. Dans la salle de bains où elle va s'asseoir sur le tabouret tournant, devant la psyché, Solange commence par se déchausser, en réfléchissant de cette façon méthodique qui mérite l'expression : « écosser les petits pois ». Première remarque : Edith n'a pas aperçu ou a feint de ne pas apercevoir la carte de visite fichée dans l'angle de la glace du portemanteau et que traverse ce bref avertissement : *Je pars pour Lille.* Il n'est pas interdit de penser qu'elle ait, de Flaine, téléphoné à son père. Seconde remarque : pour exprimer ses sentiments Gérard aime les formules elliptiques. *Cinq en cinq,* autrement dit la main dans la main, c'est réservé aux amis. Les proches ont droit à un subtil jeu de cartes. *Ton roi de cœur,* jadis réservé à sa femme, a disparu de son vocabulaire. Mais si pour ses enfants *dix de cœur* signale l'euphorie, *as de cœur, as de pique* proclame une sainte colère de père déçu par un examen raté. L'absence de toute mention sur la carte de visite est certainement plus grave. Troisième remarque : Gérard est parti trop tôt, comme pour la Belgique, très proche de Lille et Solange a son idée là-dessus.

Examinons le courrier. Une bonne part est faite de réclame pour gogos : *Mme Laguenière bénéficie de cinq numéros de la chance au tirage des Grands Magasins du Centre...* Ou encore : *Répondez vite ! Les cent premiers colis de tulipes commandés à Hollandia seront gratuits.* Les cinq journaux que reçoit Gérard, professionnellement éclectique, *le Figaro, l'Humanité, le Quotidien, Libération, le Monde,* l'attendront sous leur bande : Solange ne les ouvre jamais. Elle n'ouvrira pas non plus quelques « lettres vitrées », comme disait Edith enfant : c'est-à-dire des factures. Deux cartes montagnardes, avec bouquetin très cornu côté face et grosses bises côté pile n'attirent l'attention que par leur niaiserie. Mais voici l'intéressant : une missive à l'écriture connue, confirmée par l'adresse qui figure honnêtement au verso. *Yveline Darne, 16 rue de la République à Mantes.* Canif, s'il vous plaît ! Il y en a un dans le petit tiroir de l'armoire à pharmacie où il sert à découper, pour la Sécu, les vignettes de médicaments. Si c'est moche, tant pis ! Au moment des fêtes toutes les lettres n'arrivent pas. Voilà un bout de temps que Solange aimerait savoir sur quel ton et de quoi parle cette correspondante, aussi régulière que les relevés de l'EDF.

La petite lame fait son office. Solange extirpe quatre pages de réflexions sur la mort récente d'Aragon, les mérites du dernier ouvrage de Dumézil et ceux de Pierre Goubert, grand prix national d'histoire. Un vrai bas-bleu, l'Yveline, qui termine en parlant de sa « respectueuse amitié » ! Mais il y a un post-scriptum :

Non, Gérard, je ne pense ni bien ni mal de votre aventure belge. Vous juger, moi ? Je ne m'en sens ni le droit ni l'envie.

C'était bien ça ! Qui est cette femme aux pommettes brusquement incendiées que Solange aperçoit dans la psyché ? Ça monte d'elle sourdement : *Lui aussi !* Etrange déception ! Si quelqu'un ne devrait pas se sentir floué, c'est bien elle, et pourtant le dépit l'emporte : qui trompe ne s'attend pas forcément à être trompé, ni à pardonner la réciproque. Avec vingt ans de plus qu'elle Gérard a beaucoup moins d'excuses. Et même si c'est gros à dire, c'est vrai : il lui enlève son privilège de brebis noire flanquée d'un bélier blanc. Ce n'est pas le moins aigu de l'affaire que d'être infidèle à un fidèle!

Solange, sur ses pieds nus, ne fait qu'un bond hors de la salle de bains et dans sa chambre se jette sur l'appareil. Son index enfonce nerveusement les touches. Elle a de la chance : les sœurs sont rentrées et peu importe celle qui a décroché :

— Allô ! Ici, Solange. Ecoute bien. J'ai la preuve que Gérard à une maîtresse en Belgique. Ça m'arrangerait que ses enfants le sachent. Evidemment ce n'est pas de moi qu'ils peuvent l'apprendre. Mais vous, les filles, vous avez des amis communs. Tu me comprends ?

C'est dit et malgré la réaction de la jumelle de service qui piaule au bout du fil : *Ah, vos histoires ! Vous n'en finirez donc jamais,* Solange sait bien que les demoiselles Breint ont pour leur beau-frère la gratitude ordinaire des parasites et se feront un devoir de colporter la nouvelle avec de petits airs attristés. Elle peut changer de sujet en changeant de ton :

— Autre chose ! En rentrant de Savoie, nous sommes allées voir, Edith et moi, la directrice de la maison de retraite Nestor, à Perrache. Ce n'est pas l'idéal, mais avec les ressources dont nous disposons nous ne trouverons pas mieux. Tout a failli rater parce que Maman ne voulait pas se séparer de son chat ! La cousine Berthe a dû lui promettre de le garder. Je retourne à Lyon samedi pour le transfert : il faudrait que l'une de vous au moins m'accompagne et, si possible, les deux.

17

Avant d'aller prendre le train, il a hésité à passer par là. Mais à une époque où tout devient plus ou moins artificiel, où la santé dépend étroitement de la médecine et de la chirurgie, la beauté des visagistes et des cosméticiens, la mémoire des encyclopédies comme de l'électronique, la nourriture, les vêtements, le voyage, l'information, les distractions des mille et une applications d'une technique incessamment renouvelée, l'amour peut-il faire exception lorsqu'il délègue à la virilité le soin d'honorer ses fins ? Sa valise en main, Gérard va et vient, remonte, redescend la rue en quête d'une porte à franchir.

Mme Gladys a bien vu le manège. Ici tout est possible. Voilà une heure un client inattendu, souvent rencontré dans l'immeuble qu'elle habite rue de la Pompe et où elle jouit d'une estime qui ne cesse de monter avec le prix du mètre carré, est resté stupéfait : La patronne du Bilboquet, c'était donc sa voisine ! Et alors ? A son avis Mme Gladys — qui pour l'état civil s'appelle Mme Kerovennec — prospérerait aussi bien à Lourdes dans la grande rue bourrée de marchands d'objets pieux et d'hôtels pour fidèles ; ou à Thiais, auprès du grand cimetière, lieu prédestiné aux ventes de granit funéraire, de couronnes, de fleurs de plastique. Dans cette partie de la rue Saint-Denis les sex-shops, les boîtes gay, les cinémas porno, les maisons de passe bordant les trottoirs plantés de putes et de gitons, ce n'est jamais qu'une autre concentration commerciale spécialisée. Pour l'heure, manquant un peu de chalands (trop de concurrence dans la sexploitation !), elle reste perchée sur son tabouret entre vitrine et comptoir. Elle attend. Entrera, n'entrera pas ? S'il y a des habitués qui achètent ses drogues ou ses engins comme ils achètent ailleurs des cigarettes, ce n'est pas vrai d'un bon quart de furtifs aussi gênés pour demander du Drop ou du Retard 907 que pour avouer un chancre à un vénérologue.

Mais voici l'occasion : un militaire à petit galon franchit la porte et Gérard s'engouffre à sa suite. Le militaire entreprend aussitôt la patronne, conteste la qualité d'un préservatif dont l'éclatement, d'après Mme Gladys, est plutôt dû à une erreur d'usage. Gérard, qui se tient en retrait, en profite pour fureter du regard. S'il a fini par penser que la permissivité n'a aucune raison d'être l'apanage des jeunes, il n'en a guère usé ; il ignore l'innocence, la familiarité avec les choses du sexe, l'indifférence au coup d'œil d'autrui. Il n'est pas fier de sa démarche. Devant ce qui se cache ailleurs et s'exhibe là, son regard n'est pas net. Pour lui cette boutique, dont l'existence quand il avait vingt ans eût été impensable, reste confusément une officine où l'insuffisance, qui n'est pas vice, est obligée de côtoyer ce qui l'est. Il faut ce qu'il faut et craignant de décevoir, il fera le nécessaire. *Toujours prêt !* c'est une devise de scout. Avec une légitime on peut choisir son moment et l'abstention passagère ne tire guère à conséquence. Avec une maîtresse l'occasion oblige : si grand sire que vous soyez, votre sceptre est placé où il est et, dès qu'il vous manque, ça vaut une abdication.

Cependant le militaire se fâche : des mots, qu'on ne trouve pas dans toutes les bouches, émergent du conciliabule. Gérard se sent de plus en plus égaré dans ce bazar où s'accumule une curieuse pharmacopée : *Liebestropfen* allemand, *Boute d'amour* française, spray à base d'androstérone, extrait d'éleuthérocok, d'acantha, de damiana dont quelques gouttes dans son café exciteront à son insu le ou la partenaire, élixir de self-control pour amants trop rapides, lubrifiant féminin pour les cas de sécheresse, crèmes antidéfaillance, pilules à la cantharide, à l'yohimbine, au ginseng, voisinant avec des parfums au musc ou à l'ylang-ylang, des guêpières coquines, des lampes d'ambiance, des verres strip-tease où l'alcool fait apparaître des filles nues, des disques, des cassettes, des films de conseils pratiques, des séries de cartes illustrant tous les exercices d'emboîtement, des poupées gonflables et pénétrables couleur chair et grandeur nature et, dans une vitrine, avec un outillage sophistiqué, toute la prothèse du zizi : une forêt rose de phallus de tous calibres, pour tous usages, tenant de la ganterie pour vingt et unième doigt et plus amusants qu'obscènes dans leur façon de se braquer en chœur vers le plafond en célébrant une variante ridicule du culte du lingam.

— Et pour vous, monsieur ?

Le militaire est parti. Gérard hoche la tête. Il ne sait pas vraiment. Incapable de nommer la chose, il s'exprime avec l'index qui pointe vers des boîtes, des fioles, des petits pots contenant des produits aux noms gaillards : Marathon, Supervir, Herculos... Mme Gladys, qui connaît son métier, murmure :

— Pas d'onguent, n'est-ce pas, quand on craint

quelque difficulté d'application. Si l'incitation est moins en cause que la résistance, je peux vous conseiller le Tenax... Cinq à dix gouttes, une heure avant... Trois cent quarante-cinq francs, s'il vous plaît.

Gérard sort trois billets de cent, un de cinquante et sans attendre la monnaie glisse sous le bilboquet géant qui sert d'enseigne. Il s'éloigne vivement, le dos rond, la tête basse, fâché de s'être infligé une humiliation pour en éviter une autre. Que la chimie organique ait de quoi revigorer un homme, bien ! Mais à quelle fin ? N'est-ce pas dérisoire, si l'exaltation des sens n'est justifiée par aucun sentiment ? Malgré l'exemple de sa femme qui ne s'en embarrasse guère, malgré l'opinion du siècle qui n'est pas loin de considérer le libertinage comme un des beaux-arts, malgré son peu de goût pour le genre Céladon, il n'en a pas davantage pour le genre Cupidon réduit à la première syllabe de ce terme sonore. *La mourre,* ce jeu de mains, a un homophone qu'il n'oserait invoquer ; et pourtant il lui manque quelque chose qui tient de l'agrafe, du nœud, du lien, de l'ancre, du vulgaire trombone : bref, de l'attachement.

— Taxi !

En tergiversant rue Saint-Denis il s'est mis en retard. Boulevard de Sébastopol il perd encore un quart d'heure à lever le bras, à héler des chauffeurs. Enfin chargé par le onzième, il n'aura plus qu'à courir — ce qui lui est strictement interdit — pour sauter dans le train qui démarre et, une fois installé, à recourir au drageoir, à l'habituel petit Risordan recommandé lors de l'ascension d'un méchant escalier, d'un envol d'avion ou d'un quelconque emballement du cœur.

*

Ça roule. Gérard est un peu inquiet. Ces derniers jours il est passé régulièrement à la poste restante et n'y a trouvé aucune lettre. Il ignore toujours si ses envois sont parvenus à bon port. Avant de partir de Montargis, il a évidemment, ce matin, un peu après huit heures, donc dès l'ouverture du Bureau d'aide sociale, composé le 19 32 81 23 37 01, mais n'a obtenu qu'un employé dont la voix inconnue lui a semblé embarrassée :

— Excusez-nous, monsieur, mais nous venons de recevoir une note de la direction rappelant que les communications personnelles sont interdites. De toute façon je ne pourrais pas vous passer Madame Goslin : elle a repris son travail, mais elle est présentement détachée dans un autre service.

Ça chuchotait autour de l'appareil, assez sensible pour enregistrer aussi le coup de molette d'un briquet. S'agissait-il vraiment de rigueur administrative, avec contrôle d'écoute, ou d'une petite vacherie de collègue évincé ? Pour ne pas perdre le contact l'installation du téléphone, à Jambes, s'imposait et, dans l'immédiat, pour ne pas ruminer, le recours au stylo. On ne chasse bien un souci qu'en cédant à un autre.

De sa valise Gérard retire sa serviette et de celle-ci une chemise de cartoline violette. Il rabat la tablette. Que s'abolissent seize siècles et demi ! C'est un privilège du métier que de pouvoir, en complet-veston, faire fonctionner la machine. Il est amusant du reste de constater que, s'il lui faut changer d'époque, il n'a pas tellement à changer de destination puisqu'il se rend en Gaule-Belgique comme son héros, en 306.

Constantin, en effet, à cette date, assure son pouvoir et saisit une superbe occasion de se faire valoir aux yeux des populations terrorisées par les raids des Barbares. Des tribus franques ont, une fois de plus, traversé le Rhin, frontière de l'empire ; elles prétendent s'installer sur la rive gauche dans ce qui sera plus tard le Limbourg. Constantin fond sur elles, les coince contre le fleuve, en massacre une partie, capture l'autre et, pour décourager les amateurs de terre romaine tout en distrayant délicatement les foules, donne à croquer aux lions ses prisonniers, chefs compris, dans l'arène de Trèves. Une scène à désespérer Hollywood, incapable de la reconstituer ! Une scène suivie, sans broncher, par la très chrétienne maman de l'imperator, la future sainte Hélène, et par nombre de ses coreligionnaires plus habitués jusqu'alors à servir eux-mêmes de steaks aux fauves !

Trois heures de trajet. Trois pages fort raturées, d'une écriture tremblée par les trépidations. Un affreux, ce Trachala, qui va bientôt divorcer de Minervina, pour épouser Fausta dont le père, le frère et le neveu deviendront rapidement ses victimes ! Gérard en est à se demander pourquoi le sang tache si peu la pourpre, quand un coup de freins un peu brutal le réexpédie dans le XXe siècle et dans la nuit brumeuse où se noient les lumières de Namur.

*

Ce n'est qu'un avant-goût : en fait de secousse il va être encore mieux servi. A la station la première voiture de la file est une Opel noire dont une aile a souffert :

— Jambes, 32 avenue du Gouverneur Bovesse, s'il vous plaît.

Avec son moteur le chauffeur met en route une conversation. Un monologue, plutôt. C'est un de ces Wallons qui, dès qu'ils tiennent un Français, gémissent sur les malheurs de Cockerill-Sambre et les vilenies des Flamands. Savez-vous, monsieur, qu'en ce moment, après la victoire du groupe Retour à Liège aux élections des Fourons, on veut obliger le bourgmestre à parler néerlandais s'il veut conserver son poste ? Il glose, il glose, le brave homme. Sait-il seulement qu'il éternise un vieux problème d'immigration, que les Flamands sont des Francs dont la langue a dominé le latin, tandis que là où le latin a persisté les Francs sont devenus francophones ?

— Quelle langue, dans l'intimité, votre roi parle-t-il ? demande Gérard après avoir payé la course.

Malgré le claquement de la portière nulle ombre ne se profile à la fenêtre du second pourtant éclairée. Gérard passe devant la loge vitrée où, vue de dos, une concierge assise allaite un enfant. Il attaque sagement l'escalier et, au premier palier, croise Claire, la vieille voisine, l'institutrice en retraite, qui lâche un mince bonjour, hésite à s'arrêter et plante finalement derrière lui une statue de l'indécision. Gérard, qui s'est retourné une seconde et qu'aucun soupçon n'effleure, se méprend ; il lancerait volontiers : Et alors ? Il faudra vous y faire ! Il continue, atteint le palier suivant. Il frappe. Il est accueilli par une grosse voix d'homme :

— Poussez donc, c'est ouvert.

Gérard pousse le battant et reste sidéré. La pièce est jonchée de journaux parmi quoi *le Soir* domine sur *la Libre Belgique* et sur *la Dernière Heure,* les uns comme les autres constellés de taches plâtreuses que dispense généreusement un barbouilleur perché sur une échelle pour repeindre le plafond au blanc gélatineux. Lui-même s'en est mis plein les cheveux, les sourcils, les moustaches et, sans cesser de tirer le pinceau, s'exclame :

— On cherche la petite dame d'avant, je parie !

— Béatrice a déménagé avant-hier. Elle n'a donné pour le moment sa nouvelle adresse à personne et elle a eu raison.

C'est la voisine revenue sur ses pas qui parle et, toute tassée, toute grise de cheveux, d'yeux, de robe, essaie de ne pas faire trop de mal à son invité de Noël qui a pu reculer, tirer la porte, qui l'écoute, avec une politesse glacée, marmonner des vérités servies par petites tirades :

— Bien entendu elle n'est pas partie seule, mais avec son ami qui l'avait quittée voilà deux mois et qui est revenu la chercher. Ils sont du même âge, tous deux, et il travaille aussi à la SNCB.

Pause marquée par une petite toux. Elle reprend :

— En quelques jours, sans le savoir vous avez tout eu contre vous : le retour de Roland, l'hostilité de Nora, le prononcé du divorce qui délivrait Béatrice d'un certain nombre de contraintes et même votre argent dont elle a eu honte autant que besoin, puisqu'elle n'avait pas d'autre choix que de l'accepter comme une grue ou de se libérer de vous dans l'ingratitude.

Autre pause, marquée par un soupir. Elle reprend :

— Excusez-moi, je vais être désagréable. Que Béatrice ait parfois la jambe et la tête en l'air, je sais, je n'apprécie pas. Mais il lui arrive aussi de réfléchir. Deux vies, une au domicile principal, l'autre en résidence secondaire, en somme, c'est votre lot. Mais le sien ? La perspective d'attendre treize jours sur quinze un monsieur distingué, plus flatteur de commerce que d'aspect, daté par son caleçon, ses idées et ses goûts, content de lui s'il l'est de vous et qui ronfle, paraît-il, qui ne satisfait pas toujours les gourmandes (vous voyez ce que je veux dire), qui ne peut donc pas les tenir, comme on dit, par la barbichette et qui, surtout, relevant du guilledou, disparaîtra quand il voudra, quel programme pour une jeune femme !

Pause, marquée par un regard dont la compassion n'est pas exempte. Elle reprend :

— Et pour vous quelles perspectives ! Un coup de chaleur en votre absence pour un garçon de passage, vous ne pouviez pas l'exclure. C'était même dans la logique des choses — et du passé de Béa — que tôt ou tard elle vous remplace. Je n'ai pas parlé de votre âge : il y a des exceptions à ce handicap, mais si peu que sur vous nul ne tiendrait le pari.

Que Mme Claire ait encouragé Béatrice à rompre, c'est probable. Que Roland n'ait jamais été tout à fait hors du coup, que Mme Claire ait elle-même été abusée, ce n'est pas impossible. Mais il y a dans ses propos un cruel fond de vérité : en son for intérieur Gérard, vaguement, se les tenait. De toute façon il n'accusera pas le coup :

— Je vous remercie, madame, dit-il. Nous avions convenu que chacun de nous restait libre. Tout est dans l'ordre.

Et il s'en va d'un pas égal, bien appuyé sur chaque semelle. C'est bien fait ! Il n'a que ce qu'il mérite. Quand on s'adresse, pour remplacer Solange, au même genre de fille, il n'est pas étonnant qu'elle vous fasse subir le même traitement : l'amour-sandwich, qui vous consomme un homme entre deux draps en y attachant à peine plus d'importance qu'au jambon entre deux tranches de pain. Quel est donc ce défi dont il était bouffi ? Dehors, glissant la main dans sa poche, il y retrouve un petit flacon et, d'un geste sec, le fait éclater contre un mur.

18

Edith gardant la maison avec l'aide de la voisine, elles s'étaient finalement donné rendez-vous à la gare de Lyon et avaient toutes les trois, Solange, Rosemonde, Edmonde, pris le TGV le vendredi soir, puis couché à l'hôtel Lugdunum. N'ayant rien oublié d'une jeunesse indigente, entassée dans une chambre commune aux papiers boursouflés par l'humidité, aux fenêtres disjointes sifflant par grand vent, elles n'avaient aucune envie de se retrouver, même pour une nuit, dans leurs lits de fer à sommiers grinçants. Depuis des années d'ailleurs ne faisant jamais que passer, rarement ensemble, elles ne cessaient de considérer comme un échec le fait de n'avoir pu arracher leur mère à sa hautaine gueuserie, vécue comme un mérite, et à ce minable logement de feu l'épicier failli, leur père, réfugié au dernier étage de cette caverne salpêtrée donnant sur le quai Romain Rolland, côté Saône, et par une traboule obscure qui puait le matou sur la place du Gouvernement.

Ce fut, comme chaque fois, avec une secrète honte et le souci de ne reconnaître personne que le samedi matin, vers dix heures et demie, Solange, chef de file, aborda l'escalier détesté : quatre fois vingt-deux marches de pierre grisâtre et grasse à gravir entre un mur pustuleux, écorché par les déménagements, et une rampe de bois poli par des générations de fonds de culottes. Avec son trench vichy à petits carreaux recouvrant une jupe boule et un pull à basques aussi noirs que ses gants, ses souliers et son collant, elle était, dans la sévérité, quand même un peu trop élégante. Au second palier elle passa, sans ciller, devant une porte dans l'angle de laquelle l'avait coincée jadis un garçon aux mains chercheuses, tué plus tard en Algérie.

— Maman va réclamer Edith, disait derrière elle l'une des deux sœurs.

Assurément ! Mais l'emmener, Edith, pour qu'elle affiche encore un air navré, pour que l'odeur de graillon lui écarte les narines, pour qu'elle répète : *C'est de là que Papa t'a fait sortir !...* merci bien ! De là, oui, comme ensuite ses sœurs — avec moins de succès —, elle s'était enfuie. Quoi de plus normal ? Et de quel droit lui en vouloir, même si elle ne s'était pas crue à tout instant tenue de s'aplatir dans la gratitude envers le séducteur, moins novio, mais plus notable que d'autres ? S'il s'était donné la peine de mieux naître et de se faire ensuite un peu connaître, celui-là, n'avait-elle pas sa dot, elle aussi : cette grâce d'être fleur fraîche que la pire iniquité, celle du temps, rend si vite illusoire quand fortune et situation gardent leurs avantages ?

Enfin au dernier palier, dallé de vieux carreaux de grès fêlé et sur quoi donnaient toujours cinq portes, dont celle des toilettes communes — objet de disputes sordides pour leur entretien —, les trois s'arrêtèrent, essoufflées :

— Comment pouvait-elle faire ses courses avec les jambes qu'elle a ? dit Edmonde, en appuyant trois fois sur la sonnette au-dessous de quoi jaunissait une vieille carte de visite : *Monsieur et Madame Gaston Breint* que la survivante depuis des années se refusait à changer.

— Ces derniers temps, c'est moi qui les lui faisais, fit une voix tandis que la porte s'ouvrait, découvrant la dévouée cousine Berthe, autre locataire de l'immeuble, vieille dame boulotte encore ingambe aux cheveux blancs rassemblés dans un chignon gras et qui ajoutait :

— J'ai préparé les affaires de Mélanie. Nous attendons la voiture d'un moment à l'autre.

Un peu plus loin, en effet, au fond de l'entrée, une valise à sa droite, une valise à sa gauche, Mme Breint attendait, pâle, maigre, osseuse, trônant sur son fauteuil roulant. Tête haute sur cou raide, la lèvre tombante, les sourcils en accents circonflexes, le cheveu couleur de chanvre, elle demeurait impressionnante : monument de polyarthrite, de souffrance et de fidélité. Un minet de gouttière s'arrondissait au creux de sa robe entre deux mains ankylosées aux doigts déviés, aux jointures globuleuses, rosâtres, luisantes, dont un tophus énorme du médius, à quoi répondaient le gonflement des chevilles et la déformation des pieds ne supportant plus que des charentaises. Un cercle rouge autour de la cornée expliquait son regard noyé :

— Ne croyez pas que je pleure, prit-elle soin de dire aussitôt. J'ai de l'iritis : ça va avec le reste.

Une par une les sœurs défilèrent, se penchant pour un baiser piqué sur la pommette par cette mère si différente d'elles que Solange, excédée, avait pu un jour lui lancer : Vraiment es-tu ma mère ou mon arrière-grand-mère ?

— Je vous remercie d'être venues, reprenait Mme Breint. Mais réflexion faite j'ai décidé que personne, sauf Berthe, ne m'accompagnerait là-bas. Dans mon état on encombre vraiment trop la famille pour laisser croire aux tiers qu'elle se débarrasse de vous. Puisqu'il n'y a pas d'autre solution possible, c'est moi qui suis censée vous forcer la main.

Ce ton, elles le connaissaient, les trois anciens « beaux Breint de filles », comme aimait dire leur père, aussitôt rabroué par leur mère, régente à l'affection sûre, mais rêche et si méfiante qu'elle avait fait le vide autour d'elle. Profiter de l'occasion pour réunir son monde, pour rendre solennels son renoncement à ce qui lui restait de vie personnelle et son entrée dans une de ces maisons d'attente où l'on cesse de conjuguer le futur, où l'on ne possède plus que son nom, c'était bien dans sa manière :

— Je vous laisse mes clefs, continuait-elle. Quand je serai partie vous ferez votre tri, vous prendrez ce que vous voudrez. Je ne crois pas que grand-chose vous intéresse hormis les papiers et les photos de famille. A vous de voir. Le logement lui-même, je l'ai promis à Berthe qui m'aide depuis longtemps et dont la fille, qui va se marier, cherche un petit loyer...

Des pas se firent entendre dans l'escalier, puis sur le palier et les joues creuses de Mme Breint s'enfoncèrent davantage :

— Il va falloir y aller, murmura-t-elle.

On frappait, en effet, mais la porte s'ouvrit sur un télégraphiste :

— Mme Laguenière ? demanda-t-il, en tendant un bleu.

Des cinq femmes présentes une seule, Edmonde, parvint à dominer son saisissement, à ne pas se figer et, happant le télégramme, le décacheta d'autorité. Solange était devenue verte :

— Ce n'est pas ce que tu crains : ça ne concerne ni ton mari ni ta fille, fit sa sœur qui se mit à lire à haute voix : *Yveline Darne, professeur à Saint-Y, m'apprend par téléphone la mort subite de mon frère Séverin décédé ce matin à huit heures d'une rupture d'anévrisme. J'ai pu prévenir Gérard qui rentre dans l'après-midi. Bien tristement à vous. Francine.*

— Décidément, jamais deux sans trois, fit Solange. Gérard, Mamirna, Séverin, c'est la série noire...

— Noire, dit Mme Breint, mais normale dans une famille où une génération s'approche de la ligne d'arrivée. Ton beau-frère a de la chance : il l'a franchie sans traîner.

Et comme dans l'escalier retentissait une nouvelle talonnade elle acheva, la bouche amère :

— J'ai peur de mettre plus de temps à me quitter. Ne m'en veuillez pas, les filles, si ça vous gêne. Je vous aimais plus que je n'ai su vous le dire. Toi, Solange, remercie mon gendre d'avoir eu la bonté de m'offrir un mouroir convenable. Pousse-moi, Berthe. Cette fois, c'est bien pour nous.

19

La mort semble hésiter, parfois, entre plusieurs mises en scène. Une heure plus tôt, Séverin Laguenière se serait écroulé chez lui, boulevard Masséna, à Paris ; nul n'en aurait rien su et, son absence durant le week-end s'expliquant aisément, ce n'est qu'au bout de plusieurs jours qu'on aurait dû forcer sa porte pour découvrir un cadavre en décomposition. Un quart d'heure plus tôt, c'est au volant de sa voiture que Séverin risquait de lâcher le volant en pleine ruée matinale et de provoquer un carambolage meurtrier sur l'autoroute.

Mais non, pour couronner quarante ans d'apostolat scolaire, c'est dans l'exercice de ses fonctions, à six mois de la retraite, qu'il a brutalement terminé sa carrière. Yveline venait de pénétrer dans la salle des professeurs où n'étaient prévus ni conseil de classe ni réunion plénière. Le petit surveillant général, M. Gouin, conversait avec l'imposant professeur de français, M. Gardebois, l'un des plus chahutés, et les observant d'un regard amusé, Yveline se demandait une fois de plus pourquoi leur autorité n'avait d'efficace qu'en raison inverse de leur volume. A trois pas d'eux M. Métravier, professeur de mathématiques, consultait le tableau des notes de service. A l'arrivée de M. Séverin, saluée mécaniquement d'un *Bonjour, mademoiselle,* neutre et prononcé en creux de gorge, comme d'habitude, Yveline n'a rien remarqué d'anormal sinon que sa gabardine était mouillée. Il semble qu'il se soit entretenu un moment avec M. Métravier. En tout cas le cartel fixé au mur affichait huit heures moins trois quand il est tombé : non pas comme une masse, mais en essayant de se rattraper à un bouton de porte, ce qui le fit d'abord heurter le chambranle, puis glisser sur le parquet vitrifié d'où il tenta de se relever sur un coude. Yveline s'est précipitée, croyant à un simple trébuchement, comme d'ailleurs le surveillant général, un des rares familiers du professeur d'anglais et qui, ne le voyant pas se remettre debout, jeta sur le ton badin :

— Hé, Laguenière, pas de blagues ! Ce n'est pas le moment de te casser une jambe. Nous avons une inspection mardi...

Cependant M. Séverin, livide, s'effondrait tout à fait. Il eut juste le temps de murmurer :

— Prévenez mon frère, mademoiselle...

Puis il perdit conscience. Lorsque le médecin de l'établissement arriva, dix minutes plus tard, il respirait encore, mais le pouls imperceptible, la tension tombée à rien, l'extraordinaire décoloration du visage ne laissaient aucun espoir ; et tandis que parmi les élèves figés dans les cours se répandait la nouvelle : *Doublemètre est en train de caner,* c'est devant la plupart des profs et des pions, rameutés autour de leur collègue étendu sur un vieux divan de cuir râpé, qu'Yveline, peu après, lui ferma les yeux.

Ce fut d'ailleurs elle qui, dès lors, prit les choses en main. Le décès, dans son établissement, de M. Séverin embarrassait d'autant plus l'administration que le directeur, habilité à prendre toutes décisions, de routine ou d'urgence, était absent. Pas de précédent connu. Pas moyen d'en référer, en haut lieu, à des bureaux fermés. Qui avait qualité pour accomplir les formalités ? Comment, en l'absence de salon funéraire — dont l'usage en ce pays n'est guère répandu —, organiser convenablement la veillée du corps, un samedi, alors que le collège, dès midi, allait se vider des enseignants comme des élèves ? Ne se devaient-ils pas, en effet, d'honorer le disparu et de conduire son deuil ? Fallait-il au contraire s'en remettre à la famille qui ferait le nécessaire ? Dans tous les cas quelles instructions funéraires avait laissées le défunt ? A qui ? Les dernières paroles de M. Séverin ayant prescrit à Mlle Darne de prévenir son frère, le surveillant général s'effaça volontiers pour lui en laisser le soin. Mais pour étrange que cela fût, Yveline, si fidèlement épistolière, ne possédait que l'adresse de Gérard et, tenue de rester invisible comme inaudible, par convention tacite, ne s'était jamais préoccupée de connaître son numéro, rouge, donc absent de l'annuaire. Se souvenant vaguement qu'il avait dans une lettre fait allusion à une sœur « habitant Villemandeur, petite ville satellite de Montargis », elle finit par obtenir des Renseignements celui de Francine qu'elle aborda avec ménagement, en parlant de « gros malaise ». Il y a des gens qui en pareil cas appréhendent le pire. Francine ne s'émut pas si vite :

— Allons bon ! fit-elle. Voilà qu'il s'y met, lui aussi. Il n'avait jamais eu le moindre accroc.

Et comme Yveline introduisait un superlatif noir :

— Très sérieux ? Qu'entendez-vous par là ? Il nous fait une attaque, comme Gérard ?

Son tenace optimisme ne craqua que sur le mot « décédé », accompagné d'une formule de condoléances qu'elle accueillit d'abord par un silence, puis par une explosion :

— Séverin ! Séverin ! Notre benjamin...

La persistance, dans la bouche de sa sœur, d'un mot si peu compatible avec le long cadavre du doyen du collège en train de refroidir avait quelque chose de plus déchirant que les sanglots, entrecoupés de reniflements, de hoquets, d'inutiles questions : N'y avait-il vraiment rien à faire ? Avait-on tout tenté ? Mais quand, après de longues minutes accordées à la désolation, Yveline osa demander quelles dispositions la famille comptait prendre, ce fut d'une voix rauque, mais en juriste avertie, que Francine répondit posément :

— Séverin avait tout prévu. L'inhumation doit avoir lieu ici, dans le caveau de famille. Le délai légal pour le transfert d'un corps est de dix-huit heures ; il peut être porté à trente-six s'il a été procédé à des soins de conservation. De toute façon, même s'il doit se faire en cercueil, ce sera sous contrôle d'un commissaire de police, au départ comme à l'arrivée. Il faut que l'un de nous — mon frère ou moi — se rende sur place. J'essaie de joindre Gérard et je vous rappelle...

*

Un quart d'heure plus tard, ce ne fut pas Francine qui rappela, mais cette voix qui, de bouche à oreille, s'était manifestée une seule fois, qui depuis des années ne parvenait à Yveline qu'à travers un transistor et, tant bien que mal enregistrée, ressortait à son gré de ses minicassettes : cette voix de Gérard, aujourd'hui altérée, mais bien reconnaissable à sa façon de dessouder les syllabes comme le faisait aussi son écriture :

— Allô, Yveline, vous imaginez dans quel état je suis. Je ruminais déjà une déception sévère... Oui, sévère, ce n'est pas le moment d'en parler, je vous expliquerai plus tard, ce n'est rien en comparaison de l'affreuse nouvelle que ma sœur vient de m'annoncer. Quel coup ! Séverin, qui était encore enfant quand je passais mon bac, qui m'a toujours suivi, une demi-génération derrière moi, voilà qu'il me précède !

Sa présence au bout du fil, c'était le principal. Comme Francine, Yveline avait craint qu'il ne fût pas au Novotel de Lille-Lomme pour la clôture du congrès, mais inatteignable, quelque part en Belgique.

— Pourtant, continuait Gérard, ce que je regrette le plus, Yveline, c'est qu'entre mon frère et moi l'affection n'ait jamais été aussi vive qu'entre ma sœur et moi. Séverin est mort loin des siens. Merci d'avoir été là, un peu comme une parente, et excusez-moi de raccrocher. Je prends le rapide et j'arrive, en passant d'abord aux pompes funèbres.

*

Elle n'avait pas eu le loisir de placer un mot, Yveline. Elle n'en était pas fâchée : hormis la présence rien n'a jamais consolé personne et surtout pas le tout-venant des bonnes paroles, dont s'engluent tant de bouches. Que dire, d'ailleurs, quand on s'aperçoit avec gêne qu'on peut être consterné sans éprouver de désolation ?

Pourtant elle alla s'installer dans la petite chambre de l'infirmerie destinée d'ordinaire à coucher un élève blessé et où avait été transporté le corps de M. Séverin, pas encore toiletté et à qui un mouchoir, hâtivement noué autour du visage en guise de mentonnière, donnait l'aspect d'un homme endormi à force de cachets après une rage de dents. Elle s'assit sur une mauvaise chaise à côté des grands pieds logés dans de grandes chaussures mal cirées qui dépassaient la barre du lit et dont les semelles ne toucheraient plus jamais terre. Son cours annulé, elle ne pouvait qu'attendre. L'établissement avait apparemment retrouvé son calme. Dans l'heure qui suivit ne pénétrèrent que trois personnes dans la pièce : la femme du concierge qui s'étonna de l'absence d'un bénitier, un surveillant qui disposa une rose entre les mains jointes et M. Métravier qui se figea vingt secondes, les bras croisés, la paupière battante, le nez bas, incapable de supporter la raideur, l'immobilité, le silence, l'odeur suspecte du cadavre en train de se vider et n'évoquant plus, sauf par son costume à boutonnière rayée de violet, le Séverin Laguenière disert et poli du petit matin qui s'en était comme absenté.

Cependant entre Lille et Paris le rapide devait filer. Gérard serait à la gare du Nord vers midi, donc au collège vers treize heures au plus tard. Cela faisait plus de huit ans qu'Yveline ne l'avait pas rencontré, pas vu en vrai, vu en trois dimensions et pas seulement à plat sur papier journal ou sur petit écran. Elle n'avait, certes, aucun besoin de l'imaginer : photographes et cameramen, sans courir spécialement après lui, l'avaient tout de même, en noir et en couleurs, assez présenté pour qu'elle fût rassurée sur *cette grâce animale qui,* assurait Alexis Carrel, *permet à quelques-uns de changer plus lentement que d'autres et, comme les vieux loups, comme les vieux corbeaux, de ne guère afficher leur âge.*

Tenant aussi compte du fait qu'un créateur bénéficie d'un autre privilège qui le situe un peu hors du temps dans une région sociale où le physique compte moins, où le visage entre au musée des binettes notoires, c'est paradoxalement d'elle-même, beaucoup plus jeune, qu'elle s'inquiétait le plus : de la différence entre le petit prof fraîchement nommé de la première rencontre et l'actuelle Yveline Darne pourvue de cent un mois d'ancienneté.

Immobile sur sa chaise elle regardait sa montre, elle se disait : Gérard approche de Paris. Une déception sévère ? Ce n'est pas la peine qu'il me fasse un dessin. J'ai compris : il a rompu avec sa Wallonne. Elle regardait encore sa montre dont la trotteuse n'avançait pas plus vite, elle se disait : Il a une femme qui le trompe, il est probable qu'il n'a plus de maîtresse, il garde sa correspondante. Restons à notre place : je suis une fille très ordinaire et mes lettres sont sûrement mieux tournées que moi. N'empêche ! Je ne veux plus être la nymphe Echo. Puis ne regardant plus sa montre, mais le défunt à la veste de qui manquait un bouton sans doute arraché dans sa chute, elle se permettait de dérailler un peu, elle se disait : Si Séverin n'était pas mort, Gérard n'arriverait pas cet après-midi au collège. Je regrette que sa venue ait, en somme, coûté la vie à son frère. Mais il ne peut pas être mort pour rien...

*

Endolorie à force de rester assise, s'étonnant d'avoir faim et refusant d'y souscrire, elle s'obstina jusqu'à quatorze heures à faire la « parente », comme avait dit Gérard : elle voulait qu'il la découvrît dans cet office et c'est un bruit de caisse heurtée contre un coin de mur qui annonça le cercueil, bientôt déposé sur la descente de lit par deux employés des pompes funèbres, que suivait l'embaumeur. Accompagné par le concierge, Gérard entra aussitôt après, s'inclina vers Yveline sans mot dire et se recueillit devant son frère. Dans son costume gris clair auquel il n'avait pas eu le temps d'adjoindre une cravate noire il se tenait très droit, le cou aussi raide que la jambe, sûr d'exister, étonnant de présence. Pas jeune, non, mais pas vieux. On voyait bien ce que l'épaule carrée devait au rembourrage, ce que le cheveu brun — qui repoussait blanc à la tonsure comme à la tempe — devait à l'Oréal. Mais si parler de vigueur eût été excessif, parler de verdeur, ce n'était pas assez. Comme le spécialiste faisait signe qu'il allait commencer à pratiquer les soins — toujours discrets — de la thanatopraxie, Gérard se retira sur la pointe des pieds jusqu'au bout du couloir où dans le relent d'éther prospérait un ficus. Puis il se retourna et dans son regard l'étonnement prévalut sur la tristesse. Yveline avait suivi, plus lente ; elle venait à lui, navrée de ne pouvoir sourire, mais animant un tailleur bleu marine sobrement éclairé par un chemisier blanc ; et cette jeune femme qui le connaissait mieux que personne — sans que cela fût vraiment réciproque —, cette confidente qu'il avait voulue anonyme comme un magnétophone et qu'en l'absence de toute photo il avait à force de mois, à force d'années, fini par rapprocher inconsciemment de son millésime, par croire trop sérieuse pour n'être pas — au moins mentalement — un peu grisonne... voilà qu'elle redevenait devant lui ce qu'elle était : une fille native de la seconde moitié du siècle, une catherinette prolongée, mais faisant toujours partie de la tribu des Visages-Lisses.

Quand elle fut à deux mètres de lui, il se souvint d'un encadrement de cheveux longs désormais réduit à un casque de courtes boucles; et d'un autre tailleur, aussi strict, mais brun, qu'elle portait jadis; et de ces yeux verts — moins émeraude que péridot — dont il pensait de nouveau: Ce sont les seuls bijoux qu'elle porte.

— Malgré l'envie que j'en avais, disait-elle à mi-voix, j'aurais préféré ne jamais vous revoir dans d'aussi pénibles circonstances.

Elle n'approchait pas davantage, lui laissant comprendre que c'était à lui de le faire s'il en décidait ainsi. Il avança d'un pas, puis d'un autre et, lui prenant une main, la garda entre les siennes:

— Je pouvais faire rapatrier le corps de mon frère sans passer moi-même au collège, murmura-t-il. Mais je vous devais bien ça. Je me demande d'ailleurs pourquoi nous nous sommes évités si longtemps, sous prétexte de ne pas mélanger les genres.

Les yeux verts, plantés dans les siens, s'étrécirent entre leurs paupières. Pourquoi? C'était sûrement un peu par orgueil: celui de jouer le pur esprit. Par commodité: on ne brise pas un jeu de glaces. Par prudence: à l'époque Solange régnait souverainement et devait être ménagée. L'habitude enfin avait consacré l'échange si bellement soutenu qu'il pouvait un jour devenir un de ces monuments de papier qui passent fort bien de l'écritoire à l'imprimerie pour la gloire anthume ou posthume des scripteurs.

— Vous m'avez trop laissé parler de moi, reprit-il, et je ne me suis pas assez inquiété de vous.

— Mon Dieu, fit-elle en secouant la tête, en quoi suis-je intéressante? Pupille relativement chanceuse de l'Assistance publique, absolument seule dans la vie, pédago cantonnée dans une spécialité qu'elle rabâche aux potaches, c'est tout ce que je peux dire d'Yveline Darne, aujourd'hui comme hier tout épatée d'avoir retenu votre attention. Quant à vous il n'est pas faux qu'en dehors de l'histoire vous m'ayez assez complaisamment promenée dans votre œuvre comme dans votre biographie. Mais personne ne croira que c'était malgré moi, si j'ajoute que dans mon cartonnier j'ai maintenant tout ce qu'il me faut pour faire une thèse sur vous.

Soudain elle retira sa main. A l'autre bout de la galerie le coulissement automatique de la double porte de verre livrait passage au concierge accompagné d'un civil qui refermait son parapluie

— C'est le commissaire, dit-elle. Je vous laisse avec lui.

— L'enterrement aura lieu lundi à quatorze heures. Viendrez-vous ? dit rapidement Gérard.

— Je ferai sûrement partie de la délégation du collège, dit-elle, les yeux baissés.

Elle les releva très vite parce que, les bras à demi ouverts, il demandait :

— Je peux ?

Elle se laissa embrasser sur la tempe. Il chuchotait :

— Yveline, que suis-je allé faire en Belgique ? Dites-moi que je suis un imbécile.

— Mais oui, autant que moi ! fit-elle dans un souffle.

20

Suivit un long, un très maussade hiver coupé de gels, de déluges, de bourrasques assez fortes pour coucher dans l'eau les peupliers des bords du Loing ; coupé aussi d'humeurs comparables à celles du baromètre, en hausse, en baisse, et confinant dans une attente morne une vie morcelée en petits épisodes.

*

On enterra Séverin.

Le défunt, par économie (le mot figurait dans une *Instruction pour mes obsèques* confiée à sa sœur), avait interdit fleurs et couronnes. Gérard, conduisant le deuil en qualité d'aîné, ne daigna pas remarquer la raideur de ses enfants : André comme Marie. Il n'avait d'yeux que pour la délégation du collège composée du directeur, de deux élèves de terminale et de trois professeurs, dont Yveline qu'au moment du défilé devant la famille, près de la tombe, Gérard retint quelques instants, tandis que Solange au contraire la gratifiait d'un merci très sec en oubliant de lui tendre la main.

Remarqué par Francine qui se garda d'en

souffler mot, ce fut d'ailleurs le seul incident de la cérémonie, suivie le soir même chez le notaire d'une ouverture de testament qui réservait une surprise : le disparu y déclarait en effet dans son style aigre-doux que l'absence de cadeaux (qui lui avait valu, il le savait, le surnom de *Séveradin*), la compression de ses dépenses, la mise à gauche depuis une quarantaine d'années de près de la moitié de son salaire, quelques placements moins stupides que ceux de la plupart des gens, de bons achats au creux et de bonnes ventes en pointe de cote, après l'avoir secrètement amusé, lui permettaient, *si par invraisemblable il s'en allait le premier,* de laisser à Gérard son appartement, à Marie, à André, à Edith deux cent mille francs chacun et à Francine le reste de son portefeuille *à condition (c'est un fidéicommis, légalement nul, mais je sais qu'elle l'exécutera) de le répartir à sa mort entre ses neveux et nièces, présents ou à venir.*

A la réunion qui termina la journée sans comporter de repas (Séverin ayant aussi stipulé : *Et pas de silicerne !*), son gendre crut pouvoir demander à Gérard quel intérêt présentait le congrès de Lille. Il y eut des sourires froids.

— Gérard m'a téléphoné presque tous les jours pour me dire que c'était mortellement ennuyeux ! jeta, pour couper court, une Solange pas plus désireuse d'obtenir que de fournir un emploi du temps.

Et le lendemain M. et Mme Laguenière, toujours liés comme tels sur le faire-part reproduit par la presse locale, reprenaient la vie commune ou, plus exactement, contiguë avec leur chat, leur chien, leur fille aux tendresses têtues.

*

Et de quoi s'occupa d'abord Gérard ? De son poids.

Ce n'est pas qu'il fût obèse, non, mais trop enveloppé, comme l'assurait cet *indice de Pignet* qu'il est à la portée de chacun de calculer. Son périmètre thoracique étant de 108 en inspiration, son poids de 80, le total donnait 188 et il suffisait d'en déduire la taille, 172, pour trouver 16, alors qu'il ne faut pas dépasser 10 ni descendre au-dessous de — 10, l'idéal oscillant autour de 1. L'autre indice, celui de Quételet, dont la formule pour homme est P = 19/20 T — 100, était même plus sévère.

Le poids ! Problème favori des escrocs à la cure miracle exploitant les gogos qui rêvent de perdre des kilos en restant d'impénitents omnivores ! Il suffit que les mots ronflent. Frigiplastie. Technique subliminale. Thermodermie. Stimulpulsion. Courant rectangulaire galvanique contrôlé. Aquavite, « aussi simple à boire que de l'eau, nouveauté américaine ». Appel à la sophrologie. Et quoi encore ? Dans le genre sérieux Gérard, pour l'avoir essayé, avait trouvé d'application bien malaisée le régime Reagan qui permet de manger ce qu'on veut, mais pas de mélanger n'importe quoi et, classant les aliments en trois catégories, basique (féculents), neutre (graisses, légumes verts), acide (viandes et laitages), interdit la rencontre basique-acide et tient donc le steak frites comme les spaghettis bolognaise pour des hérésies diététiques. Quant aux autres recettes des bromatologues... Bof ! Quant aux pilules antigraisse, aux capsules contre l'excès d'eau... Bof ! Quant au *body wrapping system* enduisant les rondeurs de crème amincissante sous emballage de polyvinyle... Bof! Quand on veut ce qu'on veut, il faut souffrir.

Le jeûne de trois jours, lundi, mercredi, vendredi, en s'aidant d'un coupe-faim, genre plante de Guar, et en buvant force Evian, voilà qui semblait décider à redescendre l'aiguille du Terraillon.

*

Francine le constata plus vite que Solange, toujours un peu dispersée. Huit jours après l'enterrement elle passa, choisissant son heure : celle de la séance de gym de Madame.

— Hé ! Tu maigris, dit-elle, d'emblée, à un frère tout satisfait.

Mais aussitôt après :

— Bon coq s'amincit. Tu comptes encore t'absenter ?

Autrement dit : Quand retournes-tu en Belgique ? En temps normal Francine aurait déjà été mise au courant d'une rupture, si vexante que Gérard pour une fois n'avait pu se confier et gagnait du temps pour s'inventer une défaite moins rapide.

— Pour l'instant, sûrement pas : j'ai trop de travail, dit-il.

— Tu inquiètes tes enfants, reprit Francine. C'est ce que je suis venue te dire.

— Ils t'en ont chargée ?

— Pas vraiment. Je ne sais pas comment ils ont appris ta liaison, mais ils savent. Ils sont déchaînés, surtout André qui, pourtant concubin jusqu'ici rétif au livret, réagit en rosier. Il me criait dans l'appareil : *Quoi ? Après Solange, il faut que Papa s'y mette ! C'est aussi dangereux pour lui que pour nous. Quand un jeune s'embéguine, Dieu sait déjà quelles conneries il peut faire! Mais quand ça les prend, les doyens, ils deviennent fous. Et ridicules avec ça! Papa, tu l'imagines, faisant son joli cœur auprès de la donzelle?*

Gérard se raidit un peu, mais se contint:

— Classique! fit-il. Un fils tolère tout juste l'idée que son père ait dû coucher avec sa mère. Dès qu'il est adulte, nous devons être asexués.

Il n'était pas désagréable de la provoquer un peu, la sœur, en ajoutant:

— Pourtant je te l'ai déja dit: le droit à l'amour fait partie du droit à l'existence et ne saurait s'arrêter que le jour de ma mort.

Las de plastronner, bien plus touché qu'il ne le laissait voir, il attendit une minute avant de rouvrir la bouche. Francine, tassée dans l'angle du canapé et rentrant le menton parmi trois orbes gras, bougonnait :

— Ce blabla! A quoi veux-tu que ça te mène?

Mieux valait finalement lâcher la vérité dans un flou convenable:

— A quoi mène une chanson? Rassure-toi: elle a été plus courte que je ne pensais.

Mais entre deux versions Francine avait toujours tendance à préférer la moins flatteuse :

— J'ai compris, va! Tu roucoulais si bien que tu t'es fait pigeonner.

*

De cet affront Gérard se relevait à peine qu'il s'en offrit un autre, le jour du Mardi gras.

Quelle idée, aussi, d'accompagner sa femme, pour une fois, dans une librairie-galerie offrant aux Montargois des peintures-sculptures d'un artiste local, Charles Val, spécialiste du mariage entre la toile et le plâtre! Il y avait là, dans l'espace restreint, enfumé, bourdonnant qu'affectionnent les cocktailisants de l'art dernier cri, trente à quarante personnes brassées par la curiosité, le souci de se faire voir ou celui de siroter. Les Laguenière, serrant de la main, débitant du bonsoir, ne faisaient particulièrement attention à personne quand soudain, stop! Solange se figea, à trois mètres d'un quidam, lui-même en train de la dévisager d'un œil couleur paille et battant de la paupière comme si, l'ayant vue quelque part, il cherchait à mettre un nom sur la dame. Elle fit un pas vers lui. Il fit un pas vers elle. Et dans la seconde même, considérant ce phénomène optique de prunelles rivées à un regard commun, Gérard sut que là, devant lui, venait de se produire un *tilt*. Une fois déjà, par hasard, avec la même curiosité douloureuse, il l'avait observée, cette sorte de connexion électrique, instantanée, entre un ami, chanteur bien connu pour sa voix rauque, et une Solange si fascinée par la tentation qu'elle ne pensait même pas à s'en cacher, encore que personne n'ait jamais pu fournir la preuve qu'elle y eût oui ou non cédé. C'était tout à fait d'elle, ce déclic, à l'occasion de quoi, parlant des garçons connus dans sa jeunesse, elle ne voyait qu'une condition, elle n'avait qu'un mot: *s'aimanter,* variante sûrement plus juste dans sa bouche que *s'aimer...*

— Excusez-moi, disait l'inconnu, j'étais en train de me demander comment j'avais pu oublier qui vous êtes...

— Excusez-moi, répondait Solange, mais où nous sommes-nous déjà rencontrés?

Bref, présentations faites, Madame étant la femme de Monsieur que voilà, à trois pas, Laguenière de son état — Ah! Très honoré! —, le quidam s'appelait Montort Bernard, commis de librairie par nécessité, peintre par vocation : peintre du dimanche et même du lundi matin, comme l'attestaient quelques barbouilles accrochées dans une salle voisine et dont on ne pouvait pas dire qu'en réponse au Seigneur tonnant au premier jour : *Que la lumière soit !* ce garçon fût spécialement doué pour en recueillir les effets. Mais qu'importait ? S'il était depuis longtemps pubère, il n'avait pas profondément pénétré dans le second âge. On parla d'autres cimaises, du vernissage d'Angelot prévu pour le surlendemain, de la rétrospective d'Innocent de date encore incertaine. On se félicita si fort de s'y rencontrer qu'en présence de l'époux, tout doux, ça valait rendez-vous.

Elle rentra glorieuse, Madame ; et Gérard ne douta pas de la suite.

*

Puis Francine revint, en l'absence de Solange : le soir du vernissage, justement.

Cette fois elle fit irruption dans le bureau de Gérard qui des dix doigts venait de raconter sur sa vieille Underwood le grand schisme de la Tétrarchie un moment disputée entre six empereurs et la première élimination : celle de Maximien, à Marseille.

— Tu sais la meilleure ?

Un écrivain déteste être coupé. Gérard qui, mission accomplie, d'Orange à Lyon, avec l'armée des Gaules, remontait le long du Rhône par la voie d'Agrippa, battit des cils avant de se retrouver au 45200 Montargis.

— Coup double ! chantait Francine qui, bréhaigne navrée de son volume, avait toujours envié celui des porteuses d'enfant. André y a mis le temps, mais il a engrossé Thérèse comme Bruno a engrossé Rose. Deux mariages en perspective pour légitimer deux enfants qui vont naître la même année et appartenir à deux générations différentes ! Compliments à l'aïeul !

*

L'aïeul ? Malgré sa récente déconvenue ou plutôt à cause d'elle, il avait de moins en moins envie de le paraître. Il continuait patiemment de lutter contre lui-même.

Le poil, d'abord, toujours le poil. Il ne suffisait pas de se reteindre les cheveux tous les mois (tonsure et pattes tous les quinze jours). Encore fallait-il conserver une tignasse suffisante pour recouvrir un 60 de tour de crâne. Pas de métal, pas de plastique qui produisent de l'électricité statique et risquent de faire du tort aux bulbes. Gérard n'employait plus que le peigne en bois, la brosse en poils de sanglier et pour ses vertus revitalisantes le shampoing à la noix de shéa.

Du côté des taches brunes le succès était moindre. Ce n'était plus deux, mais six ou sept macules indécises que la mélanolysine empêchait de tourner au chocolat sans parvenir à les délivrer de la teinte café au lait.

Enfin, troisième objectif : la ronflette. Comme le coupable ne s'entend pas (ce qui est d'ailleurs un paradoxe, car un autre ronfleur le réveille : il n'est sourd qu'à ses décibels), pour être sûr de son affaire et se calibrer au plus juste, Gérard s'était enregistré au magnétophone et avait obtenu une bande sonore, irrégulière, coupée de silences par les retournements du dormeur, n'offrant pas de coups de trombone capables de percer les cloisons, relevant plutôt du mirliton, mais sûrement fort agaçante pour l'éventuelle titulaire d'un oreiller jumeau. Il essayait un nouveau produit, le Ronex, à pulvériser chaque soir dans les narines et se promettait d'utiliser une nouvelle bobine à défilement lent pour vérifier les résultats.

Et bien sûr, fidèle à son traitement, il économisait le sel. Bien sûr, il ne s'autorisait pas un morceau de sucre dans son café, dûment décaféiné, mais seulement un menu comprimé de cet édulcorant, le sulfimide benzoïque d'ammonium anhydre, dont le seul nom vous exile loin du monde des confitures. Et bien sûr il ne manquait pas de se moquer de lui-même en consignant dans son journal :

Peut-être est-ce l'avenir de l'homme d'aboutir au macrobien. Pour moi, je le redis : hors légende, dans un petit quotidien, je me contenterai d'être un Faust d'occasion. L'embêtant, c'est que je n'ai plus de Marguerite.

*

Etait-ce si sûr ?

Un mois venait de passer et Solange, comme chaque année, fin février, était partie faire un stage de ski de fond en Maurienne. Seule ? Pas seule ? Allez savoir ! Gérard cuisinait, ce soir-là, une horrible tambouille en compagnie de sa fille qui riait, qui criait :

— Ce que ça pue, papa ! Tu nous asphyxies.

Il faut avouer qu'en ouvrant la boîte expédiée de Conakry par un lointain cousin Lantron, attaché d'ambassade, qui connaissait son hobby, Gérard avait eu un recul, tant l'odeur était insupportable. Le cousin, qui s'était procuré, aux îles de Los, trois murex tête-de-bécassine plus longs, plus gros, plus épineux que les spécimens ordinaires, les avait envoyés tels quels. Il n'y avait qu'une solution, c'était de les faire bouillir à l'eau salée avant de les vider à l'aiguille. Gérard, se réservant ce répugnant travail, attendait dans le salon la fin de la cuisson. Il reniflait : le parfum de Solange, remontant de partout se mélangeait curieusement à l'odeur de charogne. Il considérait avec amitié ses vieux meubles de famille, mais sans la moindre sympathie les bibelots achetés par Solange, notamment les vieux ivoires chinois dont elle avait garni une vitrine : le voleur à la cangue, la pêche au cormoran, l'attaque du palanquin, l'équarrissage du buffle et autres objets curieux témoignant d'une fouille acharnée chez les antiquaires. Intrigué par une nouvelle pièce à laquelle il n'avait pas jusqu'alors prêté attention, il s'approcha et fronça les sourcils. Qu'il s'agît d'un petit chef-d'œuvre, nul doute, mais pour les yeux d'Edith le sujet était vraiment trop leste. Et que fallait-il penser de l'intention, du choix même de cette aimable scène où l'on voyait quatre soldats, tordus de rire et attendant visiblement leur tour, retenir un mandarin fou de rage tandis que l'un de leurs camarades faisait vigoureusement subir à la mandarine les derniers outrages ?

— Ah non ! fit sèchement Gérard.

Edith était dans la pièce ; elle ouvrait le piano ; elle commençait à taquiner *la Truite* en lui arrachant quelques écailles. La vitrine fut ouverte sans bruit, l'ivoire litigieux mis en poche et, s'éloignant doucement, Gérard se retrouva, souriant, devant le téléphone. Dans l'ardeur de la pisciculture Edith, d'un petit torrent de notes, couvrit sa voix :

— Allô, Yveline ? Je pensais bien qu'un

dimanche vous seriez chez vous à Mantes. J'avais envie de vous entendre.

— Mon Dieu, Gérard, je ne vous cacherai pas que je me défendais difficilement de vous appeler.

— Pourquoi vous en défendre ?

— Voyons, Gérard ! Imaginez que je tombe sur Mme Laguenière. Vous me croyez capable de lui demander de bien vouloir me passer son mari ?

— Et pourquoi ne pas nous voir ? Le mercredi, pour vous, est un jour libre. Je compte monter le mercredi 23 à Paris. L'inventaire de l'appartement de mon pauvre frère a lieu dans la matinée. Mais l'après-midi nous pourrions faire un tour à l'exposition Giorgio De Chirico au Centre Pompidou et ensuite aller voir au Muséum les copies des fameuses fresques bouddhiques des grottes de Dunhuang. Rendez-vous au Lipp, à treize heures, pour déjeuner...

On fut long à répondre, on balbutia d'abord :

— Je ne devrais pas, Gérard...

Mais ces conditionnels ne sont jamais des refus.

*

Ce fut au retour de Paris — après deux heures d'admirative ambulation où Yveline se permit une présence à deux, mais rien de plus — que Gérard trouva entre les mains de sa fille deux cartes postales de Solange, adressées à elle seule et postées le même jour, l'une à Val-d'Isère (vue panoramique du rocher de Bellevarde), l'autre à Lanslevillard (la chapelle Saint-Etienne). Ce détail l'intrigua : il y a cinquante kilomètres entre ces deux localités. Théoriquement partie par le train, Solange ne disposait pas de voiture. Au surplus, inscrite au Centre-Ecole, dont le programme est serré, comment avait-elle pu disposer du temps nécessaire ?

*

Elle allait rentrer dans les quarante-huit heures quand, le mardi premier mars, tandis qu'une giboulée cinglait les carreaux, Gérard se décida à téléphoner à la galerie, à entamer cette poursuite par fil que rien ne l'assurait de mener à bien. Il était un peu tard et la galerie devait être fermée. Mais l'appartement privé se trouvant juste au-dessus, il y avait une chance pour que la ligne fût commune. Ce qui se confirma : *Pronto !* répondit une voix de femme : celle de Mme Capelle, née Bonini, arrivée d'Italie depuis à peine trois mois. Gérard exposa sa demande au pluriel, qui fait plus neutre et plus important : *Nous recherchons votre exposant. Non, pas Charles Val. Mais l'autre...* Curieusement, durant deux secondes, soit refus inconscient, soit petit accès de paralalie, il lui fut impossible de sortir le prénom. *Bernard ?* dit la dame. *Mais il est en voyage... D'ordinaire, quand nous voulons le toucher, comme il n'a pas le téléphone, nous appelons sa voisine, Mme Delarue ou Delaruelle ou quelque chose comme ça. Elle doit savoir où il est...*

L'annuaire du Loiret rectifia : Mme Delaruet existait bien. Mme Delaruet répéta : *Bernard ? Mais il est en voyage... Je ne peux pas vous le passer. Si c'est urgent, écoutez, je peux vous dire qu'il a pris dix jours de vacances. Attendez ! J'ai un papier pour le cas où un de ses clients passerait. L'animal n'avait même pas retenu. Il a marqué : « Probablement à l'hôtel des Deux-Cols à Lanslebourg-Mont-Cenis. »*

C'était au tour du Guide Michelin 1982 d'entrer en action. On brûlait. Mme Laguenière était dans le coin, tout près. Mais à l'hôtel des Deux-Cols (une tourelle) on ne connaissait pas M. Montort. A l'hôtel des Marmottes, non plus. Restait l'Alpazur (deux tourelles), où ce nom n'inspira pas davantage une hôtelière enrhumée. Une idée lui traversant la tête, Gérard raccrocha pour rappeler aussitôt en demandant cette fois Mme Laguenière :

— La clef n'est pas au tableau, nasilla-t-on. Je pense que Monsieur et Madame sont là.

Confirmation immédiate : dans la chambre où venait d'être passée la communication, une voix d'homme brailla :

— Baisse un peu la radio, Solange ! Je n'entends rien.

*

Ce fut le jeudi suivant qu'en passant chez elle Gérard mit Francine au courant :

— Wallonie contre Maurienne, vous êtes quittes ! fit-elle d'abord.

Mais sachant bien de quel côté penchait le plateau de la balance, elle s'inquiéta très vite :

— Au fond, bien que ce soit la première preuve irréfutable de l'inconduite de ta femme, ceci ne nous apprend rien. La nouveauté, c'est l'acharnement avec lequel tu as remonté la filière. Aurais-tu l'intention de divorcer ?

— Ce n'est pas exclu, dit Gérard.

— Je m'en doutais, reprit lentement Francine, et comme depuis des années tu tolérais ce que tu ne tolères plus, la question qui se pose n'est pas *pourquoi ?* mais *pour qui ?* Béatrice s'est éliminée elle-même. De toute façon elle ne faisait pas le poids : tu ne pouvais pas remplacer Solange par quelqu'un d'aussi suspect. Dans ces conditions il y a forcément une autre fille dans le circuit.

Elle clignait de l'œil gauche, irritante, débordante d'affection, sûre de son fait :

— Dis voir ! bougonna Gérard.

— Hé ! reprit Francine, allègre et tapant ses mains l'une contre l'autre. Perdu comme tu l'es dans tes bouquins, on te devine souvent plus vite que tu ne le fais toi-même : Je ne dis pas que ce soit raisonnable. Mais comme Séverin, qui l'appelait *ta dévote,* j'ai souvent pensé que tu finirais un jour par t'intéresser de plus près à ta correspondante...

Gérard eut un geste vague et changea brusquement de sujet :

— A propos, dit-il, si tu en es d'accord, Thérèse et André, Rose et Bruno se marieraient volontiers ensemble le samedi 26 mars.

21

Solange a retapé le lit sans se demander dans combien d'autres elle avait laissé, au petit matin, des draps chiffonnés. Puis elle a essayé de déblayer un peu ce capharnaüm où rien n'a de place précise, où elle a trouvé un tube de mayonnaise parmi des tubes de peinture. Elle recoud un bouton en regardant par instants à travers les carreaux ces nuages flous, fluides, rapides, déchiquetés par le vent d'équinoxe et qui passent, qui passent sur un fond de ciel d'un gris plus soutenu.

Arrivée de la veille dans la voiture de Bernard, qui comme vendeur travaille à la Librairie du Globe à Montargis et comme peintre dispose d'une pièce pompeusement baptisée atelier, contiguë à la chambre-salle commune de sa petite maison paysanne, Solange est la proie d'une joie désemparée. Sauf sa robe que peut-elle vivre de neuf? Pourtant s'il n'est pas faux qu'ait encore joué, au départ, son penchant pour le soudain, pour la rencontre à l'improviste, c'est dès les premiers rendez-vous à Gien, à Auxerre, dans de discrets hôtels où elle ne trouvait plus amusant d'être déjà venue avec d'autres, de reconnaître un larbin au sourire contenu, qu'elle s'est étonnée de son comportement. La Solange d'hier indigne celle d'aujourd'hui qui n'a cessé de l'être durant ce trop bref séjour où, dans le blanc neige au lieu du vert olivier, insistait le souvenir — Pardon, Gérard ! — d'une lointaine fugue dans le Midi. Francine, ce gros tas qu'elle n'aime pas, se tromperait sûrement et répéterait sans doute, une fois de plus allusive, à propos de la Beauharnais ou de la baronne Dudevant, qu'elle plaint les femmes qui ont trop de tempérament. Bien servie de ce côté-là, c'est vrai, merci, Solange sait que ce qui lui arrive est un dangereux supplément à de bien agréables, mais non miraculeux moments, qui se ressemblent toujours, qui ne ressuscitent pas le plaisir de cent façons, même si l'aident beaucoup la découverte d'un corps et ce bouquet de surprises que sont la voix, l'odeur, l'ardeur, les manières, les rires, les dires, les goûts d'un étranger qui entre en vous par tous les bouts. C'est grave ! Ça trahit un inquiétant sentiment d'avoir trouvé et de ne plus vouloir perdre ce qu'elle a encore moins de chances de garder qu'elle n'en avait de l'obtenir. Il y a des mots justes, des mots précis qu'à cet effet mieux vaut ne pas employer. Il y a des illusions qu'on ne peut décemment entretenir. Même s'il s'y prolonge Bernard fait partie de la catégorie des garçons quand elle est, elle, Solange, de la catégorie des mères. Pour n'être pas négligeable, l'atout du maternage ne retient pas longtemps un amant.

— Deux heures et demie ! crie Bernard à travers la porte ouverte qui donne sur l'atelier.

Le train qu'elle est censée avoir pris arrive à trois heures dix. Il vaut mieux que Bernard ne la conduise pas lui-même à la gare, que Mme Delaruet s'en charge et la dépose près de la file de taxis. Il n'y a pas de situations dont on puisse se dépouiller comme de son manteau. Solange est une femme mariée dont le statut, le domicile, l'état civil n'ont pas plus changé que la marque d'une voiture dont on a remplacé un piston. Ce Bernard qu'une fantaisie du hasard a sorti du néant est un garçon raisonnable. Solange, il la garderait volontiers, au moins pour un temps, mais il ne saurait la retenir. Il n'a même pas envisagé cette hypothèse. Comment lui viendrait-il à l'idée que Mme Laguenière puisse mettre en cause, en même temps que sa fille, un statut, une considération, une maison, une fortune, des relations et d'autres avantages qu'il ne saurait lui assurer, alors qu'elle jouit par ailleurs d'une liberté suffisante lui permettant de le rejoindre, de profiter de toute occasion dans le climat tempéré d'une liaison sans histoire ? S'il lui manque un peu, Bernard en sera flatté. Mais il ne saurait lui manquer, à son sens, plus qu'Edith, plus que sa maison, son ordre, ses meubles, ses placards et peut-être même son fournisseur de nom, de rang, de revenu : son mari. Il est rare qu'en polyandrie tardive les habitudes puissent être bousculées...

— Tu mets ton manteau, il fait froid, dit Bernard qui vient de rentrer dans la pièce. Et fais attention à la gare : si d'aventure Gérard est venu te chercher, n'insiste pas, défile-toi, reviens, tu peux très bien avoir pris l'autorail de six heures.

Quand on vous dit que c'est un sage, Bernard, un compréhensif qui appelle Gérard par son prénom, qui s'honore sûrement un peu d'être à travers sa femme devenu le familier d'un notable ! Il a ouvert la porte d'entrée. Une camionnette grise, dont la coulisse latérale est à demi tirée, est rangée contre le trottoir d'en face et, derrière elle, la R5 de Mme Delaruet où la valise est déjà chargée.

— A samedi soir, Solange, si tu peux ! dit Bernard.

Il la prend dans ses bras pour le bouche-à-bouche des séparations provisoires et c'est juste à ce moment que se produit une brève lueur, de provenance indécise :

— Qu'est-ce que c'est ? fait Solange.

Peut-être un court-circuit au potelet de distribution. Peut-être un de ces éclairs mous, sans tonnerre, qui précèdent parfois la giboulée.

22

Ce jour-là, après son propre cours, remplaçant M. Gardebois retenu par l'accouchement de sa femme, Yveline, debout devant le tableau, dictait à voix haute, en déliant les syllabes, le sujet d'une rédaction choisi par son collègue :

— *La vérité de cette vie, ce n'est pas qu'on meurt, c'est qu'on meurt volé.* Cette citation figure sur la bande d'un des meilleurs ouvrages de Louis Guilloux, *le Sang noir,* qu'on vous a conseillé de lire.

Il y eut des moues, des tassements d'épaules et des stylos sucés avec perplexité. Puis une main se leva : celle de Lorraine, une Martiniquaise aux cheveux multinattés, chef de classe :

— Peut-on vous demander une précision, mademoiselle ? Il y a deux interprétations possibles. La première, c'est qu'on meurt volé de ce qu'on a, de ce qu'on aime, puisqu'il faut tout abandonner...

— C'est juste, mais le roman nous montre qu'il y a pire. Dis voir la seconde...

— La seconde, c'est qu'on meurt volé de ce qu'on aurait dû avoir et qu'on n'a pas eu.

— Et c'est plus grave, dit Yveline, parce que les déshérités sont légion à n'avoir rien reçu en fait de biens, de joies, de santé, de beauté, d'instruction, de tendresse ou d'amour. Va, Lorraine ! C'est toute la question.

Tranquille, pas plus intimidante qu'intimidée, Yveline remonta lentement à son perchoir, vieille chaire comme on n'en fait plus, et considéra d'un œil égal vingt-huit têtes aussi différentes que les chandails tranchant sur l'uniformité des jeans. Ce n'était pas de son ressort d'en discuter, elle n'en soufflerait mot, mais M. Gardebois proposait des réflexions bien amères à ses adolescents — quinze filles pour treize garçons — encore riches d'espoirs et n'ayant qu'une expérience limitée du malheur. Mourir volé ! Elle avait raison, Lorraine : dans un sens tout le monde l'est de l'existence même qui n'est pas un don, mais un prêt. Pourtant si vivre sa vie est la seule manière de ne pas gâcher cet usufruit, il n'y a pas seulement chez nombre de gens des situations trop misérables pour le permettre, il y a aussi des choix qui vous l'interdisent ; et c'était son cas, à elle, Yveline Darne...

— Silence, s'il vous plaît !

Dissuasion préventive, lancée à la cantonade. En fait Yveline tirait de sa serviette une lettre reçue le matin même et pas encore lue. Au dos était collée une photo, qu'elle ne put éviter de regarder tout de suite et trouva extrêmement déplaisante : pour ce qu'elle représentait, pour la ruse qu'avouait un tel cliché, pour le coup d'œil qu'on la forçait à y jeter. Solange Laguenière ventousant d'un baiser, dans l'encadrement d'une porte, un autre homme que son mari, ce n'était pas une nouveauté dont il fût nécessaire de se salir les yeux. Ça ne pouvait intéresser que des chats fourrés, ignorant qu'une épreuve analogue aurait pu être obtenue, récemment encore, à Namur, par la partie adverse, il est vrai, plus coutumière du fait.

— Julien ! Marie ! Pas d'échanges, s.v.p. !

Un couple, ces deux-là, fils et fille respectifs d'un divorcé et d'une veuve remariés ensemble, vivant comme tels chez eux comme au collège et, devoirs compris, faisant tout ensemble avec une enviable innocence ! Un couple si délicieux à voir en son extrême fraîcheur qu'elle pouvait tout au plus le menacer du doigt, en souriant, de peur d'avoir l'air de lui reprocher d'être en avance sur ce chapitre, d'avoir réussi leur faible addition, 16 + 16 = 32, quand elle était encore à se demander ce qu'elle comptait faire du même total.

Elle revint à la lettre qui n'était, somme toute, que le commentaire de la photo, mais précisait tout de même que, n'ayant fait état ni de celle-ci ni de l'enquête préalable, Gérard se réservait de provoquer à son heure une explication. Certes, ce n'était guère plus satisfaisant. On pouvait s'agacer de la mollesse d'expressions comme *se réservait* ou *à son heure.* Pourquoi pas tout de suite ? Elle ne lui en avait pas fait assez voir, la Solo ? Et c'était quoi, une explication ? L'amorce d'un raccommodage ou d'une séparation ? Les vieux mauvais ménages ont quelque chose de ces assemblages de ferrailles que maintient ensemble l'épaisseur de la rouille. Au-dessous de la signature, tout de même, il y avait une note, très courte et, en six mots, très forte :

Que puis-je espérer de vous ?

Elle resta un moment sans réaction, sans pensée, observant les vingt-huit qui à l'abri de leurs mains échangeaient des chuchots. Puis elle refit surface. Dans l'indignation d'abord : ça pouvait se prendre pour une proposition offensante comme celle d'un pied cherchant le vôtre sous la table. Mais ce fut l'émotion qui l'emporta : ça pouvait se prendre pour un cri. Et pour la première fois sa réponse ne s'allongea pas sur quatre pages, mais se rétrécit sur une carte de visite :

Ce que vous pouvez espérer de moi ? Rien d'autre que ce qui existe entre nous depuis des années. Du moins, pour le moment : je suis libre, mais vous ne l'êtes pas.

23

Le samedi des Rameaux, comme prévu, à la mairie du 11e arrondissement où par chance votaient les deux futurs, un anonyme adjoint, au nom de sa ceinture tricolore à franges d'or sous quoi s'arrondissait un ventre exemplaire, unissait en série André et Thérèse, couple oncle-tante, Rose et Bruno, couple neveu-nièce, ainsi qu'une demi-douzaine d'autres.

Solange ne fut pas de la fête, d'ailleurs simplette. Dès huit heures Gérard, reteint d'en haut, ciré d'en bas, paré du côté pharmacie et l'ardillon de sa ceinture coincé au dernier trou possible, attendait sa femme dans la cuisine en buvant son thé de plaqueminier pour faire passer une malheureuse biscotte grattée de beurre végétal, quand Edith dévala l'escalier, palpitante et moulant dans une robe turquoise ce que fait de mieux le genre tendron :

— Catastrophe ! dit-elle. Maman ne va pas pouvoir venir. En descendant de son lit elle a trouvé moyen de se fouler la cheville gauche.

Dans les yeux de son père l'alarme parut plus modérée que l'humeur. Mais il se contint :

— Je vois, dit-il. Nous l'excuserons auprès de la famille... On y va ?

Et la CX, après avoir fait un détour par Villemandeur pour charger Francine et Mamirna, prit la route de Paris sous un grain fouettant de face le pare-brise qui crépitait de grêlons.

*

Elle en revint, le soir, ramenant une Francine éreintée d'avoir dû s'occuper de tout et une Mamirna guillerette qui s'était trompée dix fois, dans la salle des mariages comme au restaurant, sur l'identité des uns ou des autres, qui s'amusait de ces quiproquos et chevrotait de bon cœur, regrettant seulement que les mariées n'aient pas été en blanc car, après tout, les allégories changent, le blanc reste éloquent, c'est la couleur du registre où l'on signe, c'est la couleur du drap, n'est-ce pas ! L'amour, de son temps, on ne pouvait le faire qu'après le sacrement et finalement, maintenant, à quatre-vingt-quinze ans, elle estimait qu'on n'achète pas une robe sans l'essayer, qu'on ne devient pas avocat sans avoir été stagiaire...

— Vous l'entendez ? Il n'y a plus de vieilles dames ! disait Francine.

Et c'était Edith qui faisait la moue.

Quant à lui, Gérard, un peu distrait, un peu vague, bien que resté soigneusement abstème, il songeait que les mariées, Rose en rose, Thérèse en gris perle, lui avaient semblé surtout épanouies de la taille et les mariés bons garçons, conscrits pas plus enthousiastes que réfractaires au service. Ratification de cohabitation. Formalité de natalité. Lui qui en avait raté deux, l'une comme lâcheur, l'autre comme lâché, il ne voyait pas la noce si peu festive. La fleur bleue, n'en parlons pas, elle avait eu le temps de sécher entre les pages de ses livrets. Mais il ne se défaisait pas d'une certaine nostalgie du décor, d'une estime pour l'institution, même trahie ; il s'agaçait de le savoir et de l'éprouver avec d'autant moins de raison que, sauf par l'égalité des sexes et la moindre importance des gros sous, les établissements de jadis ne différaient guère, pour l'efficace, des régularisations d'aujourd'hui et ne l'emportaient vraiment qu'en pouvoir de date. Et puis il devait bien se l'avouer : il n'avait guère été remué. L'affection, c'est nidicole. Dans ces brefs regroupements de parentèle, le second degré n'est vraiment que le second ; Rose, ce n'était pas Edith ; la dilution du sang, pour lui, s'aggravait de celle du temps. Père, oui. Peu patriarche ! Tout ce qui descend, forcément, s'éloigne de vous...

— J'espère qu'André nous a fait un Gérard ! dit Francine, tout à trac comme on arrivait devant la maison du Pommier.

*

En voilà une qui se souvenait de la tradition Laguenière : l'alternance du prénom de l'aîné, établie depuis le début du XIXe par Gérard, instituteur, fils d'André, fermier à Chaudron dans les Mauges ! Francine plaiderait sûrement dans ce sens avant la naissance ; elle l'avait peut-être déjà fait. Plus indifférent que sa sœur à la question, Gérard était aussitôt reparti. Les trois derniers kilomètres lui parurent longs, et il claqua si fort la portière en arrivant qu'Edith lui posa une main sur la manche :

— Papa, je t'en prie...

La voiture de Solange, restée dans la cour, disait assez qu'elle était sortie dans la journée et si elle l'avait laissée là, c'était pour que nul n'en ignore.

— Maman est sans doute allée se faire soigner, reprit Edith.

— A cloche-pied ? lit Gérard, bourru, poussant la porte et piquant droit sur le salon, dont le lustre était allumé.

— Tout s'est bien passé ? fit la voix de Solange avant même qu'il eût franchi la porte.

Cette provocation ne méritait qu'une réplique : le silence. Mais il ne put s'empêcher de rire sèchement. Couchée sur le canapé, près du guéridon où se trouvait posé un grand bouquet jaune de forsythias, Madame était peinte en bleu. Les masques de Solange, il en avait vu beaucoup : le blanc au kaolin et à l'aloès qui lui faisait une tête de mort ; le beige au collagène ; le vert, aux herbes ; et il ne faisait pas de doute que, suivante de Néfertiti, elle eût utilisé l'argile et, dame du XVIe siècle, l'escalope trempée dans le lait. Celui-ci lui faisait un visage d'idole aztèque. Cependant, détail plus irritant, la cheville gauche n'était même pas, pour l'édification d'Edith, entourée d'une bande Velpeau. Tout ce qu'il avait appris, tout ce qu'il avait subi de cette femme, qui était encore la sienne, lui remonta aux lèvres, comme une nausée où le dégoût de lui-même, époux complaisant, n'était pas absent. Il attaqua :

— Comment va Bernard ?

Difficile de démonter Solange. Toute minée qu'elle fût de secrets, elle était trop sûre d'elle. Dans l'embarras, parfois, elle rétrécissait les yeux. Elle les braqua, grands ouverts :

— Il t'intéresse aussi, ce petit peintre ? dit-elle.

Et aussitôt, s'adressant à sa fille qui sentait

venir l'orage et par sa présence essayait de l'empêcher d'éclater :

— Tu vas te déshabiller, chérie.

A peine la fille eut-elle tourné les talons qu'elle s'occupa vivement du père :

— Ne me demande pas de comptes si tu ne veux pas que je t'en réclame. Tu es furieux parce que je n'ai pas assisté au mariage de ces braves petits dont tu connais l'affection pour moi. Que veux-tu ? N'ayant pas encore atteint le grade précédent, je n'ai pas envie de jouer, grâce à toi, les arrière-grand-mères. Tu notes ?

— Noté, reprit Gérard en s'asseyant tranquillement sur le bras du canapé. Mais ne te trompe pas de sujet. Je viens seulement te parler de ce que je sais, sans préjuger de ce que je ne sais pas. Tu... trottes depuis longtemps. Mais tu en es maintenant aux grosses imprudences : avec Gonzague à La Poste, avec Maurice à La Chapelle-d'Avéron, notamment. Avec Bernard, ces jours-ci, à l'hôtel Alpazur où vous êtes froidement descendus sous le nom de M. et Mme Laguenière et où tu as payé la note avec la Carte Bleue de notre compte joint. Si j'ajoute que j'ai une photo de toi où tu fais du bec-à-bec avec l'aimable habitant de Ferrières, tu admettras qu'un juge aux affaires matrimoniales n'aurait aucune peine à conclure...

Cette fois le masque de turquoise accusa le coup, se fripa. Mais se contrôlant très vite, Solange ne lâcha qu'un murmure froid :

— Tu en es là !

— Quel mari n'en serait pas venu là plus tôt que moi ?

D'avoir, sans vraiment la prévoir, déclenché la grande explication, il en était tout chose, Gérard, et le peu de tendresse résiduelle qu'il conservait pour la Solo d'antan lui barbouillait le cœur comme une crème tournée. Quant à Solange, pas autrement surprise d'avoir épuisé toute indulgence, enrageant de ne pouvoir contrer faute de preuves, elle ne se découvrait aucun goût pour la contrition ni même pour l'apaisement. Au contraire. Sa voix prit de l'ampleur :

— Tu n'es pas innocent, Gérard ! Tu ne l'as jamais été depuis qu'avec moi tu as rencontré ton démon de midi qui, maintenant, t'a refilé à son collègue du soir pour s'occuper de moi. Ils ne nous lâcheront ni l'un ni l'autre. Mais je comprends que tu en aies assez d'une vie marinant dans le mensonge. Moi aussi, figure-toi !

Et soudain debout, ne pensant plus à son masque, s'excitant elle-même, décrivant autour de Gérard qui avait quitté le canapé pour un fauteuil des cercles de plus en plus serrés, elle haussa le ton jusqu'à l'aigu :

— La vérité, tu la veux ? Tant pis ! Ou tant mieux ! Ça te permettra de ne plus hésiter, de prendre une décision. C'est vrai, je te trompe. Ce n'est pas récent. Je pourrais te répéter ce que tu m'as dit à propos d'une amie mariée qui s'était, en l'absence de son bonhomme, laissé embarquer à la sortie d'un bal : *Un coup de chaleur se pardonne.* Je pourrais te dire que l'adultère de fidélité, ça existe : où le mari ne suffit pas, bonjour passant, vas-y, finis, j'ai joui, adieu donc et merci. Mais avec le temps ça peut devenir une preuve, une assurance que sur cette terre tu possèdes encore un corps glorieux. Ça peut devenir existentiel : Je baise, donc je suis.

Gérard écoutait, se forçant à sourire. Naguère une image l'obsédait, l'horrifiait : celle de sa femme ouverte, offerte à l'inconnu nu, broussailleux, palpant d'une main basse, puis s'enfonçant, membru, d'un si puissant coup de reins que lui répondait vite le grand oui de hanches qui fait participer le dessous comme le dessus, en même temps, au bouquet final. Mais dès que votre alliance vous semble ne pas avoir plus de valeur qu'un anneau de rideau, le cinéma de la jalousie s'arrête. Le mépris, c'est radical. Une femme indigne, si vous l'aimez encore, c'est qu'elle en est sauvée. Solange ne l'était pas. Elle continuait, stridente :

— Dois-je te parler du plaisir d'être seule à savoir ce qu'on fait de soi en échappant à de lointains engagements ? Qui suis-je, Gérard ? Une Laguenière, rien par moi, tout par toi, la femme de qui on sait, né en 1914, sous Poincaré. Il n'y a qu'un seul endroit où je puisse l'oublier : un lit dans un hôtel discret.

Elle s'était arrêtée, elle restait plantée à un mètre de Gérard, elle débitait implacablement :

— Et encore ! Parfois, pour t'annuler, je me contredis. Revenant seule de Savoie, un soir, j'ai rencontré deux types dans une cafétéria. Ils me voulaient tous les deux et, folie pure ! je les ai tirés au sort. Je t'ai téléphoné, rappelle-toi, que j'étais en panne, que j'attendais sur place la réparation. J'ai couché une nuit avec Marcel avant de remonter à la maison, dont je suis redescendue sous prétexte d'aller voir ma mère, dix jours plus tard, pour coucher avec Valentin. Tu vois, ça m'a frappée, j'ai retenu leurs prénoms. Et pour cause ! D'abord le second était si douteux que j'ai eu peur et que par prudence, au retour, je me suis fait examiner. Ensuite à tous les deux j'ai confié en partant : A propos, si ça te dit quelque chose, tu viens de t'envoyer Mme Laguenière... Tiens, tiens ! Tu ne souris plus. Ça commence à te toucher...

— Ce n'est pas du médecin, c'est du psychiatre que tu relèves, dit Gérard.

Il était blanc, il étouffait et de longs coups d'aiguille lui traversaient la poitrine. De l'air, mon Dieu, de l'air ! Il se croyait indifférent à cette verve de gaupe, mais elle l'avait eu : à l'asphyxie. Une mouche posée sur un étron et suçant la chose avec ardeur connaît la félicité et des basses œuvres de ses fesses Solange tirait d'aussi fleurantes gloires. Jusqu'où pouvait aller la rage de triompher de la ménopause dont ceci devenait une complication infectieuse méritant les imprécations dédiées à Lynote : *Les poulz, les loupz, les clouz / te puissent ronger sous la cotte / trestous tes trouz ardouz / les cuysses, le ventre et la motte !* Que le démon y fût pour quelque chose, soit ! Mais il y en a deux : l'un qui vous brûle par en haut, l'autre qui vous brûle par en bas et, tout compte fait, falotes incarnations de ce dernier, Marcel et Valentin l'avaient bien damnée, leur cliente. Cette fois, c'était fini, il n'était plus question de la garder, cette femme capable de passer sous quiconque, de ramasser chtouille, vérole ou sida, de le contaminer, lui, la ville et la garnison ! Mais déjà, s'effarant de ses aveux, Solange essayait de faire machine arrière :

— Idiot ! Ce qu'il y a de bien avec toi, c'est qu'on peut te raconter n'importe quoi, tu gobes tout.

Embrouille inutile : qu'elle fût susceptible d'affabuler, Solange, aucun doute. Mais un certain accent ne trompe pas : elle venait de se lâcher, fait nouveau qui supposait chez elle l'intention de blesser, d'envenimer, de se forcer à rompre. Pourquoi ? S'était-elle accrochée ? Souhaitait-elle ce qu'il désirait lui-même, Gérard, sans trop se l'avouer ? Mais pour l'instant il n'était pas en état d'y réfléchir plus avant. Il n'en pouvait plus. Ses oreilles tintaient. Ses côtes se bloquaient. Il aperçut le teckel à ses pieds, puis le chat roulé en boule sous le guéridon et les trouva décolorés. Un voile passa devant ses yeux ; la lumière du lustre faiblit. Plus de Solange. Dans le couloir elle téléphonait, elle appelait Lhomond, elle essayait de se disculper :

— Une scène pareille ! c'est stupide. Mais il l'a cherchée...

Quelques minutes plus tard arriva Lhomond qui s'enferma avec son patient, l'examina, lui fit une piqûre et, après s'être entretenu avec lui, ressortit, sévère :

— Ce ne sera rien, dit-il, mais c'est une chance. Ecoutez-moi bien, Solange : si vous continuez à détruire votre mari, comme vous l'avez fait avant son infarctus, ce n'est pas seulement d'un médecin qu'il va avoir besoin, mais d'un avocat...

— Qu'attend-il pour en prendre un ? fit aussitôt Solange.

— Ce sera fait demain ! cria Gérard, se relevant sur des jambes molles.

— Restez allongé ! protesta Lhomond.

Peine perdue. Gérard passa devant lui, devant sa femme, ouvrit la porte des toilettes, la laissa grande ouverte, ôta son alliance et, la jetant dans la cuvette, tira la chasse.

24

Des nuages pourpres, ourlés de rose par le soleil levant, s'étirent d'est en ouest et incendient la rivière. Dès six heures, bien avant que ses parents aient donné signe de vie, Edith a piétiné dans l'herbe, fait un tour de bateau en godillant mollement, comme à regret. Puis elle est revenue du côté du garage et sautant sur son vélo, se déhanchant à chaque coup de pédale, elle a filé sur Villemandeur et est arrivée en sueur au Pommier. Dans la rue aux volets encore presque tous clos il n'y a guère que des chiens ou des coqs à donner de la voix. A petits coups, espacés d'une certaine façon, elle a chargé la sonnette de l'annoncer et au bout de trois minutes, après divers reculs de targettes, est apparue la tante, toujours aussi abondante, hirsute, enveloppée dans sa robe de chambre d'un mauve fané sur quoi est jeté un antique châle de laine à longues franges :

— Je ne t'attendais pas si tôt, fait-elle sans retenir un bâillement.

Edith aura droit aux mamours dont elle a besoin. Hier soir, de sa chambre, entendant des éclats de voix, elle a bien compris qu'une fois de plus le torchon brûlait. Mais c'est en apercevant par la fenêtre le Dr Lhomond, en apparaissant juste au moment où s'échangeaient les dernières répliques, qu'elle a réalisé la gravité de la situation. Lhomond reparti, son père se trouvant un moment seul avec elle lui a confié d'une voix morne :

— Je suis désolé, ma chérie, mais il faut que tu le saches : je vais être obligé de me séparer de ta mère...

— Et moi de l'un de vous !

Elle s'est étonnée elle-même de la vivacité de sa réponse et, plus encore, des trois mots qui lui sont tombés de la bouche aussitôt après :

— Ou des deux !

Un peu plus tard, pour n'être entendue de personne, elle n'a pas craint d'affronter une nuit trouble et de courir jusqu'à la plus proche cabine téléphonique qui, par chance, n'avait pas été sabotée. Jusqu'à épuisement de ses pièces d'un franc elle a lâché ce qu'elle avait sur le cœur, demandé conseil, fait une proposition. Elle a eu toute la nuit pour y réfléchir. Elle n'a pas changé d'avis :

— Tiens, marraine ! dit-elle. Voilà ma lettre. Tu corriges, s'il y a lieu. Ensuite on l'enverra à Papa par la poste : ça fera plus solennel, tu ne crois pas ?

De la poche arrière de son blue-jean elle tire un papier plié en quatre. Edith n'est pas timide, mais c'est la fille d'un père pour qui l'encre a plus d'autorité que la salive. Ecrire, c'est parler en noir sur blanc avec l'insistance de ce qui demeure. Francine soupire :

— Ce n'est pas de gaieté de cœur que j'interviens. Mais comment faire autrement ? Avec la nouvelle loi un divorce par consentement mutuel ne traîne pas. La maison sera vendue, ton père s'installera sans doute à Paris, ta mère je ne sais où. Aucun d'eux à mon avis ne restera seul. Il faut voir venir...

Passée avec Edith dans la cuisine, Francine sort deux bols du buffet, allume le gaz, décroche une casserole, commence à préparer un chocolat qu'elle touille sans cesser de parler :

— Tu as seize ans, c'est l'année de ton pré-bac, il n'est pas souhaitable que tu changes de lycée en cours d'année. Tu as raison : la solution, au moins provisoirement, c'est d'habiter ici et de rejoindre le dimanche, à tour de rôle, ton père ou ta mère...

Le chocolat commence à monter sous une peau percée de cloques. Le retirant vivement du feu, Francine remplit d'abord le bol d'Edith qui murmure :

— De toute façon je ne veux pas les gêner pendant qu'ils se recasent. Une fois que ce sera fait, on verra.

Francine se sert à son tour et s'assied, le visage tout éclairé de tendresse. Ce ne sont pas des choses à dire, mais on se demande parfois comment des parents ont mérité leurs enfants.

25

L'Underwood, les fichiers alphabétiques, la photocopieuse sous sa housse de polyvinyle, les livres qui de la plinthe au plafond tapissent deux cloisons, la bibliothèque tournante réservée aux dictionnaires, le portrait de Solo — qui lui restera —, tout est encore en place, comme la maison et autour d'elle les arbres qui s'enfeuillent, y compris ces jeunes poiriers plantés voilà deux ans par Gérard et dont il ne goûtera jamais les fruits. Contrairement à son habitude c'est à la machine qu'il tape une lettre :

Ne m'en veuillez pas, Yveline, d'être resté un moment silencieux : je voulais cette fois vous annoncer des faits, non des intentions. Ne m'en veuillez pas non plus si ma lettre débute comme un rapport : c'est ce que je vous dois. La situation évolue plus vite que je ne l'espérais.

Décemment je ne pourrai pas utiliser une procédure pour « faute ». Un accord de partage, passé devant notaire, vient d'être homologué par le juge aux affaires matrimoniales à qui nous avons présenté une demande conjointe de divorce. Il n'y aura plus qu'à la réitérer au terme du délai légal de réflexion. Dans l'intervalle nous liquiderons la maison pour laquelle nous avons trouvé acheteur à un prix un peu faible, mais que nous n'avons pas discuté. J'ai hâte d'être libre et Solange ne me semble pas moins pressée : ce qui rend plus sympathique la dernière de ses aventures et me fait repenser à un mot de mon frère : « L'amour, ça tient du baromètre, ça peut descendre ou remonter. »

La solution adoptée en ce qui concerne Edith, émancipée sur sa demande, puis installée « en attendant » chez ma sœur pour ne pas avoir à choisir entre ses parents, ne me tient, je l'avoue, pas le cœur au chaud. J'aurais espéré un peu plus de folie en ma faveur. Mais l'avais-je mérité ?

C'est une drôle de vie que je mène, provisoirement. L'appartement de Séverin m'est assigné comme résidence, mais je dispose encore ici de mon bureau. Je m'arrange pour ne pas rencontrer Solange avec qui je ne communique guère que par fil. C'est bête à dire, mais le téléphone désincarne l'interlocuteur et, réduisant la présence à l'écoute, amortit des discussions qu'envenimerait le regard...

*

Le téléphone sonne, précisément. Mais Gérard n'a qu'un mot à dire : *Entendu !* à l'agent immobilier qui lui propose une date pour la signature de l'acte de vente. De nouveau ses doigts courent sur le clavier :

Je ne suis pas fier, Yveline, de vous mêler à tout ça. Un divorce est un constat d'échec ; il s'aggrave dans mon cas d'être le second, ce qui remet en question les motifs du premier et peut à bon droit vous inquiéter. La raison pour laquelle vous me voulez du bien, si elle n'est pas vraiment de l'ordre du mystère, reste de celui du miracle. Mais je vais être franc : je suis, de tout cœur, décidé à en abuser, après vous avoir honnêtement fait remarquer que je n'ai à vous offrir qu'une existence amputée de la majeure partie de sa durée.

A cet égard faites le point vous-même. La vie ne comporte pas, à mon avis, trois âges, mais plutôt sept comme l'estimait Shakespeare. A savoir : l'enfance (0-13), l'adolescence (13-18), la jeunesse (18-35), la force de l'âge (35-50), la maturité (50-65), la retraite (65-85), la sénescence (plus de 85), les chiffres pouvant glisser dans un sens ou dans l'autre (surtout les terminaux).

Ceci dit, j'ajoute que je ne veux pas savoir où j'en suis. Rien ne m'est plus étranger que la satisfaction de la Jéromette de Klotz ou celle de Chloris, l'héroïne de François de Maynard, « délivrée de tous problèmes par la sérénité », ou encore le parti pris de Giono jurant que « pour tout l'or du monde il ne voudrait rajeunir ». Je ne vois là que résignation camouflée. Je ne crois pas que « si on est moins acteur, on devient plus intensément spectateur ». Certes, le temps ne passe pas sur moi comme l'eau sur un canard. Je n'ignore pas que la vieillesse est héréditaire, comme la mort ; mais comme elle on peut la retarder. L'une et l'autre n'ont cessé de l'être depuis le Moyen Age ; la moyenne de vie augmente sans cesse et je ne suis pas éloigné de penser que le fait de s'en bien défendre, à titre privé, est un devoir d'état, compensé par une autre bravoure : celle de se refuser à faire partie des « moribonds atteints de longévité » en réglant la question comme Hemingway, Gary ou Montherlant.

Bref, vous rappelant ma lettre du 21 décembre dont je n'ai pas un mot à changer, mais où vous ne figuriez pas comme partie prenante, je précise que je continue à tout revendiquer, que je marche vers les septante dans cette disposition d'esprit que les Américains appellent la youngmania *et qui là-bas fait rage, mélangeant peeling, jogging, cures de légumes verts, accès aux Health Clubs, amours ridées, œuvres charitables, études, voyages, distractions et autres moyens d'exprimer le refus d'« être au bout » de l'existence. Si nous devons vivre ensemble, Yveline, c'est à vous d'en décider, mais à moi d'ajouter qu'il s'agira d'une vie à part entière et que je m'assurerai auparavant d'être en mesure d'y faire face...*

*

Maintenant Gérard peut rejoindre Constantin. Un métier capable de vous faire passer sans transition d'un pauvre moi de chair molle à un personnage qui survit dans le bronze, c'est un puissant dérivatif, réduisant l'intérêt qu'on se porte à soi-même : si creusée qu'elle soit par de méchants problèmes, Gérard en a la tête laurée. Mais il doit se l'avouer : l'approche de son sujet lui demande de plus en plus, comme pour un footballeur qui se met en jambes, une période d'échauffement. L'écriture souffre sans cesse d'une recherche du mot juste, qu'il faut traquer dans la mémoire ou aller chercher dans le Larousse analogique. L'analyse, le jugement sont intacts, semble-t-il ; c'est l'attention qui faiblit parfois ou qui, plutôt, s'échappe, se disperse, ricoche d'une idée à une autre, s'épuise en digressions. Il lui faut se surveiller constamment.

Voyons, où en est-il ? Chapitre III page 51. Il a fait son chemin, l'auguste ! De Gaule passé en Italie, il tient déjà la Cisalpine et tranquillement marche sur Rome, menant une armée en grande partie composée de Barbares du Nord enrôlés pour combattre les troupes de Maxence recrutées parmi les Barbares du Sud. Lui, Constantin, a enfin compris : l'Empire romain, exemple unique dans l'Histoire d'empire annulaire faisant le tour d'une mer et, de ce fait, exposé à tout ce qui déferle des profondeurs de l'Europe, de l'Asie et de l'Afrique, ne peut plus se permettre de se diviser et, notamment, d'exclure les chrétiens, devenus trop nombreux. Il faut les intégrer, sans s'aliéner les fidèles des autres sectes qui, pour un disciple de Platon, ne font jamais qu'adorer de cent façons le dieu unique. Entre le *pontifex maximus* qu'il demeure et le *miles Christi,* il sera toujours temps de choisir, ou plus exactement d'inventer le second quand le premier ne fournira plus de pouvoir.

L'affaire du Pont Milvius résume l'homme: Gérard est de l'avis de Stephen Ward. Le fameux signe que l'imperator aurait fait mettre sur les boucliers de ses soldats, qu'est-ce que c'est ? Une sorte d'X formé par la conjonction Jupiter-Mars-Saturne avec un certain nombre d'étoiles, observée par les astrologues officiels et annonçant, selon eux, un grand règne ? Si l'on veut. Un symbole celte, probablement solaire ? Si l'on veut. Le *chrisme,* le monogramme du Sauveur, comme le soutiendront les chrétiens avec un joli succès ? Si l'on veut. De beaux calculs astronomiques ont montré que la triple conjonction a bien eu lieu, dans le Capricorne, autour du 15 août 312, mais la bataille est du 28 octobre... Vainqueur — et c'est ce qui compte — Constantin laisse dire les uns et les autres et signe à son tour (car feu Maxence l'a déjà fait en 311) un édit de tolérance : le fameux édit de Milan qui, admettant tous les cultes, libère les chrétiens... et que ceux-ci, soixante-dix ans plus tard, sous Théodose, abrogeront en faisant de leur foi une religion d'Etat et en obligeant les « païens » à éteindre le feu sacré brûlant depuis Romulus.

*

Trois heures de travail. Puis Gérard se relève, passe dans la petite pièce aux coquillages. C'est un de ses soucis : l'appartement de Séverin est trop petit, ses vitrines n'y tiendront pas et en attendant d'être plus grandement logé, il va falloir tout emballer dans le coton. Gérard, au hasard, ouvre un tiroir capitonné : celui où gisent huit scalaires aux spires délicatement côtelées : pièces si rares et si chères au XVIIIe siècle que les Chinois en fabriquaient des fausses, mais devenues assez communes aujourd'hui grâce aux équipements de plongée pour que les imitations, désormais introuvables, méritent de gros chèques. Il y en a une dans le lot. Mais tout cela est d'une fragilité désespérante ! Gérard s'éloigne, inquiet. Depuis qu'il sait sa liberté prochaine, tout d'ailleurs lui paraît fragile. Il est tracassé par le sentiment de ne pas avoir le temps : ni d'aimer Yveline ni de refaire sa vie ni même de finir son livre.

Pour ne pas croiser Solange qu'il aperçoit dans le jardin en train d'étendre du linge — où parmi ses petites culottes ne figurent plus les caleçons du mari — il va attendre quelques minutes avant de sortir et de monter en voiture. Il est midi et demi, donc l'heure d'aller se garer sur le terre-plein du Mammouth, de prendre la file d'attente pour déjeuner à la cafétéria. Cet après-midi il rejoindra Paris et ce soir il tâchera de passer chez André qui n'est pas fâché de perdre une belle-mère, mais se demande avec moins d'enthousiasme si ce n'est pas pour en subir une autre.

Et puis réflexion faite, ayant relu sa lettre, il ne l'enverra pas. Un coup de fil suffira. Parmi les préceptes de la *youngmania* il en est un, capital, qu'il a négligé. Même pour dire, avec un air avantageux, que le mot *vie* est inclus dans le mot *vieillesse,* mieux vaut se taire ! On ne se date jamais.

26

Et voilà, Solange s'en allait, avec le teckel et le persan.

L'acheteur, un ingénieur pétrolier débarquant du Gabon pour s'occuper des maigres puits du Gâtinais, insistait pour que la maison fût libérée le plus vite possible : les fonds étant chez le notaire, il n'y avait pas de raison de traîner. La part de Gérard enlevée par un premier camion et, pour l'essentiel, confiée au garde-meuble, en deux containers, les déménageurs achevaient de charger la part de Solange qui n'irait pas plus loin que Nemours. L'accord des parties entériné par le juge ne prévoyait en effet pour elle qu'une pension convenable, mais provisoire : d'ici deux ans il lui faudrait se débrouiller et comme la chance de trouver du travail pour une femme de quarante-huit ans, sans références, est pratiquement nulle, il ne lui restait qu'une solution : le commerce. Pour se caser et pour caser en même temps Bernard — qui était du métier —, elle avait consacré ce qui lui revenait de la dissolution de communauté à l'achat d'une modeste librairie surmontée d'un appartement de trois pièces.

Quatre gaillards ne cessaient d'aller et venir, pliant à peine sous leurs charges. C'était elle qui se sentait écrasée. Les amants qui se sont quittés ont le plus souvent de la peine à s'en tenir quittes ; les époux encore bien davantage, surtout celui d'entre eux qui s'en sait responsable et qui le pardonne rarement à l'autre. Ce départ, ce n'était pas pour son salut que Solange l'avait voulu. Elle le savait : ce qu'elle perdait, elle ne le retrouverait plus ; ce qu'elle gagnait demeurait ambigu. Plantée devant le perron, elle tenait d'une main un transistor poussé à fond pour faire du bruit, pour ne rien entendre d'autre que l'interview de Pierre Mauroy jurant de ramener l'inflation au-dessous de 8 % ; et de l'autre elle serrait contre elle son sac à main gonflé de tous ses bijoux. Le métal jaune, elle y tenait : pas seulement pour la valeur, mais comme produit de beauté. Qui voit de l'or voit moins de peau. Un collier, ça vous arrange un cou. Tout de même s'il n'était pas faux qu'elle fût arrivée avec une pauvre petite valise, Rosemonde exagérait qui, venue l'assister, murmurait d'une voix pincée :

— Au fond tu ne t'en tires pas si mal. En t'épousant Gérard aurait pu t'imposer un contrat de séparation de biens. Tu repars avec la moitié d'une fortune entièrement faite ou reçue par lui.

Exact ! Mais sa fortune personnelle, n'était-ce pas sa jeunesse, dépensée sur place ? Il ne lui en restait qu'un simulacre : ce portrait qui passait devant elle et dont l'emballeur, l'enveloppant dans une couverture, faisait un dernier paquet en criant :

— Terminé ! On roule.

Solange s'avança, passa rapidement dans les pièces pour une inspection parfaitement inutile. Non, il ne restait rien, sauf un faible reste de parfum, sauf des papiers peints qu'elle avait fait refaire et des fils électriques qui sortaient du centre des plafonds. *Il faut ramener le déficit de la balance commerciale à 45 milliards,* disait Pierre Mauroy dans le vide. Il fallait s'en aller. Manié par Rosemonde, le trousseau de clefs tinta une dernière fois pour boucler la porte derrière quoi Solange avait été une excellente maîtresse de maison, méritant mieux que l'exil auquel la condamnait son double. Puis les deux sœurs gagnèrent rapidement la GS pour suivre le camion.

— Tu ne regrettes rien ? dit Rosemonde.

Solange, qui maniait plutôt fébrilement le volant, haussa les épaules. Si, bien sûr. Elle s'en voulait un peu. Même pourvue, — et c'était bien le moins ! —, elle pouvait s'inquiéter. La situation devenait exactement l'inverse de celle qu'elle avait vécue avec Gérard. Dans le couple, récent et nullement éprouvé, qu'elle formait avec Bernard, elle était de beaucoup l'aînée : statut plus difficile à soutenir pour une femme que pour un homme et d'autant plus délicat, en l'occurrence, que lui n'avait pas un sou et qu'elle allait financer son passage du poste de commis à celui de gérant à la fois exploité pour sa compétence et lié par l'intérêt. Qu'après avoir hésité à quitter sa place il ait accepté cette promotion à condition de ne perdre aucun avantage social, d'être déclaré dans les formes et de conserver son « atelier » de Ferrières, voilà qui montrait assez la prudence d'un garçon pas plus sûr qu'elle de son avenir.

Très vite la GS dépassa le camion pour ne pas rester dans ses gaz d'échappement et traversa ces vieux quartiers parcourus de canaux où plongent des tuyaux suspects et dont il ne faut pas trop chercher à savoir ce que charrient les eaux décorées, l'été, de courtes barques fleuries. Elle passa devant le chien de bronze qui, perpétuant la légende, saute à la gorge de l'assassin de son maître dans le jardin public. Elle tourna à droite, sur la place de l'église, pour filer vers la poste et la route de Paris...

— J'ai peur pour notre mère, dit Solange entre ses dents. Gérard n'a plus aucune raison de l'entretenir dans sa maison de retraite.

Quand la voiture s'engagea sur le pont du chemin de fer, laissant derrière elle vingt ans de connivence avec les rues, les magasins, les auberges, les cinémas, les salons de coiffure, les promenades au bord du canal, les guichets de banque, les parkings si souvent saturés et tous les coins que de jour comme de nuit elle avait hantés, Solange rouvrit la bouche :

— Moi-même, si j'ai un peu de fric, je suis obligée de le hasarder pour vivre ; et si j'ai Bernard, c'est pour combien de temps ?

La moue de Rosemonde, elle la voyait bien. Du clan Breint, Solange, par Gérard interposé, était le soutien. Ce pilier s'effondrait.

— Je sais ! bougonna-t-elle. Je n'ai plus droit à l'erreur et c'en est déjà une de m'être mise dans ce cas.

Elle se tut pour ne pas parler d'Edith, son pire souci.

27

Pour assurer une transition difficile entre deux vies, un séjour qui ne vous accroche par aucun souvenir à la première et qui vous rebute assez pour vous donner envie de la seconde, ça ne manque pas d'efficace. Faute de mieux et se contentant d'amener son linge, ses effets, sa pharmacie, son travail, Gérard s'était installé, au septième étage, dans l'appartement de Séverin qui ne lui rappelait rien et dont le moins qu'on pouvait dire est qu'il ne flattait pas l'œil. Pas de bibelots. Pas de tapis. Peu de meubles et presque rien dedans. Des murs nus sans tableaux. Aucun lustre, mais de simples auréoles d'émail suspendues au bout d'un fil. Ni photos ni lettres ni papiers autres que des relevés ou des factures dans les tiroirs. Et surtout, signe d'absence, aucune odeur. On pouvait se demander si depuis la mort de Maud, disparue jeune, son veuf s'était autorisé à vivre. Mais tout compte fait ces trois pièces, aussi neutres qu'une suite d'hôtel, convenaient parfaitement à un occupant qui n'avait qu'un désir : les évacuer dès qu'il saurait si ce qu'il valait était à la hauteur de ce qu'il voulait. Son journal en faisait mention expresse :

Mon ambition — me jeter sur mon reste — n'a pas changé. Disons qu'elle s'était dévoyée et qu'en ce cas, mea culpa, *on ne s'excuse pas en alléguant, même si c'est vrai, qu'on a été contaminé par l'exemple de qui vivait avec vous (la réciproque peut toujours être avancée par qui vous ferait procès du choix de votre conjoint). En fait, pour tardive qu'elle soit, je suis acculé à une pénible chance : la table rase. Impossible de m'en tenir à l'option zéro, comme Séverin. Femme, maison, fortune, existence, j'ai tout à refaire et, malgré deux échecs, je ne m'en dédis pas. C'est aussi simple que ça : accidenté en pleine course, cet étrange coureur — dont l'espoir est que s'allonge devant lui la distance à parcourir — change de vélo et repart (image flatteuse ! On ne fait pas sur route le bilan de santé dont je suis tributaire).*

*

C'est qu'en effet, il n'est pas question de traiter Yveline aussi légèrement que Béatrice. L'intéressée y veille, d'ailleurs. Il n'y a qu'André (une fois), Marie (deux fois) et Edith, généralement accompagnée de Francine (un dimanche sur deux), qui aient franchi la porte de l'appartement du boulevard Masséna. Yveline n'a jamais accepté de rendez-vous qu'en terrain neutre : au Grand Palais pour la Rétrospective Manet, en avril ; au Théâtre Musical pour la reprise des *Indes galantes* de Rameau, en mai ; à La Potinière pour *Il Signor Fagotto,* en juin. Toutefois c'est devenu rituel : chaque soir Gérard commence par appeler sa fille. Puis il appelle Yveline et, chaque fois qu'il y manque, il s'attire maintenant d'agréables reproches : *Alors ? On m'abandonne ?* Ou encore : *Je me sentais bien seule, hier.* Une vraie déclaration dans sa bouche ! Car, à l'inverse de tant de gens atteints de logorrhée téléphonique compliquée de paralysie du stylo, les mots lui chargent la langue. Yveline n'ose vraiment tout dire que par écrit. Sa dernière lettre était peut-être un peu alambiquée, mais claire :

Rendez-moi cette justice, Gérard, que je n'ai jamais cherché à vous embarrasser de mes sentiments et encore moins à les réputer raisonnables (le terme n'ayant aucun sens en ce domaine). Je vis avec depuis longtemps, c'est comme ça, mais attention ! S'ils sont ce qu'ils sont, je ne leur céderai pas sans prudence. Vous avez écrit dans la Vie de Satan *que chacun de nous est fabriqué à l'image de Dieu tel que le représente au-dessus des autels de style jésuite un triangle équilatéral irradiant dans un petit nuage de stuc. Un côté ange, un côté homme, un côté bête ! Abusons de la comparaison et disons que la répartition entre l'esprit, le cœur et la chair est variable et que pour quelques beaux triangles isocèles, pointant haut (Pascal ou Einstein), on trouve surtout des scalènes. Quant à vous, Gérard, je vous vois plutôt du type rectangle, avec une forte hypothénuse professionnelle, une hauteur appréciable, mais une base moins sûre. Excusez-moi, mais si je dois avoir affaire à lui, donnez-moi aussi des nouvelles de l'animal. Il m'inquiète...*

*

Gérard, aussi.

C'est pourquoi il a revu Salam et consacré deux jours à la série d'examens de contrôle qu'offre Lariboisière aux cohortes de cardiaques qui foulent l'asphalte parisien et parmi quoi se glisse de temps à autre une vedette de l'écran, deux fois pontée, voire un ministre dont peu de gens savent qu'il fonctionne sur pile. Salam, qui interdit à son assistante de marcher quand il consulte, qui retient sa respiration quand il vous colle dans le dos sa froide oreille, capteur hypersensible capable d'identifier vos moindres bruits intérieurs, ce n'est pas un commode. Conscient d'être leur sauveur, il n'admet pas que les survivants l'oublient et négligent son office qu'il veut régulier :

— Vous ne pouviez pas revenir plus tôt ? a-t-il grogné, d'entrée.

Mais s'il est impérieux, Salam, c'est aussi un franc, un des rares patrons qui dise tout, qui vous appelle à l'aide de vous-même, qui ne dédaigne pas de commenter un dossier. Si vous relevez d'un cardiogramme, le nez sur la bande où des variations de tension de l'ordre du millième de volt résument l'activité d'un cœur sous forme de zigzags, il peut, s'il en a le temps, vous expliquer le tracé. Il le suit de la pointe d'un crayon. Cette saillie, là, correspond à la systole de l'oreillette. La pointe aiguë, qui apparaît quinze centièmes de seconde plus tard, ça, c'est la contraction du ventricule, suivie d'une légère dépression, puis d'un dernier soulèvement, plus large, plus arrondi. Et puis le cycle recommence, théoriquement identique. Mais vous voyez, ici, et encore là, au bout de mon crayon, ces irrégularités. Elles confirment ce qu'on décèle à l'auscultation : un peu d'arythmie. Très peu. Il n'y a pas lieu d'en faire un drame...
C'est à ce moment que Gérard a dit soudain :

— Monsieur le professeur, je viens de divorcer...

— Aïe ! s'est exclamé Salam. Vous auriez pu vous dispenser de ce stress.

— Mais je vais sans doute me remettre en ménage, a repris Gérard, et je venais vous demander si je pouvais honnêtement...

Salam a éclaté de rire :

— Décidément l'espérance résiste à l'expérience! Mais vous pouvez. Pour mes clients je préfère toujours le couple au célibat, moins gratifiant, moins protégé. Une compagne est toujours de garde. Quant aux prestations physiques j'imagine que...

— Elle a trente-trois ans, a dit Gérard, très vite.

Salam a cessé de rire :

— Vous ne vous simplifiez pas la vie. Tout de même épargnez-vous un peu.

*

De Lariboisière Gérard s'est aussitôt rendu dans une polyclinique où sur ordonnance du Dr Lhomond — pas Luc, mais son frère Jean, qui exerce dans le 14e — il s'est, dès son arrivée à Paris, fait faire une importante prise de sang pour assurer un jeu complet d'analyses.

On l'a fait attendre une demi-heure dans une salle vide ou un haut-parleur étirait de la musique — une sorte de chewing-gum pour l'oreille —, puis en échange d'un chèque on lui a donné ses résultats : quatre feuillets couverts d'un fouillis de nombres et d'abréviations techniques.

Il est sorti, il a hélé un taxi, il est rentré chez lui, il a commencé par établir des photocopies pour Yveline qui aura sans doute autant de mal que lui à décrypter cette comptabilité biologique à la fois si précise et si burlesque pour l'intéressé découvrant que ce qu'il y a de plus délicatement concret en lui — ses éléments, sa chimie, sa vie — est traduit par ce qu'il y a de plus sèchement abstrait : des chiffres, probablement tirés d'appareils automatiques — des chiffres qu'il faut essayer de comprendre. Son Larousse médical à portée de la main, il s'est assis devant le bureau où son frère corrigeait ses copies. Il veut se faire tout seul une idée de son état.

L'examen hématologique lui semble normal : 5 040 000 érythrocytes, alias hématies, n'importe qui sait que c'est bon. Les pourcentages relevés entre les différentes sortes de globules sont sensiblement les mêmes que ceux du dictionnaire qui assure également que la vitesse de sédimentation est correcte. Passons sur le VGH et sur le TGMH, faute de savoir ce que ça veut dire.

D'autres analyses sont probablement moins satisfaisantes. Deux petites croix à l'encre rouge ont été tracées en face de l'urée, 0,66 g/l ou 11,00 millimoles/l, et de la créatinine, 64 mg/l ou 168,15 micromoles/l. Au fait, si g/l, c'est gramme/litre, qu'est-ce que la mole ? Le Larousse médical, édition 1971, n'en dit rien. Le recours au Petit Larousse illustré, édition de 1981, permet d'apprendre que c'est une unité de quantité de matière, faisant partie du système SL qui, lui-même, instruisons-nous, page 896, est décrit comme fournissant avec le mètre, le kilo, la seconde, l'ampère, des unités de mesure internationales parmi lesquelles vous trouvez encore le froid kelvin et la brillante candela. Retour au Médical : Gérard a trop d'urée et de créatinine ; ses reins filtrent, mais sans zèle. Quant au reste, son cholestérol 1,75 g/l (en deux fractions : 0,25 pour la méchante alpha qui glue, le reste pour la bonne bêta qui flue), ses triglycérides 1,10 g/l, son glucose 1,04 g/l, ses phosphatases, ses apolipoprotéines, son sodium, son calcium, son magnésium, son potassium, c'est convenable : parfois à la limite, mais ne signalant vraiment qu'une certaine paresse des émonctoires.

*

C'est d'ailleurs ce que Jean Lhomond lui confirmera le lendemain en nuançant les choses et en lui remettant une lettre pour le Dr Dorche, sexologue.

Le plus désagréable en effet reste à faire. On ne va pas traîner dans un sex-shop, acheter des produits incontrôlés, quand on croit avoir éventuellement besoin d'aide. La médecine s'en charge. Lhomond proposait le CETI : organisme disposant d'une équipe de praticiens spécialisés chacun dans une discipline et capables d'apprécier conjointement quelle responsabilité revient aux glandes, aux vaisseaux, au système nerveux ou aux facteurs psychologiques dans une impuissance. Le mot lui restant en travers de la gorge, Gérard, malgré la réputation et les succès du centre, a trouvé la machinerie trop lourde pour un homme qui n'est même pas sûr de son insuffisance et qui la craint surtout parce qu'un trop grand nombre de gens de sa génération se comportent comme s'ils y étaient réduits, certains l'avouant avec des bah ! et des bof! et se trouvant pépères dans l'extinction des feux.

Il a rendez-vous à quinze heures, mais sept personnes attendent au salon : un jeune mari serré contre sa jeune femme, aussi gênée que lui et tripotant nerveusement sa bague au chaton serti d'un maigre diamant ; deux autres couples, plus âgés, se parlant à voix basse, dont l'un, semble-t-il, en espagnol ; et un monsieur seul, à nœud papillon, tout de noir habillé, ce qui fait ressortir la mince raie bleue de sa boutonnière. Personne ne se regarde et la voix onctueuse du Dr Dorche, appelant forcément, à dix minutes d'intervalle, ses patients par leur nom, les précipite vers le cabinet comme si chacun appréhendait la répétition de cette fâcheuse indiscrétion.

A seize heures c'est enfin le tour de Gérard de pénétrer dans une pièce qui tient davantage du bureau-bibliothèque que du cabinet médical, malgré la couchette à inclinaison variable recouverte de papier gaufré et à moitié cachée par un paravent. Dorche, bien connu par ses interventions télévisées qui en ont fait, dans le star system, l'interprète privilégié de la sexualité gauloise, n'a rien du ponte en blanc, couronné par sa toque : il porte beau dans un élégant fil-à-fil. En lisant la lettre de Lhomond, inspirée par Gérard qui s'épargne ainsi l'exposé oral de son cas, il a le sourire sérieux qui fait passer au petit écran les propos souvent fort crus à quoi son sujet l'oblige. Mais il adopte une autre voix, plus intime :

— Si j'ai bien compris, monsieur, vous avez des scrupules. Vous renonceriez à une personne qui vous est chère plutôt que de lui offrir votre déclin. Je voudrais d'abord vous rassurer. Si vous avez eu précédemment des inquiétudes, dites-vous que tous les hommes, même jeunes, ont des pannes.

Si moderne qu'il soit, Dorche, il a des mains sacerdotales qui évoluent dans l'air comme pour un *oremus :*

— Evidemment vous avez un certain âge et nous devons en tenir compte. Mais pour reprendre un titre aussi célèbre que discutable, il est faux qu'il y ait une limite précise à partir de quoi votre ticket ne serait plus valable. C'est selon. Romain Gary s'inquiète pour un quinquagénaire, alors que Victor Hugo à quatre-vingts ans déclarait à son médecin que la nature ne lui permettait pas de dételer. S'il y a une ménopause pour les femmes, qui perdent seulement leur fertilité, on ne peut pas vraiment parler d'andropause chez les hommes, mais de baisse progressive et très inégale des moyens, surtout si on ne s'en sert pas. *Rast'ich, so rost'ich!* Qui s'arrête se rouille; et on s'arrête souvent parce que l'inactivité sexuelle fait partie de la retraite, c'est une idée reçue. Je vais vous demander de vous étendre, là-bas, derrière le paravent, après avoir baissé votre pantalon...

Il ne se taira pas un instant : la manipulation étant déplaisante, il faut occuper le client, qui ne peut l'être que par les oreilles :

— Vous n'êtes pas très fortement monté, mais ça ne signifie rien : le calibre peut varier du simple au triple... Tiens ! D'ordinaire c'est le testicule gauche qui est le plus gros et chez vous c'est le droit. Vous avez eu des enfants ?

— Trois, docteur.

— Vous avez eu beaucoup d'aventures ?

— Quelques-unes.

— Vous étiez enragé de performances ?

— Franchement, non. Je ne crois pas que ce soit nécessaire pour sauver l'honneur masculin. Ma voiture ne me sert pas à battre des records, mais à me transporter d'un point à un autre. Je veux bien que l'amour utilise le même verbe et, cette fois, dans ses deux acceptions, mais je ne perds pas de vue que c'est d'abord un voyage.

— Prostate à peu près normale, reprend le Dr Dorche qui a profité de la tirade pour enfoncer son doigt caoutchouté. Avez-vous beaucoup fumé ?

— Plus du tout depuis mon infarctus.

— Mais vous avez fumé auparavant et le tabac a sûrement facilité le dépôt des plaques d'athérome qui ont encrassé les coronaires, mais probablement aussi les artères érectiles. Du moins ne favorisera-t-il plus chez vous l'apparition de l'adrénaline qui contrarie la tumescence. Il faudra réviser l'image du grand macho à cigare : il risque d'être moins pourvu ailleurs ! En ce qui vous concerne je ne peux évidemment pas me prononcer tout de suite...

Dorche a brusquement regagné son bureau et, tandis que Gérard se rhabille, continue l'interrogatoire :

— Vous n'éprouvez aucune phobie d'accomplissement ?

— Mais non, docteur.

— Vous n'avez besoin d'aucune bizarrerie ?

— Mais non, docteur. Je n'ai pas trop d'imagination dans ce domaine.

— Ce que vous voulez en définitive, c'est conserver ce que j'appelle une virilité d'accompagnement, le plus longtemps possible ?

— Exactement, docteur.

— Et vos... inquiétudes proviennent-elles de rapports avec la personne pour qui vous vous faites un très honorable souci ?

— Non, docteur, mais de rapports avec une autre qui l'a, pour peu de temps, précédée.

— Dans la nullité affective, n'est-ce pas ?

Gérard se contente de hocher la tête. Dorche a déjà repris :

— Il faut vérifier si votre circulation est normale dans ce que nos mères ont nommé si bêtement les honteuses. Je vais vous envoyer dans un service de thermographie des organes génitaux externes. Vous connaissez le principe ? Toute partie du corps émet un rayonnement infrarouge d'autant plus affirmé qu'elle est plus chaude, donc plus vascularisée... Ça se photographie, en fausses couleurs. Mais auparavant vous voudrez bien vous rendre à la Fondation de recherches en hormonologie pour faire doser votre testostérone. Nous aviserons ensuite...

*

Gérard est allé, du même pas décidé, à la Fondation. Une analyse de plus ou de moins, quelle importance ! Et pourtant celle-ci avait quelque chose de singulièrement irritant. On admire, bien sûr, la subtilité d'un procédé capable de déceler quelques nanogrammes d'une substance par millilitre. *Je suis tout gai aujourd'hui,* lui avait dit un jour un ami plutôt neurasthénique, *et j'en suis bien vexé. Ce n'est pas moi qui le veux, c'est un euphorisant.* Ne pouvait-on s'inquiéter davantage des pouvoirs d'une hormone, incroyablement diluée, mettant l'amour à la merci de quelques molécules ?

Mais le bouquet sera la thermographie. Après un nouvel interrogatoire — très répétitif — et mené par un esculape à voix robotisée, Gérard est entré, par la porte droite, dans une cabine où il s'est déshabillé. Par la porte gauche il en est sorti, nu comme un ver, et s'avance dans une petite salle où l'accueille une ravissante jeune femme qui doit être un peu plus qu'infirmière et qui, parfaitement neutre, douée de ce regard de verre attentif à tout et ne s'émouvant de rien propre aux bons objectifs, commence par lui assigner un emplacement d'environ un mètre carré délimité à la craie sur le parquet, en face de l'appareil :

— Vous restez debout, les jambes écartées, pendant quinze minutes, s'il vous plaît. Vous ne pouvez pas avoir froid : la pièce est maintenue à 20°.

Elle s'en va, probablement boire un petit café bien tassé car l'arôme s'en répand jusqu'au nudiste immobilisé dans son avantageuse position. On peut le déplorer, mais il est certain que, s'il était brusquement transformé en marbre, il ne compterait pas parmi les chefs-d'œuvre de la statuaire. Le costume, ça vous arrange un homme quand il se sent mal distribué dans l'espace! L'opératrice revient, prend un cliché et, mettant un genou en terre, sort de la poche de sa blouse un rouleau de sparadrap, puis une paire de ciseaux, coupe une bande de dix centimètres:

— Il faut que le pénis soit relevé, dit-elle. Ensuite nous refroidirons, pendant trente secondes.

Elle relève entre deux doigts, tandis que l'autre main fixe le sparadrap. Elle refroidit, en mettant en marche un ventilateur braqué sur la région pubienne, éventée comme dut l'être celle d'Adam quand au paradis terrestre soufflait quelque zéphyr. L'œil sur sa montre, elle laisse passer la demi-minute, arrête et prend un second cliché, puis un troisième. Exhibitionniste malgré lui, Gérard, que l'indifférence clinique de la fille ne soulage pas, n'en peut plus de faire l'équerre. Les photos de son engin, va-t-elle en faire un album?

— Je vous remercie, monsieur.

C'est lui qui aurait dû remercier: d'autant plus que, très vite, il saura à quoi s'en tenir. Dorche va lui envoyer les rapports des deux services et des photos, d'interprétation malaisée, qui montrent des cuisses vert pâle léopardées de bleu et un scrotum violet. L'important, c'est la note annexe tracée sur une carte de visite:

Je ne crois pas utile de poursuivre les investigations. Vous êtes, en tout, normalement au-dessous de la normale, mais si peu qu'il y a lieu, à votre âge, de s'en féliciter.

*

Voilà de quoi rassurer Yveline. C'est un dossier, plus précis que l'examen prénuptial requis lors des publications de bans, qu'il va lui envoyer, en retirant seulement les photos.

28

Il est près de dix heures et le jour n'en finit pas de maintenir au-dessus du collège un ciel zoné de gris et de rouge vers quoi montent des fumées droites. Un bout de lune n'y fait encore qu'une tache opale et, très haut, battant de la pointe des ailes des records de virées, les martinets sont seuls à ignorer le calme qu'ils déchirent de cris. Yveline, qui vient de fermer la fenêtre, fait cinq pas vers son lit, déjà ouvert, puis se décide, resserre la ceinture de son pyjama et revient s'asseoir à son bureau.

Tous les documents, elle les a, ce midi, rangés dans la boîte de carton rouge à poignées de cuivre. Elle n'en demandait pas tant ! La carte de visite du Dr Dorche suffisait et même seulement, de la part de Gérard, quelques mots rassurants. Mais il avait sans doute besoin de se convaincre lui-même. Maintenant elle doit répondre. Non, pas avec un feutre. Avec le stylo d'argent à plume d'or gagné dans une tombola et sur papier à en-tête de Saint-Y parce qu'elle n'a jamais été autre chose que ce qu'elle est ici :

Gérard, Vous me pardonnerez...

L'usage du prénom, c'est la seule familiarité qu'elle se soit jamais permise. *Cher,* qui pourrait se mettre devant, lui paraîtrait plus sec. Gérard suffit. Elle a cent fois joué avec ces deux syllabes dont les anagrammes sont REGARD et surtout GARDER...

Gérard, vous me pardonnerez de vous avoir éprouvé en vous posant une question qui, pour être importante, n'est pas essentielle. La surprise que je vous réserve m'y donnait droit. Reste que je m'intéresse surtout à la thermographie de vos sentiments.

Vous le savez, j'attendais que la situation soit nette. Mais pour ne pas être obligés, une fois réunis, de nous séparer cinq jours sur sept, j'attendais aussi une période propice. Avec les vacances, la voici... Pour mettre un peu de folie dans ma sagesse (ou cesser de mettre trop de sagesse dans ma folie), je crois que, dans la quinzaine qui vient, j'arriverai chez vous à l'improviste...

Je vous embrasse, Gérard.

Elle signe. Son Y majuscule a la forme d'une fronde comme en ont parfois ses élèves pour s'expédier des boulettes de papier mâché. Peut-être aurait-elle dû faire allusion à la proposition de mariage qu'à mots couverts, deux ou trois fois, lui a faite Gérard et dire qu'un livret ne lui paraît pas indispensable. L'état civil, pour elle, qu'est-ce que c'est ? Elle est née « de père et mère inconnus » et c'est l'Assistance publique qui lui a fourni un nom en même temps qu'un trousseau et une éducation. Nul n'avait voulu d'elle à sa naissance et voilà justement pourquoi elle n'a durant des années voulu de personne : jusqu'à ce qu'un historien, répondant à un petit professeur d'histoire, reconnaisse en somme son existence...

Yveline (quel bureaucrate a choisi pour elle ce prénom rare et n'est-ce pas Gérard qui le consacre ?) n'a plus qu'à mettre l'adresse et c'est à pleine langue que, pour fermer l'enveloppe, elle en lèche le bord collant.

29

Alarme à deux heures du matin. Sortant encore d'un cauchemar où, après une longue poursuite sur le chemin de halage du canal de Briare, une femme masquée a fini par lui enfoncer un couteau entre les côtes, Gérard, sans trop se préoccuper du sens de ce rêve, s'est surtout posé la question de savoir s'il ne camouflait pas de l'angor. Une certaine dyspnée lui resserrait le soufflet et son pouls battait la chamade. Il étendit la main, ne trouva pas son drageoir, ne se souvint pas de l'avoir comme d'habitude placé à sa portée la veille au soir. Il voulut allumer, mania le bouton, nerveusement. En vain. Panne de secteur ! Pour la première fois il ne pouvait compter que sur le médaillon. Il fallait l'ouvrir dans le noir, l'ouvrir sans voir, sans se tromper entre la case du haut, contenant le dinitrate et celle du bas, contenant le KCN. Il avala le bon comprimé avec un petit frisson et, à tout hasard, se contraignit à rester immobile jusqu'à huit heures.

Puis il se leva, morose. Yveline tiendrait-elle sa promesse ? Les quinze jours étaient passés. Il avait noté la veille dans son journal :

Non, je ne dirai pas comme Marguerite de Valois : Il n'est si petite demoiselle qui n'aime se faire prier. *Ça n'a jamais été le genre d'Yveline. Le rectorat l'a, paraît-il, convoquée pour examiner avec elle sa demande de mutation. On lui offrirait un poste à Moret : ce qui me conviendrait bien en ne m'éloignant pas d'Edith et de Francine. Mais je ne peux m'empêcher de penser qu'au dernier moment Yveline a peut-être relu mon curriculum vitae ou regardé plus attentivement ma photo. Ce n'est pas à moi, en tout cas, de prendre l'initiative. Elle n'est pas fille à se laisser bousculer et ce serait d'ailleurs m'enlever le bénéfice d'un choix dont la seule justification est qu'elle l'aura expressément voulu.*

*

Il s'est assez vite ressaisi. Une remarque d'Yveline lui reste dans l'oreille : *Je ne suis pas, je l'espère, votre seule ambition.* Elle n'a pas ajouté : *Sinon, je vous estimerais moins.* Mais lui, il en est persuadé. Sursis, sursaut, n'est-ce pas ? Il faut se le répéter. Sa survie se mérite. Encore a-t-il la chance de pouvoir l'honorer. Dans les métiers où joue l'ancienneté, dès soixante elle vous annule. Dans le sien la création vous maintient en fonction. *Quelqu'un* est toujours plus jeune que *quiconque.* N'oublions pas que si son prénom (tiré du germanique *Ger-hard,* qui veut dire *lance forte*) est difficile à porter, Gérard Laguenière jouit d'une réputation suffisante pour avoir quelques chances à l'Institut. Au travail ! Au travail ! Pour Elle comme pour lui.

Dès neuf heures il a filé avec Constantin : le long de la Drave, vers Cibalae où Licinius, le dernier rival, l'attend de pied ferme. Se battant au premier rang, maniant vraiment, lui, une lance si forte qu'il est le seul à pouvoir s'en servir, l'imperator va, avec une armée deux fois moins nombreuse, culbuter celle de son beau-frère dans les marais. Ce Licinius est un sot. Comment ne comprend-il pas que ses légions illyriennes ne peuvent qu'être molles en combattant un Illyrien qui, désormais, est l'envoyé de Dieu ? De quel dieu, ce n'est toujours pas clair, mais tout le monde est d'accord là-dessus : les fidèles d'Isis, de Mithra, de Cybèle, de Sol, de Jéhovah ou du Christ. Un vrai tour de force ! Le géant qui dévore cette fois la Pannonie, la Dacie, la Dalmatie, la Macédoine ne semble avoir de difficultés qu'avec les femmes encore qu'il fasse à la sienne, Fausta, des enfants pour lesquels il ne choisit que les dérivés de son prénom : *Constantin, Constance, Constant, Constantia...*

*

Mais qui sonne ? Gérard connaît le code familial. Un coup discret, ça ne peut pas être le fait de Francine qui appuie longuement sur le bouton, ni d'André qui utilise deux brèves, ni de Marie qui s'annonce à trois, ni d'Edith qui en compose quatre. Gérard se précipite pour ouvrir.

C'est elle : dans son tailleur bleu marine et son chemisier blanc. Seules, ses paupières, qui battent un peu vite, témoignent d'une gêne qui, chez Gérard, se traduit par un regard jeté dans la glace de l'entrée sur ce monsieur qui reçoit une dame sans cravate et en chaussons.

— Vous ne m'attendiez plus, dit-elle.

Et d'un coup la voilà qui se serre contre lui. Etrange ! Sa première réaction, tandis qu'il l'enveloppe de ses bras, tandis que le nez dans des cheveux qui conservent l'odeur du shampoing il ferme instinctivement les yeux, c'est une sorte de *Domine, non sum dignus.* Qu'a-t-il donc fait pour mériter cette exception aux règles sentimentales, cet exorbitant privilège d'être si tardivement aimé ? En profiter, n'est-ce pas en abuser ? Mais le scrupuleux bat aussitôt en retraite. Yveline a renversé la tête. Le baiser est la plus sûre façon de se taire en disant tout. Une seconde, parce que rien n'est pur et qu'il ne peut pas étouffer tout à fait en lui le faraud, Gérard songe aux lèvres-limaces graissées de rouge et aux dentiers des dames qui lui seraient normalement dévolues. Cette bouche-ci, au léger goût de dentifrice, s'entrouvre à peine sous la pointe de la langue stoppée par la fine arête de petites dents bréchouses. Yveline se dégage. Elle murmure :

— Maintenant, Gérard, il faut que vous sachiez...

Happée de nouveau, elle n'en dira pas davantage. Il sait. Enfin, il croit savoir. *Le verbe,* il vaut mieux le vivre que le prononcer. On le lui a servi quatre fois : Noémi, qui ne fut jamais sienne ; Julienne, qui partagea trois ans sa chambre d'étudiant avant de filer avec un adjudant de la Coloniale ; Alice, sa défunte première femme, si ennuyeusement irréprochable ; et Solange, la seconde qui dans ses lettres utilisait l'abréviation *Je t'*M, comme si l'M, écartant ses jambages, était de ses amours le plus juste symbole. Gérard se souffle : *Dépêche-toi !* Yveline ne se défend pas. Elle n'est pas venue pour se défendre. Mais sait-on jamais ? Etant ce qu'elle est, elle peut in extremis réaliser ce qu'il est. Malgré Lhomond, malgré Salam qui lui ont répété : Ne portez jamais plus de vingt kilos, en voilà cinquante de soulevés, d'enlevés, d'emportés vers la chambre, de déposés sur le dessus-de-lit, patchwork patiemment assemblé par Francine à partir de restants de laine multicolores et qui réchauffe un peu l'austérité des quatre murs.

Après tant d'attente un peu de hâte, c'est la moindre des choses. Lui, sachant bien que l'ombre est secourable, il a tout de suite tiré les rideaux : si vite, si sèchement qu'il a cassé un cordon. Puis il est revenu vers Yveline qui ôtait ses chaussures. Assise sur le lit, le menton aux genoux et remuant les doigts de pied dans ses bas, elle a un moment hésité et c'est d'un coup qu'elle s'est remise debout, étirant les bras pour faire passer son chemisier par en haut, sa jupe en bas. Lui, il s'est déshabillé, pièce par pièce, sans la regarder. Quand les slips sont tombés dont l'élastique laisse toujours une trace rose autour du ventre, quand ils n'ont plus été enveloppés que de peau, ils ont écourté le strip-tease. Qui n'est plus un play-boy ne se donne pas en spectacle ; et puis, si malgré son triangle noir une femme nue n'agresse pas l'œil, un homme nu, quand il est tout armé, n'y manque pas. Satisfait d'une virilité sans problème, mais trop évidente, Gérard s'est glissé vivement sous le patchwork.

Elle l'a suivi. Il la tient, il la touche, il la noue, il s'inquiète encore. Celle-ci, ce n'est pas une partenaire pour une simple coucherie. Les mots l'assaillent : on ne baise pas, on ne saute pas une Yveline. Foin du vocabulaire qui utilise *faire l'amour* pour ce que font ensemble les amoureux de Peynet ou, au tarif de la passe, ce que vend une putain à son client ! S'il n'y a *pas d'autre façon d'être femme* — comme le déploraient les précieuses —, ce n'est ni l'habileté ni même l'ardeur qui feront la différence, mais le respect dans le désir. Le respect qui vraiment lui est dû ! Frémissante sous la main, mais ne sachant que faire des siennes, tout à fait inexperte, attendant, s'en remettant à lui, elle n'a plus besoin d'expliquer à Gérard ce qu'elle laissait entendre en parlant d'une surprise. Docile, elle s'est ouverte. Il est sur elle, il cherche à entrer en elle, il doit forcer le passage. A trente-trois ans, Yveline est vierge et Gérard lui-même qui s'en fournit la preuve a de la peine à le croire.

— Excuse-moi, chérie, si je te fais mal.

— Ne t'inquiète pas, souffle-t-elle.

Et les choses vont comme elles doivent aller. C'est heureusement la dévotion qui compte, bien plus que le plaisir, dans une initiation confiée le plus souvent à un garçon qui n'y fait pas merveille. C'est en peu de mots, peu de gestes, la liturgie de la tendresse grâce à quoi, dans ce qui reste accouplement, le sperme devient chrême. Gérard s'en contenterait, mais le gémissement qu'Yveline essaie d'abord de retenir, qui lui échappe enfin pour s'éteindre dans un cri étouffé, lui sera donné par surcroît.

*

C'est dans le grand fauteuil de cuir râpé où Séverin s'installait pour lire que, rhabillés, ils se sont retrouvés côte à côte, en état de grâce. De sa chemise entrouverte Gérard vient de sortir son médaillon et, découpant une photo d'Yveline avec des ciseaux à ongles, l'installe dans la partie gauche en expliquant ce que contient la partie droite. Elle ne proteste pas. Elle n'approuve pas. Ses sourcils frémissent, c'est tout. Puis de sa mince voix sérieuse qui par moments se nuance d'ironie elle consent enfin à parler d'elle. Que Gérard ne s'étonne pas trop si, avant lui, elle n'a eu personne ! Ce n'est pas un titre de gloire, mais quoi que certains puissent en penser ce n'est pas non plus une infirmité. Ni l'effet d'une pruderie singulière. C'est vrai qu'en l'abandonnant sa mère, dont elle sait seulement qu'elle-même abandonnée elle l'*accoucha sous X,* lui a inspiré une longue méfiance envers les hommes. Pour s'en guérir elle s'est embéguinée à dix-huit ans d'un camarade qui ne l'a même pas remarquée. A vingt-deux ans son directeur lui a vertement fait savoir que, sans famille, sans le sou, elle ne devait pas encourager son fils qui l'avait emmenée deux fois au cinéma. Et c'est justement vers cette époque qu'est survenu dans sa vie un historien dont l'attention flatteuse s'est ingéniée à lui faire apprécier son absence. Ce Booz ! Il l'a fait glaner durant dix ans dans son champ ! S'il a fini par venir la chercher, on ne pourra pas dire à cette occasion, comme le proverbe arabe, qu'*un homme cherche une femme jusqu'à ce qu'elle l'attrape*. Mais maintenant elle le tient, elle le garde. Tout ou rien. Il n'est plus question d'habiter l'un ici, l'autre là. On vit ensemble. Monsieur Gérard Laguenière, vous êtes fait !

Elle rit et dans ce rire il l'accompagne, puis murmure :

— C'est bien ainsi que je l'entendais.

Un sein d'Yveline est dans la main de Gérard : il y bouge au rythme de sa respiration. Tous deux, ils peuvent, ils doivent maintenant faire des projets communs et ce n'est pas certain que d'emmêler deux corps rende plus facile de réunir deux existences, si longuement indépendantes. Réfléchissant à sa nouvelle situation — entre Mademoiselle et Madame — que fisc et Sécurité sociale qualifient de concubinage, le premier sans en tenir compte, la seconde en lui reconnaissant des droits, Yveline se demande si elle doit officialiser ce statut, source en milieu pédago, plus puritain qu'on ne croit, de quelques avanies. Gérard rappelle que la mairie lui est ouverte. Oui, mais Yveline trouve que le titre d'épouse est tout de même un peu épais ; elle a pour un oui bloqué moins de goût que pour un consentement chaque jour renouvelé. On glisse. On prend des décisions mineures : quitter ce lugubre appartement, chercher une maison dans le sud de la Seine-et-Marne. Faute de pouvoir — question prix, question temps — s'offrir un voyage à la Grande Barrière d'Australie, rêve de tous les conchyliologues, on se contentera de passer quelques jours à Nich, l'ancienne Naïssa, où naquit Constantin, avant de rallier la côte dalmate. On en reviendra pour la rentrée des classes et pour les deux naissances : celle du bébé de Thérèse, celle du bébé de Rose. Après avoir récupéré les meubles on s'installera sans doute dans le nouveau logis vers la fin de l'année...

— Midi ! Que faisons-nous ? s'écrie Yveline en regardant la montre-bracelet qui cerne un fin poignet où court une veine bleue.

— D'ordinaire, dit Gérard, je descends déjeuner au petit restaurant d'en face. L'événement mérite mieux. Que penses-tu de la Closerie ?

*

Mais quatre coups de sonnette en décident autrement.

— Ma fille ! Et probablement ma sœur...

Le pli qui barre le front de Gérard trahit son embarras. Il essaie de se soulever, mais Yveline le bloque :

— Je ne suis pas clandestine. C'est moi qui vais ouvrir.

Elle saute, elle trotte jusqu'à la porte pour accueillir les visiteuses avec un superbe sourire et d'éloquents pluriels :

— Vous avez de la chance de nous trouver : nous allions sortir.

Les « nous » font leur effet. Edith se fige. Francine, qui balance un cabas, réagit très vite, prend un air dégagé :

— Mon cachottier de frère aurait pu me prévenir.

— C'est tout récent, dit le frère qui s'approche, embrasse sœur et fille et pour cette dernière ajoute : Je ne te présente pas Yveline, la collègue de ton oncle à Saint-Y.

Milieu prof, bonne référence, ne précisons pas davantage. On ne peut tout de même pas espérer d'Edith, pour un premier contact, autre chose qu'un bonjour-madame et un regard attentif, mais réservé. Francine enchaîne vivement :

— Ta fille venait te demander l'autorisation de passer les vacances, au pair, dans une famille de l'île d'Anglesey. Sa mère est d'accord... Du même coup nous pensions t'inviter, chez toi, en t'apportant le menu...

— D'accord pour les agapes. Edith va m'expliquer qui l'envoie au pays de Galles.

Le clin d'œil de Gérard n'a pas été discret et le message est double : Femme ! Va séduire ma frangine et toi, ma sœur, édifie-toi. Il est heureux que l'appartement n'ait pas trop de portes et qu'Yveline ouvre la bonne pour pénétrer dans une cuisine dont elle ignore sereinement ce que contiennent les placards. Mais qu'importe ! Au-dessus de la table où le cabas déverse son contenu l'échange est immédiat :

— Vous avez bien réfléchi, Yveline ?

— Gérard a même trouvé que je réfléchissais trop.

— Vous mesurez les risques ?

— Celui de vivre sans lui prime celui de le perdre.

— Mais vous réalisez vraiment qu'à mi-vie vous serez seule ?

— Je l'étais depuis trente-trois ans.

— Vous songez à l'attaque qui le laisserait podagre, mais vivant, en faisant de vous une infirmière qui cesserait d'être sa femme ?

— Au moins je l'aurai été.

— Et vous vivrez de quoi, à ce moment-là ?

— Bonne question ! Je n'ai pas l'intention de quitter mon métier.

Sa bouille ronde, Francine l'incline de quelques degrés vers son épaule gauche : ce qui est sa façon d'exprimer une certaine considération. Une dernière question fuse pourtant tandis que dans cette cuisine de célibataire elle cherche en vain l'allume-gaz :

— Et vous savez, j'imagine, que si vous renonciez Gérard ne s'en remettrait pas ?

— Servons-nous de la plaque électrique, fait Yveline, et si vous en êtes d'accord cessons de jouer aux belles répliques. Mon choix étonne et de ce fait vous craignez que j'en change. Il n'est pas d'hier pourtant et je me demande si c'est un choix. Ça m'est venu peu à peu. Ça m'a d'abord vraiment dérangée. Puis la trentaine passée je suis entrée dans cette tranche d'âge où on ne sait plus très bien si on est encore jeune, où le décalage compte moins. Je ne calcule plus. Je ne veux pas savoir que je n'étais pas née quand Gérard avait déjà mon âge et où il sera lorsque je serai vieille. Nous sommes tous provisoires : lui un peu plus que moi, c'est tout.

— Mon mari est mort depuis quarante ans, reprend lentement Francine. Si j'ai peur pour vous, je sais ce dont je parle. Mais soyons une sœur égoïste. Dans son défi contre la montre vous pouvez être une chance pour Gérard. Vous pouvez être le contraire et c'est ce dont ses enfants vont d'abord être persuadés. Vous allez avoir des ennuis avec eux...

Soupir. Francine avale sa salive avant d'ajouter :

— Et rien ne prouve qu'il n'en survienne pas entre Gérard et vous. Dans une famille c'est le mélange des générations qui demeure à l'origine de la plupart des conflits. A plus forte raison dans un couple. Mais je vous accorde que vous semblez être, en amont, ce que mon frère est en aval : moins sensible que d'autres au cours du temps... Voulez-vous me passer le faitout ? Je vais réchauffer mon haricot de mouton.

*

Bien entendu Gérard aura aussi son paquet. Après déjeuner, lâchant Yveline qui fait la vaisselle avec Edith et cherche à la dégeler, Francine va coincer son frère dans le bureau :

— Et voilà ! Tu récidives. Décidément il te faut de la chair fraîche. Cette petite est sympathique, je te l'accorde, mais que peux-tu lui assurer ?

Gérard, qui s'y attendait, a décidé de prendre les choses sur le mode plaisant :

— Ma sœur, tu connais le vieux conseil : *Point trop tôt, jeune femme il faut prendre pour l'avoir toujours en son beau.* Je confesse ma perversité. Comment veux-tu que je m'en repente ? Tu t'en prends à un homme comblé.

Mais c'est un ton qu'il ne peut soutenir. Le voilà qui devient grave :

— N'ajoute rien, je t'en prie. Même si elle veut l'ignorer, Yveline, je sais trop bien à quoi je l'expose.

1984

30

Huit mois de vie commune, déjà.

Insistante, Francine ne s'était pas privée de leur demander : *Alors, vous êtes heureux ?*, forme un peu lourde, mais chaude du *Comment allez-vous ?* La question ne les embarrassait pas vraiment, mais elle intimide toujours et compte tenu des précautions d'emploi que méritent le mot comme la chose, ils se contentaient de répondre en échangeant un sourire. *On ne se félicite pas de sa félicité : surtout quand elle brave l'opinion* est une formule assez sotte qui plaide pour une certaine lâcheté du bonheur. Mais qui oserait nier que celui-ci, même quand il s'en aiguise, vive de difficultés ?

Dans leur cas sévissait fatalement cette gêne consentie, mais insidieuse des unions dépareillées. Quand, sans prononcer de date, Gérard venait à parler de sa mère, de ses grands chapeaux couverts de fleurs artificielles et d'oiseaux, de ses robes descendant jusqu'à la pointe de la bottine, de son boa de plumes, quand il évoquait le défilé de la Victoire *contemplé du haut des épaules de Papa*, pour lui, né avant la Première Guerre mondiale, c'était du souvenir ; mais pour Yveline, née après la Seconde, c'était de l'Histoire dont témoignait un paléo-Gérard relevant de la métempsycose. Inversement, dans le pronostic comme dans le projet, mieux valait pour Yveline ne pas trop s'aventurer :

— Tu verras, dans trente ans, on nous proposera des croisières sur la lune comme aujourd'hui aux Antilles...

Non ! Statistiquement Gérard n'avait qu'une chance sur dix mille d'être encore debout.

— Pour mieux nous séparer du voisin, un sapin bleu, dans l'angle du jardin, j'aimerais bien.

Non ! Un cyprès Lambert, plutôt, qui monte très vite. La pousse du sapin bleu est désespérément lente.

Si pour Gérard c'était devenu une délicatesse de taire ce qu'il avait vécu avant 1950, pour Yveline c'en était une autre de s'en tenir à l'horizon 2000. Mais il est moins facile de contrôler certains automatismes : nos cinq sens se croient libres alors qu'ils sont étroitement programmés par l'habitude et l'éducation. S'il n'y a guère de chronologie du toucher (pour tous les deux, du reste, leur stylo était un sixième doigt), il y en a une de l'odorat quand du cheval-avoine on passe au cheval-essence et des extraits de fleurs de nos grands-parents à l'osmologie moderne. C'est encore plus vrai pour le goût : celui d'Yveline, fille habituée aux cantines de collège ou vivant, chez elle, de soupes en boîte et de surgelés, était plutôt simplet et Gérard que sur ce chapitre, au moins, Solange avait bien traité et qui restait sensible au bel accord des grandes horizontales, la table et le lit, perdait sur l'une ce qu'il gagnait sur l'autre. Malgré la bonne volonté d'Yveline, pointant le nez avec lui dans *les Recettes faciles* de Françoise Bernard, il y avait peu de chances qu'il fît avant longtemps de gros écarts de régime.

Cependant, même s'ils s'efforcent de plaire au

partenaire, ce sont toujours l'œil et l'oreille qui ont le plus de mal à y parvenir. Un tailleur strict pour ses cours, mais à la maison un jean et un polo, voilà qui ne satisfaisait pas vraiment un Gérard amateur de robes un peu coquines et refusant de se convertir à la mode du délavé, du rapiécé, du coûteusement pauvre. Quant à lui, le cravaté, le porteur de complets sur mesure, Yveline aurait aimé le « décontracter » en l'affublant, par exemple, d'un pantalon de velours côtelé et d'un pull ample laissant jaillir de l'échancrure un col de chemise ouvert sur un petit foulard noué au ras de la pomme d'Adam. Autre mode, autre code, autre période. On n'écoute pas les mêmes disques. L'un trouve ridicule la gesticulation désormais quasi obligatoire des chanteurs, l'autre la tient pour une gestuelle visualisant le rythme pour associer la rétine et le tympan. Au musée, au concert, dans une galerie cela peut aller plus loin : jusqu'au haussement d'épaules, jusqu'à l'appréciation aigre-douce : *Non ! Ne me dis pas que ça existe !* On se mord la langue. On essaie de transiger. Elle reconnaît qu'un Klein monochrome, oui, tout de même, ce ne serait que du badigeon si ce n'était l'objet d'un blabla pour gogos. Et lui, il admet qu'en un temps où grands et petits écrans, bandes dessinées, photos, illustrés, affiches nous gavent d'images, il y ait une saine abstinence de l'abstrait. Au besoin il se force. Ne pas suivre ce qui se fait, ça date.

*

Et puis il y a d'autres problèmes : plus sérieux. Les rapports avec la famille, d'abord : aussi difficiles que prévu.

Tenue par le droit de visite qu'elle amplifie

d'ailleurs de telle sorte qu'aucun des siens n'ait l'impression qu'elle préfère l'un à l'autre, Edith passait au moins une fois par semaine. Elle ne cachait pas que l'irritation de la tribu était vive. Sa tante elle-même, répétant avec Brelot que *la sympathie doit prendre ses précautions,* attendait d'être convaincue qu'Yveline et Gérard, ça pourrait tenir, avant d'entreprendre une campagne en leur faveur. Quand ils venaient dîner au Pommier, quand ils téléphonaient, frère et sœur ressassaient le sujet :

— Dans trente ans elle n'aura pas encore l'âge de Papa, cette fille ! disait Marie, de six ans son aînée.

— Elle est plus jeune que ma femme ! renchérissait André sur le ton de qui perd un privilège.

Mais le plus virulent, c'était le gendre, Paul Gregh, qui avait osé déclarer devant sa femme :

— Décidément les situations où on a toutes les chances d'être cocu, ton père les recherche !

*

Il fallait ignorer.

Parti pour Nich aux vacances le couple, comme si de rien n'était, expédia à tout le monde des cartes postales garnies des deux signatures. Revenu par la Suisse, il expédia des chocolats. A son retour Francine, n'y tenant plus, avait déjà entamé un patient bouche-à-oreille :

— Tout compte fait, vous savez, ce n'est peut-être pas si fou que ça en a l'air.

Ce qui devint assez vite :

— Il faut reconnaître que, s'il surprend, leur duo réussit.

Et enfin :

— Votre père a l'incroyable chance de pouvoir

refaire sa vie avec une jeune femme. Qu'y a-t-il là de scandaleux ?

Elle avait tout à fait oublié ce qu'elle avait chanté au sujet de Béatrice. Marie et André hésitaient encore. La bru grognait comme le gendre. Rose, sans prendre l'avis de personne, donna le premier coup de fil. D'autres suivirent, accueillis par une voix féminine qui s'excusait et se laissait aussitôt relayer par celle de Gérard pour de brefs dialogues du type *Ça va ? — Oui, merci. Et toi ? Quand est-ce qu'on te voit ? — Je ne sais pas. Peut-être à la fin du mois.*

Or, justement, à la fin du mois, naquirent à deux jours d'intervalle Gérard III, fils d'André et de Thérèse, prénommé selon l'alternance, et Irène, fille de Rose et de Bruno. C'était à l'aïeul de se déplacer. Il se retrouva auprès des accouchées porteur de ces grands bouquets de roses nacarat que la touffeur des maternités fane en deux jours et, naturellement, Yveline suivit, chargée d'un assortiment de cette layette ultra-douce sur quoi les anges, vite fait, par en bas comme par en haut dégorgent. Elle sut s'effacer ou s'avancer quand il fallait, montrer du ravissement en se penchant sur de faibles souffles à odeur de caillé et de l'attention quand les dames se livrèrent, à travers leur généalogie, la bataille des ressemblances. André murmura entre ses dents pour sa femme :

— Papa aurait pu tomber plus mal.

Sans cesser de la trouver imprudente, Thérèse la trouva bonne fille, probablement chagrine de n'avoir aucune chance (le clan n'était-il pas assez nombreux, d'ailleurs) de connaître les joies de la reproduction Laguenière. Elle apprécia moins la boutade :

— En somme je brûle les étapes : du premier coup me voici arrière-grand-mère.

Ecart de langage ! Si longtemps illégale, mais ne l'étant plus, souhaitant qu'Yveline le demeure, donc la classant, au mieux, comme « gouvernante » de son beau-père, Thérèse n'entendait pas la tenir pour une parente.

*

Ce fut néanmoins au début de l'année que, pour présenter leurs vœux, les uns et les autres, en ordre dispersé, commencèrent à rallier Moret. Gérard aurait voulu rassembler tout son monde sous le prétexte de planter la crémaillère. C'était encore un peu tôt. Aux yeux des trois ménages une réunion plénière de ce genre ne pouvait avoir pour but que de consacrer la situation de la demoiselle de compagnie, de transformer une maîtresse en maîtresse de maison. S'entortillant dans leurs réserves et leurs considérations, ils voulaient bien la voir, lui accorder une certaine estime, voire la tenir pour utile, mais pas la considérer comme la Maintenon du chef de famille. Heureusement Yveline, ne doutant pas que Gérard — même s'il en était le premier responsable — finirait par lui tenir rigueur de l'éloignement des siens, connaissait bien ces demi-quarantaines et savait que pour s'en défendre rien ne vaut ce sourire lumineux (et légèrement épineux) qu'on appelait jadis « le bouquet de roses ».

Mamirna fut la première gagnée. C'était, il est vrai, assez facile grâce à Edith et Francine qui un dimanche la sortirent de la 2 CV grise. Engoncée dans un manteau de rat pelé aux coudes, branlant de la tête et du pied, elle tint à gagner elle-même sur deux cannes le perron qu'Yveline lui fit franchir avant de la caser dans l'ancien fauteuil de Séverin que la vieille dame reconnut, assura-t-elle, au grincement d'un ressort cassé.

— Je vous vois, récita-t-elle une fois de plus, mais j'ai les yeux muets ; je ne sais plus ce que c'est qu'un visage, donc j'ignore la laideur ou la beauté...

— Quel avantage ! fit Yveline.

— Oui, surtout quand je me regarde dans la glace !

Elle raconta sa vie pendant deux heures et repartit, très satisfaite, en confiant à Francine qu'elle n'avait jamais entendu une jeune femme se taire si gentiment.

*

La semaine suivante survinrent à l'improviste Thérèse, André et le petit Gérard. Leur père et grand-père n'étant pas rentré de Paris où il assistait à la conférence d'un de ses amis sur Héliogabale, Yveline qui, à l'étonnement du jeune ménage, avait fait à tout hasard, en prévision de sa venue, l'acquisition d'un berceau-valise y coucha le bébé après l'avoir changé, les couches ayant aussi été prévues. Puis elle proposa un tour du propriétaire qu'en fils de celui-ci M. André Laguenière, inspecteur des Postes, fit d'un pas assuré. Le jardin fut trouvé suffisant, c'est-à-dire petit par comparaison avec celui de Montargis. Pour le cœur de Papa on se félicita que la maison fût de plain-pied et que le bureau fût peint en vert, couleur apaisante, préconisée pour les cardiaques par les études faites à l'hôpital Ambroise Paré. Présentée comme *notre chambre* une pièce, dotée d'un lit de cent quarante à deux oreillers, ne fut honorée que d'un battement de paupières. La chambre d'amis retint davantage ainsi que le cabinet, reconstitué, du conchyliologue aux vitrines spectaculaires :

— Je ne suis pas de ceux qui blaguent Papa pour sa collection de coquillages, dit l'inspecteur, d'une voix pénétrée. C'est une des plus belles de France. Je sais qu'il l'a léguée au Muséum et je me demande s'il n'a pas de ce fait dépassé la quotité disponible.

Mais on arrivait à la salle qui plut beaucoup :

— Nos vieux meubles l'arrangent bien, reprit le fils.

Et son œil posséda. Quand une nouvelle femme vit dans le mobilier que les enfants ont connu avant elle, il y a toujours de l'agacement dans l'air. Yveline allait sûrement pour l'apéritif ouvrir le buffet, sortir des verres : gestes qu'André avait détestés chez Solange en souvenir de sa mère. Mais non, elle tendait l'oreille :

— Ce n'est qu'un chat, dit-elle. J'ai cru que c'était le petit.

Puis elle proposa négligemment :

— Au fait, je pourrai vous le garder, demain, si ça vous amuse de suivre avec votre père la chasse à courre en forêt de Fontainebleau.

*

On le sut très vite chez les Gregh et les Raon : en cas de voyage, de fête, de réception, on pouvait disposer d'une baby-sitter gratuite et sûre, le samedi, le dimanche et, ce qui était plus intéressant encore, durant ces vacances dont, au long de l'année, les pédagos sont pourvus. Caser le bébé étant le problème numéro un des couples qui veulent échapper de temps en temps aux joies de la puériculture, l'argument devenait irrésistible et presque aussitôt s'établit entre Rose et Thérèse un accord tacite pour respecter un tour de rôle. Fin février Rose put ainsi aller skier à Combloux, tandis qu'à Pâques Thérèse s'envolait pour Madère. Seul, Paul continuait à maugréer :

— Ça vous arrange, peut-être, mais vous risquez de lui donner des idées.

*

C'était exactement ce qu'en pensait Gérard, d'abord très satisfait de ce qu'il avait cru n'être de la part d'Yveline qu'une jolie manœuvre pour rallier ses enfants. Maintenant il s'interrogeait. Le regard concupiscent d'Yveline braqué sur Irène ou sur Gérard III, lorsqu'il fallait les rendre à leurs parents, en disait long et, s'il n'y a rien de plus naturel chez une femme, le vœu qu'il exprimait, traduit en clair, n'aurait pu déchaîner chez eux que la stupéfaction. Même en admettant que de son fait à lui, Gérard, ce fût encore possible, n'était-ce pas absurde de seulement y songer et, qui pis est, d'y songer sans se rebeller aussitôt, d'en disputer avec lui-même, de faire et de refaire un certain calcul mental aboutissant toujours à la même conclusion qui lui avait déjà interdit de planter un sapin bleu, trop long à croître ? Amour tardif, amour improductif : accepter le corollaire, c'était sûrement pour Yveline le plus gros sacrifice qu'elle pût consentir et d'autant plus injuste que lui, du moins, il avait trois enfants. Mais passer outre, n'était-ce pas l'exposer, elle encore, au radical abandon de famille que constitue la mort du père ? Balançant, Gérard n'osait pas en parler franchement. Yveline non plus. Elle avait bien, un soir, fait une remarque en se mettant au lit :

— Tiens ! J'allais oublier ma pilule. Et justement ce n'est pas le moment...

Mais Gérard, indécis, n'avait pas accroché. Dire oui, dire non, dans les deux cas, quelle responsabilité ! Il se reprocha durant trois semaines son silence en espérant qu'Yveline tenterait une autre approche. Il n'en fut rien et le silence, entre eux, devenait un malaise quand un simple faire-part, annonçant la naissance d'une fille chez un lointain cousin, les fit réagir en même temps.

*

Ce jour-là — un mardi pluvieux — le courrier était arrivé tard, tandis qu'ils buvaient leur café. Six journaux et, fait plutôt rare, seulement deux lettres, dont un relevé bancaire et ce carton rose que Gérard tendit à Yveline en murmurant :

— Bertrade ! Le prénom rare fait rage.

Trois minutes après, dans son bureau, Gérard plongeait la main dans la poche gauche de son veston et en ramenait son portefeuille : ce portefeuille au cuir encore craquant, aux coins nets, qui avait remplacé l'ancien, d'origine suspecte pour Yveline ; ce portefeuille qu'un homme a sans cesse sur le cœur, qui enveloppe son identité, ses cartes de crédit et les photos de celle dont il doit le tenir, puisqu'il en est le consort.

De la pochette intérieure il tira trois photos : une de face, une de profil, une de trois quarts et les considéra, la tête penchée à droite, la tête penchée à gauche, les cils battants. Ça suffisait comme ça ! Une enveloppe, s.v.p. ! Une feuille de papier ! Ils l'avaient décidé depuis le premier jour : restons des correspondants, conservons aussi, quand elle s'impose, cette forme de dialogue plus concentrée que l'orale, plus réfléchie. Le sujet valait bien une petite cérémonie de plume. Gérard laissa courir son stylo :

Chérie, je crois que, refusant de nous réduire à deux verbes, coïter, cohabiter, *nous avons réussi à nous* coopter *sans cesse et que la plupart de nos difficultés nous les vivons comme un poisson vit ses arêtes. Il en est une, pourtant, qui n'est pas résolue. Te restant nécessaire, te suis-je suffisant ? Tu es en train de rêver à l'addition 1 + 1 = 3...*

Il ne put en écrire davantage. Arrivée sur de traîtres chaussons, Yveline fourrageait dans ses cheveux trop foncés, reteints de l'avant-veille avec un Brun n⁰ 6 au lieu d'un Brun n⁰ 4. Elle balaya d'une main les photos et de l'autre tendit un billet plié en quatre :

— Si ces filles intéressent Monsieur, daignera-t-il néanmoins lire ce pli urgent ? dit-elle.

— J'étais en train de vous en adresser un, Madame ! dit-il.

Elle avait eu la même idée que lui. Il n'avait plus qu'à lire :

Gérard, il ne peut être question de te forcer la main. Mais rappelle-toi que je n'ai pas de famille : si j'en veux une, il faut que je la fasse. Songe que, si un jour tu venais à me manquer, il ne me resterait rien de toi. Ce que je te demande n'est peut-être pas raisonnable. Mais notre couple ne l'est pas davantage, ni ton défi que je t'offre de compléter. Une nouvelle vie, un nouvel amour, un nouveau livre, c'est bien. Fais-moi un nouvel enfant et ce sera parfait.

Il était resté assis. Il respirait court. Il pesait de tout son poids sur sa chaise. Derrière lui, contre lui, le menton bloqué sur son épaule, Yveline lui soufflait dans l'oreille :

— Après tout j'ai un métier.

Et c'était vrai qu'elle pouvait, *en cas de,* se débrouiller seule. Mais, en conscience, ne serait-ce que pour la forme, il se devait de plaider pour la prudence, sur le ton de la plaisanterie :

— Je suis pour toi l'insécurité même ! En supposant qu'il naisse dans l'année, ce gosse, j'aurai plus de quatre-vingts ans quand il entrera en sixième et pour son bac j'approcherai des nonante. Et tu vois d'ici, j'imagine, la tête de mes autres lardons ?

— Et alors ? fit-elle doucement.

Et alors il fondit. Une chaleur l'envahit. Qu'est-ce qu'il en avait à faire, en effet, de cette foutue sagesse ? Quel luxe il pouvait se payer ! Ça n'a rien d'un exploit de se perpétuer : ce que réussissent aussi bien les cabots errants, les mouches copulant noir sur noir et dans les profondeurs des mers le peuple des harengs... Mais tout de même ! Non seulement l'avoir évité, mais faire sortir ensuite un être du néant, c'est pas beau, ça ? C'est pas beau de faire un enfant plus jeune que votre arrière-petite-fille et le faire sur commande, à celle-ci, qui avait si fort envie de vie à se mettre en ventre et qui se la rentrerait, et qui se la sortirait, n'en déplaise à quiconque, aux sœurs, aux fils, aux gendres, aux brus, à tous les conseilleurs radotant que ce n'est pas sérieux, qu'assez chanceux pour disposer d'une dame, à cet âge, et de pouvoir en jouir on se doit du moins de fonctionner pour rien, de savoir ménager la machine à plaisir ?

Et Gérard, se relevant d'un coup, se retournant, saisissant Yveline par-dessous les aisselles — à cet endroit tiède où pour se raser les femmes empruntent votre Gillette —, l'attira si violemment à lui qu'un gros bouton de sa veste s'imprima dans le sein gauche :

— Nous n'en sommes plus à une folie près ! cria-t-il.

31

Edith passa d'abord lentement, mais dès qu'elle aperçut sur le pas de sa porte son ex-voisine, elle mit les gaz. Elle ne voulait surtout pas être hélée, arrêtée, interrogée sur deux tons dont elle se reprochait de trouver un écho en son for intérieur : l'un plein de considération : *Et comment va votre papa ?* l'autre proche de la commisération : *Et votre maman ?*

Elle roula. Nemours, Moret-les-Sablons s'échelonnent au long de la même ligne et depuis l'installation de son père dans cette ville, Edith, partant le matin, pouvait facilement aller déjeuner chez lui, revenir à mi-chemin dîner chez sa mère et le soir rentrer chez sa tante. Mais à l'autorail, par temps sec, elle préférait son vélomoteur, cadeau d'anniversaire offert collectivement par la famille et qui, la délivrant des horaires trop précis de la SNCF, lui permettait aussi de se faire à l'occasion accompagner par Francis, philo comme elle au Lycée-en-Forêt. En ce cas, comme Francis habitait son ancien quartier, elle faisait un détour pour revoir sa rue, sa maison, son jardin où jouaient des enfants de couleur tandis qu'un chien-loup, posté à la grille, osait lui montrer les crocs. Depuis que l'hiver avait dépouillé les arbres elle enrageait d'apercevoir son bateau dansant sur une eau ridée par le vent et, à l'entrée, une plaque de cuivre gravée d'un nom bizarre : L'OGOUETTE. A cent mètres de là personne n'attendait devant la cabine téléphonique. Francis n'avait pu se rendre libre ou préférait le match de foot. Edith fila sans s'arrêter. Son record sur trente-trois kilomètres, malgré la traversée de Dordives et de Souppes, était de trente-cinq minutes. Elle en mit trente-quatre pour arriver devant la librairie. S'étonnant de la trouver déjà fermée, elle fourra sa machine dans le garage à vélos de l'immeuble, boucla son antivol et grimpa vivement au premier où elle se pétrifia sur le palier. Ça beuglait : à gauche, précisément, derrière la porte où deux punaises maintenaient la carte de visite de SOLANGE BREINT, mais où n'était faite nulle mention de l'existence de Bernard Montort. C'était pourtant ce dernier dont la voix, étonnamment vulgaire, ne cessait de monter. Nul besoin de tendre l'oreille : on devait l'entendre du dernier étage :

— Tu me prends pour un con ou quoi ? Tu crois m'avoir acheté avec un titre de patron bidon ? Tu te figures que je vais continuer à remonter ta boîte, si je ne suis pas vraiment ton associé ? Réfléchis ! Côté boulot comme côté pageot, si je te laisse tomber, tu te ramasseras mal. Pour aujourd'hui, salut ! Je me tire à Ferrières.

Un bruit de talons suivi d'une bousculade de cintres apprit à Edith qu'on cherchait un manteau dans le placard du vestibule. Elle ne fit qu'un bond au second et, penchée sur la rampe, put voir Bernard claquer la porte, puis descendre posément en allumant une cigarette. Pas question de quitter tout de suite son perchoir. Elle hésitait. Des discussions de ce genre, jusqu'ici moins violentes, elle en avait entendu plusieurs. Elle savait que la librairie, tenue auparavant par de vieilles gens et fortement concurrencée, ne rameutait guère de clientèle, que Bernard trouvait amère une situation ambiguë qui était loin de lui assurer les avantages escomptés. Elle n'ignorait pas non plus que ces questions d'intérêt — où sa mère se montrait plutôt âpre — n'étaient pas les seules. Image inversée de celui de son père et d'Yveline, le couple formé par sa mère et Bernard ne donnait pas du tout la même impression de jonction satisfaite, de tranquille indifférence envers les railleurs. De cela comme du reste Edith n'avait pas envie de parler. Ne pas choisir, ne pas intervenir dans les affaires de ses parents, n'avoir avec eux que des rapports de fille, elle s'y tenait. A Nemours, c'était d'autant plus nécessaire de se taire qu'elle n'aimait pas Bernard, ses manières, sa minable barbouille, sa qualité de faux beau-père aux yeux douteux. N'avait-elle pas déjà eu tort d'informer sa tante pas fâchée de commenter rudement les déboires de Solange :

— Quand on a manqué de cœur, l'amour parfois devient une punition.

Mieux valait repartir. Après tout sa mère ne l'attendait pas. En principe Edith devait ce week-end à son père, parti pour Trèves afin d'y rencontrer des spécialistes locaux du passé romain de la ville. Sur la pointe des pieds, marche après marche, Edith se retrouva au premier. Mais elle fut bien obligée de longer la porte derrière quoi reniflait Pilou qui, avec son infaillible mémoire de chien, la salua d'abois suraigus. Croyant sans doute que Bernard remontait, Solange ouvrit :

— Ah, c'est toi !

Elle n'avait pas les yeux secs et, sa fille à peine

embrassée, ne put s'empêcher de la prendre à témoin de ses malheurs :

— Je ne sais pas si ton père file le parfait amour avec sa petite prof, mais Bernard vient de me planter là... Une fois de plus ! Il y a des samedis où après avoir abaissé le rideau il s'en va chez lui sans me prévenir. Je ne le revois que le mardi matin...

Plus inquiétante que la scène à quoi il fallait se résigner était l'apparition même : rouge, poudre, laque, Solange en usait naguère avec assez de discernement pour ne pas avoir à tout instant l'air de sortir d'un institut de beauté et son élégance se gardait de passer du chic au choc. Mais elle en arrivait là justement : à ce moment cruel où, chez certaines femmes dont les proportions changent, le goût se pervertit en refusant d'admettre qu'on ne peut à la fois suivre une mode et la contredire. A force de se travailler le visage elle semblait en avoir deux l'un sur l'autre ; le premier décollable en somme et la trahissant comme son parfum, excessif, agressif, comme son ensemble de cuir vert dont la jupe lui venait à mi-cuisse.

— Je suis gâtée ces temps-ci, continuait-elle. Le chat aussi s'est sauvé : il est en chasse quelque part dans les cours. Tes tantes ne sont pas venues me voir depuis deux mois. Tu penses ! A Montargis elles profitaient de la grande maison, du parc, de la piscine, de la rivière : c'était presque leur résidence secondaire. Maintenant pourquoi viendraient-elles se claquemurer ici ? Et je ne parle pas des amis... Disparus ! Pour la même raison. Et aussi parce que la plupart c'étaient ceux de ton père...

— Je t'en prie ! Lâche un peu !

Essayant d'interrompre ce lamento, Edith s'était engagée dans l'étroit escalier en spirale permettant de descendre directement à la librairie :

— Nous avons une disserte à faire sur *l'Etranger* de Camus. Tu dois avoir ça en livre de poche.

Mais sans songer à ce que pouvaient supporter les oreilles de sa fille Solange, s'excitant toute seule, hachant ses phrases, haussait le ton :

— Ma pauvre chérie, ta mère est une sotte qui a fichu en l'air une situation après tout assez enviable... Elle s'accroche maintenant à un garçon qui la plaquerait volontiers, s'il pouvait... mais qui ne le peut pas... parce que, figure-toi, nous sommes en pleine crise de chômage... Parce que, s'il m'abandonnait, comme il m'en menace parfois, il aurait toutes les chances de pointer longuement à l'ANPE...

— Je t'en prie ! répétait Edith.

Peine perdue : c'était à elle-même que Solange en avait.

— Mais si je le tiens, il me tient... C'est lui, le libraire et moi seulement la propriétaire du fonds. Tu vois, n'est-ce pas, comme tout cela est sentimental !... Et pourtant... l'idée de perdre Bernard ça me prend à la gorge, ça m'étrangle... Si tu savais comme c'est vrai, le dicton, qui dit des femmes qu'elles deviennent folles deux fois : pour le premier et pour le dernier !

Edith, qui cherchait son livre en faisant tourner le présentoir, se retourna brusquement :

— Le dernier ? Si seulement !

Mère et fille se regardèrent, aussi effrayées l'une que l'autre de ce qui pour la première fois, dans la bouche d'Edith, ressemblait à un jugement :

— C'est trop injuste ! gémit Solange. Que me reproches-tu ? D'avoir raté ce que ton père semble réussir... ? Est-ce ma faute si pour une femme de cinquante ans c'est beaucoup plus difficile de refaire sa vie que pour un homme, même plus âgé, dont le physique compte moins que la situation... Je sais, figure-toi, je sais : je suis en train de perdre, moi, sur les deux tableaux.

Edith, désolée, se rejeta vers sa mère noyée dans son parfum et dont la peau, sous le baiser, offrait un velouté de pêche mûre :

— Excuse-moi, je me suis mal exprimée. Je voulais dire qu'au lieu de la gâcher à deux, ta vie, tu pourrais la refaire seule. Si tu veux je finis mon bac et dans deux mois je viens t'aider.

32

Ménage, lignage, ouvrage, tout va bien et pourtant aujourd'hui tout lui paraît gris. Peut-être parce que depuis vingt-quatre heures il a complètement oublié ses médicaments et que sa chimie intérieure s'est modifiée. Peut-être parce qu'il subit une sorte de choc en retour : on se force pour gagner une partie, on faiblit ensuite parce qu'on n'est plus mobilisé. Peut-être à cause d'une simple phrase entendue à la radio lors d'une émission médicale : *L'espérance de vie masculine moyenne dépasse légèrement soixante-neuf ans.* Gérard approche de soixante-dix.

Pourtant il le savait depuis longtemps. Il a même une fois lancé à sa sœur qui lui reprochait — écart très rare de sa part — de reprendre un petit verre de prunelle :

— Bah ! Je devrais statistiquement être mort et les morts n'ont pas de régime.

Il n'empêche ! Les mots ressemblent à certains microbes qui pullulent en nous et ne deviennent virulents que par accès, sans trop qu'on sache pourquoi. Pour arranger les choses, Gérard, qui vit du papier, mais déteste la paperasse, s'est énervé sur un formulaire de la Sécurité sociale lui réclamant pour la troisième fois une pièce déjà fournie pour le renouvellement de l'exonération du ticket modérateur. Yveline, qui commence à bien le connaître et sait qu'il n'évite pas de temps à autre une petite crise d'intolérance envers lui-même, est au collège et ne saurait le calmer. Présente, elle ne l'essaierait peut-être même pas. Il est assez sain qu'il fulmine tout son soûl et gratte deux ou trois pages de cahier :

J'ai une chance inouïe, mais à quel prix ! On peut vendre ou réparer ou fuir une maison dont les poutres sont bouffées par les termites et la robinetterie envahie par le calcaire. Un corps s'habite de force ! Ce type qu'il faut soigner, droguer, surveiller, piquer, teindre sans cesse, je ne m'en débarrasserai pas (du moins, pas avant qu'il ne se débarrasse de moi).

Pourtant parce que je n'ai pas d'infirmités visibles, ça paraît facile (même pour mes enfants, même pour Yveline) de me vivre, de penser cinq fois par jour à ma trinitrine comme un bon musulman à la prière, de quêter régulièrement l'ordonnance spéciale 100 % revêtue de l'autocollant réglementaire de la CPAM, de poster les feuilles de soins dûment garnies de leurs vignettes.

Ça paraît simple de s'économiser sans que ça se remarque, de compter sur les ascenseurs, de s'abstenir de rendre visite aux amis affligés de hauts escaliers, d'avoir dans la tête la liste des rues en pente, des restaurants où le téléphone et les toilettes sont au rez-de-chaussée. Ça paraît simple d'éviter les baluchonnages, les efforts, les excès de vitesse, la conduite prolongée, les cacophonies, les violents débats, les sorties par grande chaleur, grand froid ou grand vent, les films à suspense, les avions mal pressurisés, les foires, les foules, les cocktails où l'on étouffe dans l'embou-

canement général. Ça paraît simple de se limiter aux distractions douces comme la lecture, les boules, le golf, les cartes, la pêche à la ligne (où je ne suis jamais arrivé à embecquer sur la pointe d'un hameçon un ver gluant qui se tortille). Ça paraît simple d'accepter qu'il y ait des vivants plus vifs que vous, de ne galoper ni après le bus ni après personne, d'aller à son train quand les autres vont au leur. Ça paraît simple de ne pas se plaindre, de ne pas effrayer en s'effrayant, de se persuader que tout va bien, d'en persuader les parents, les amis et même votre femme, surtout votre femme qui regarderait d'un autre œil son bonhomme constamment affalé sur le canapé. Ça paraît simple de soigner une réputation d'aimable faiblesse, seulement plus avide d'oxygène, plus sensible à la pesanteur, mais dans ses ménagements plus durable que mainte belle santé, plus douée pour la résistance, la conservation, l'étirement de la durée. Ça paraît simple de faire constamment semblant...

Bon Dieu, non, c'est exténuant ! Ça demande une attention de tous les instants, même dans ceux où par nature on se laisse aller, vous m'entendez, et où il faut savoir reprendre sa respiration. Mais le pire, c'est de savoir résister au plus méchant des mots de cinq lettres : Quand ? *A ce mot qu'on lit souvent dans les yeux des gens qui vous savent « atteint », qui supputent, qui parient sur la dernière date de votre biographie. A ce mot qu'on ne doit soi-même jamais se répéter dans le même but, même pour s'accorder un futur longuet, même pour faire de l'humour noir dans le genre : « De dix à quinze ans, quoi ! Il me reste en gros une vie de chien. »*

*

Malgré la propension de Gérard à se débonder de cette façon, le morceau de bravoure n'a pas suffi. Pour se détendre il a dû abandonner son travail, quitter son bureau, se donner congé, prendre sa voiture et se conduire en forêt : pas sur les lisières, là où elle est salopée de papiers gras, plantée de putains sylvestres qui font la retape buissonnière, mais assez loin pour échapper à la civilisation. Il a laissé sa CX au Carrefour des Cèdres, il s'est enfoncé dans ces profondeurs où selon les vertus du sol ou de la feuillée pourrie, par places connues des ramasseurs, prospèrent les jonquilles de mars — la rouge bien plus rare que la jaune —, les jacinthes bleues d'avril, le muguet de mai, les champignons de septembre parmi quoi se trouvent toujours quelques mortelles phalloïdes que seul ronge impunément le lapin. Il ne fait ni chaud ni froid. C'est un petit vent sec qui en décide, çà et là, selon les coulées, l'abondance des troncs qui le divisent et de la jeune frondaison qui l'étouffe.

Marchant le long des ornières laissées par les fardiers et qui, pleines d'eau, sont des abreuvoirs pour les merles, Gérard mettra une bonne heure à chercher, à trouver ce coin de futaie où survit un chêne gigantesque qui dut sortir de terre sous Charlemagne et en qui s'est lignifiée une masse si considérable de temps qu'adossé à son tronc, les mains palpant l'écorce profondément striée, grise de lichens et de parmélies, le passant, si provisoire, peut respirer un moment dans une aire d'interminable longévité.

*

Il faisait nuit quand il est revenu, songeant qu'un chêne peut sans difficulté avoir mille ans de plus que le plant né de son dernier gland. Mille ans ! A ce compte-là vous sautez de Pépin le Bref à Louis XVI, quarante rois deviennent inutiles, tandis que se succèdent trois cents générations de renards. Qu'y a-t-il d'étonnant, dès lors, à ce que Mathusalem, mort à 969 ans, selon la Bible, ait engendré Lamech, en pleine jeunesse, autour de 300 ans ? Et parce qu'apparemment depuis les patriarches la vie s'est raccourcie on trouverait indécent, maintenant, d'en faire autant à seulement soixante-dix ?

Or c'est précisément comme il poussait la porte, enfin souriant, qu'Yveline, rentrée avant six heures, lui a sauté au cou, disant d'une voix précipitée :

— Chéri, je n'ai pas voulu te donner une fausse joie, j'ai attendu pour t'en faire part, mais j'ai maintenant huit jours de retard. J'ai acheté tout à l'heure un Prédictor : nous ferons le test demain matin.

*

Tout change et ce jour devient faste.

Elle est radieuse. Et lui muet : comme Zacharie après l'annonce. Il a pu ! Décidément il aura tout eu. Depuis qu'elle a réclamé son droit à l'enfant, Yveline, devant Gérard, a mis à la poubelle sa boîte de trois plaquettes où s'alignaient, numérotées, onze mini-dragées ocre et dix brunes de Gynophase à base de ces produits aux vertus malthusiennes et aux noms lourds de poésie pharmacochimique que sont l'acétate de noréthistérone et l'éthinylœstradiol. Quant à lui, inquiet, il est retourné tout exprès à Montargis pour inviter Luc Lhomond à déjeuner au restaurant chinois de l'avenue du Général-de-Gaulle.

— Que peuvent valoir mes gamètes ?

Lhomond l'a rassuré :

— Mais voyons, Gérard, le sperme est fabriqué à mesure, il est toujours frais. Ce sont les ovules féminins, en place depuis la naissance, qui courent des risques — de trisomie, par exemple — s'ils ont trop attendu. Pas de problème. Des hommes ont fonctionné plus tard que vous. Un duc de La Trémoille, désespéré d'être sans postérité, épousa une fois veuf une demoiselle de dix-huit ans dont il eut un fils. Paul Reynaud, né comme moi à Barcelonnette, s'est remarié, si je ne m'abuse, à soixante-quinze ans et a eu plusieurs enfants. La conception de saint Jean-Baptiste n'est miraculeuse que du fait de sa mère, Elisabeth...

Encore sceptique malgré tout, Gérard a voulu en savoir davantage. La preuve par l'enfant, ça l'obsédait. Il lui est arrivé de se réveiller, indigné : il venait de rêver qu'à sa demande André lui avait prêté le nécessaire pour obtenir, in vitro, un embryon génétiquement issu d'un frère-père qui pour lui, Gérard, serait au moins son petit-fils. Ça devenait malsain. Alors, pour s'assurer d'être seul en cause en cas d'échec, il s'est fait faire un prélèvement, toujours grâce à Lhomond qui l'a accompagné au labo. Après préparation il a pu mettre lui-même l'œil à l'oculaire du microscope et dans une goutte de sa semence, parmi des globules blancs, des granules, des cellules détachées des conduits séminaux, il a pu voir grouiller ses frétillantes petites bêtes poussées en avant par leur flagelle à la vitesse de deux centimètres-minute et ressemblant vaguement à du soja germé pris de frénésie.

— Un grain de cinq centièmes de millimètre qui programme toute une vie ! a dit Lhomond, pourtant blasé.

— Un seul parmi des milliers et qu'on ne peut pas choisir ! a dit Gérard.

*

On sait ce qu'on fait quand on plante un pommier, mais pas quand on plante un enfant. Ça l'a tarabusté pendant toute la nuit. Il a retrouvé de vieux sentiments éprouvés lors de la naissance d'André comme d'Edith : la peur d'un raté qui l'avait fait se précipiter sur le bébé, à peine détaché, encore gluant, pour s'assurer qu'il avait bien son compte de doigts, qu'il était normal de partout ; une certaine humilité, aussi, contredisant l'orgueil du géniteur. Pour ce qu'il a fait c'est tellement ridicule, le chant du coq ! Les pères sont démunis en face des mères qui, à partir d'une malheureuse cellule mixte, font de l'incarnation personnelle, vous livrent un être compliqué qui a quatre membres, une tête, un corps, un cœur, un foie, des reins, des poumons, encore moins spectaculaires que cette tuyauterie où coule un liquide caloporteur et ce câblage qui ridiculise le meilleur électricien. Même s'il a fourni la moitié du programme, qu'a-t-il donc fait, le père, pour le réaliser ?

Pourtant au petit matin ce n'est pas Gérard qui s'est réveillé le premier. D'ordinaire Yveline se lève à sept heures quel que soit l'horaire, variable, de ses cours. A six la voilà déjà debout et certain bruit de source la trahit. Une minute de plus et elle sort, en chemise, de la salle de bains avec un flacon jaune. La nature, pour qui n'existe aucune fonction moins noble qu'une autre, qui se sert des mêmes régions du corps pour l'excrétion et l'amour, fait depuis deux mille ans l'économie d'un ange. La souris, la lapine, la grenouille, à qui plus récemment fut dévolu le même rôle, en sont maintenant écartées. Le révélateur désormais, c'est la présence infinitésimale du prolan, dénoncé par un colorant.

— Sainte Hormone, priez pour nous ! murmure Yveline qui ne plaisante qu'à moitié.

Le Prédictor est sur la table, avec son mode d'emploi illustré. Gérard commence par enlever le couvercle qui, retourné, accueille le contenu du flacon. Puis il enlève le bouchon de l'éprouvette au fond de quoi attend une perle rouge. Il y vide le contenu de la pipette. Puis prélevant un peu d'urine il en laisse tomber trois gouttes. Il rebouche l'éprouvette, la secoue, la remet en place. Le liquide est de couleur rubis.

— Dix minutes d'attente ! dit-il avec un sourire contraint.

Certes, la manipulation tient du jeu offert aux teenagers : *Le petit chimiste.* Elle tient de l'expérience scolaire de dosage par la phtaléine du phénol, incolore en milieu acide, pourpre en milieu basique. Pourtant si rien n'est plus profane que l'effet d'un réactif, celui-ci a de telles conséquences qu'elles se classent dans l'ordre du sacré ! Gérard le sait bien : ce n'est pas la mort en soi qui reste insupportable, mais la fin du monde dans la fin de chaque être et nul ne l'a jamais contournée que par procuration : l'enfant, c'est la vie éternelle. Propos qui étourdit un peu ! Pour se défendre du solennel Gérard n'a d'autre ressource que la blague :

— Ça doit seulement prouver que tu es mère ou non ! La paternité, elle, est toujours un acte de foi.

— Salaud ! souffle tendrement Yveline.

Elle l'enlace, elle l'accroche, elle l'entraîne. Quatre bras, quatre jambes emmêlés font un Laocoon qui va s'écrouler sur le lit, s'y débat, s'y resserre et finit par y refaire ce dont précisément elle et lui étaient en train de contrôler le résultat. Curieuse mêlée où parmi les chuintantes étouffées des deux genres, *chéri, chérie,* les froissements de sommier, les bruits mouillés, les petits râles de fond de gorge, s'intercalent bouts de rires et bouts de phrases haletées : *Et les facteurs sanguins, alors ?* Le tout, à la lumière discrète de la veilleuse qui se mêle à celle du jour naissant salué de coqs enroués, durera bien deux fois le temps qu'indique la notice pour se terminer soudain par le soulèvement de deux têtes et le cri commun :

— Rose !

Le test est positif.

33

Débat inévitable sur les conséquences. Indifférente aux conventions pour elle jusqu'alors résumées par un état civil factice, Yveline appartenait à cette génération pour qui l'amour n'a pas besoin d'être ratifié et vit mal d'obligation comme d'habitude. Le mariage procédant de l'une et de l'autre, elle s'en serait fort bien passée pour se contenter d'une vie commune librement reconduite telle qu'elle l'appréciait depuis huit mois. Quant à Gérard deux échecs pouvaient à juste titre le rendre allergique à l'épithalame. Mais qui peut nier que, si les concubins jouissent maintenant des droits sociaux et d'une tolérance à peu près générale, l'enfant naturel reste un handicapé? Yveline en savait quelque chose; et c'était pour Gérard III qu'André, resté sur la question longuement soixante-huitard, avait dû régulariser. *L'enfant cause et non plus effet du mariage,* c'est une rengaine de sociologue.

Cependant, quand alertée par un coup de téléphone de son frère: *Yveline attend un bébé,* Francine eut, sans commentaires, répercuté de fil en fil la nouvelle, ce fut l'inspecteur des Postes qui tempêta le plus fort: à sa manière, moins rogue que chiffrée:

— Inepte ! Statistiquement Papa n'a que sept ans devant lui pour élever ce gosse. Il ne peut à son âge contracter aucune assurance sur la vie en sa faveur, sauf en versant tout le capital d'un coup, opération contestable car elle nous léserait tous.

Laguenière fertile, concurrencée dans ses œuvres, outrée qu'une étrangère à la famille eût le pouvoir d'en refaire, Thérèse renchérit :

— Il n'y a qu'une solution, l'IVG.

Dans l'intérêt de Rose Marie en fut, plus timidement, d'accord et Rose, dans l'intérêt d'Irène. Horrifiée d'une telle proposition — comme Francine, qui en bougonnant s'était mise à tricoter — Yveline, aussi véhémentement inspirée par la défense du nid, s'en prit directement à ses futures belles-filles qui reçurent chacune une carte où, en quatre lignes, elle précisait que, l'enfant ayant été fait le plus volontairement du monde, *il n'était pas question de l'assassiner.* Ce qui n'arrangea rien et transforma le tollé en bouderie compacte.

*

Dans ces conditions Gérard décida de s'en tenir strictement aux seules formalités. Pas de cérémonie. Pas de faire-part. Pas de cadeaux. Pas de réception. Pas de date fournie aux familiers susceptibles d'éprouver des remords et de surgir au dernier moment. Un jeudi, jour ouvrable qu'Yveline elle-même ne chômerait qu'à moitié, en se faisant remplacer pour son cours du matin, conviendrait parfaitement. Pour toute assistance les deux témoins requis par la loi, Gérard choisissant sa sœur et Yveline M. Gardebois, son ancien collègue de Saint-Y.

Cependant, avertie par un détail — le repassage d'une robe dont sa tante s'endimanchait rarement — il y eut une invitée-surprise : Edith qui sécha le lycée pour rallier la mairie à vélomoteur et rejoignit les quatre, modestement assis tout au fond de la salle sur les chaises de la dernière rangée. Ils attendaient derrière un grand tralala : mariée perdue dans ses voiles, débauche d'arums, six demoiselles d'honneur en bleu pervenche, six cavaliers en pantalon rayé, dames étalant des soies et des ors, notables rondouillards glorifiés par l'homélie municipale souhaitant bonheur à l'union du notariat et de la pharmacie.

Si ce fut long et solennel pour ceux-ci, ce fut court et discret — à souhait — pour ceux-là. Née d'un second oui, Edith put entendre son père prononcer le troisième. A mi-voix. Dans sa hâte d'aller banqueter avec le précédent cortège pour l'instant rameuté à la sortie par le photographe, l'officiant — qui avait un peu louché sur les dates de naissance et arborait un sourire entendu — se dispensa de speech et se montra plutôt chiche de félicitations. On passa vite au registre. Gérard apposa à côté de celle d'Yveline cette signature qui, bien plus que l'adverbe rituel, fait foi des consentements et peut néanmoins valider, en cas de séparation, la démarche contraire. Ayant vécu cette alternance, Gérard était visiblement mal à l'aise. Souci mineur : que vaut un nouvel engagement de qui s'est désavoué ? Souci majeur : comment se cacher qu'installé dans le définitif il l'était aussi dans le provisoire, dans le *Pourvu que ça dure !* en restant incapable d'assurer à sa femme des noces d'argent ni peut-être même des noces de bois ? En sortant de la salle il se pencha vers Francine qui marchait à sa gauche :

— Et maintenant, souffla-t-il, à la grâce du temps !

*

Après le déjeuner, dans un petit restaurant des bords du Loing, Francine qui n'aimait pas laisser Mamirna seule au Pommier repartit pour Villemandeur, M. Gardebois pour Saint-Y, Yveline pour son collège, Edith pour le Lycée-en-Forêt.

Gérard rentra chez lui : à pied, pour faire au moins une partie de ses kilomètres quotidiens trop souvent négligés. Dans les jardins paysagers des villas aux prunus rouges tranchant sur des érables blancs et des cyprès presque noirs, les dernières tulipes perdaient leurs pétales sur des gazons que rasaient les hirondelles. Un orage de mai montait de l'horizon, très vite et Gérard, ne pouvant courir, évita de justesse un déluge qui se déchaîna comme il entrait dans son bureau où son attention fut immédiatement retenue par une grande boîte de carton posée sur son sous-main.

— Elle m'a eu ! fit-il, amusé.

C'était évidemment un cadeau d'Yveline, qui pour son compte, hormis son alliance, avait refusé tout ce qu'elle appelait *métaux mous, cailloux et peaux de bêtes*. Gérard prit son canif, coupa la ficelle. La boîte, pleine de frisons, en recelait une autre qui, bourrée de la même façon, en contenait une troisième, remplie d'ouate où... Nom de Dieu ! Gérard en resta béant. Yveline n'avait rien dit. Elle était allée, en douce, à la vente de la collection Silberstein où lui-même n'avait pas osé mettre les pieds. Elle en avait ramené ça ! Elle s'était permis d'enlever ça aux enchérisseurs. L'orgueil du catalogue ! Un *Gloria maris* ! En ayant rêvé sur les planches en couleurs d'ouvrages spécialisés,

Gérard le reconnaissait bien, le fameux cône : fuselé, gracile, délicatement illustré de dessins au petit trait ; le fameux cône si fantaisiste qu'on ne connaît pas vraiment son aire de répartition limitée, semble-t-il, à une quinzaine de gîtes ; si méchamment venimeux que le premier exemplaire parvenu au British Museum aurait coûté la vie à son ramasseur ; si mythique qu'il fut un temps où seul le mikado avait le droit d'en détenir.

Accompagné de son certificat d'origine celui-là provenait de Lubang, une île des Philippines où il avait été dragué le 12 avril 1963 : c'était un spécimen exceptionnel comme n'en trouvent plus guère les écumeurs du Pacifique qui leur laissent rarement le temps de se développer. Le frottant contre sa joue, le passant d'une main dans l'autre, Gérard, ému de l'attention, un peu gêné — car enfin un beau *Gloria maris* vaut largement son million de centimes —, réfléchissait vaguement. Des trois boîtes successives le symbole était clair. Mais il s'avisait soudain de tout autre chose. Qu'est-ce qui vit dans un cône ? Son contenu. Tripaille, ventre-pied, tentacules, siphon respiratoire, bref, ce qui ne se conserve pas. Curieux rapprochement ! Le conchyliologue pouvait donner la main à l'historien : tous deux ne disposent que de l'inanimé, comme tous deux ne sont vraiment excités que par les hôtes célèbres de la mer ou des siècles.

*

Le cône mis en vitrine, dans le cabinet, Gérard revint dans son bureau se mettre au travail.

Son ouvrage maintenant approchait de sa fin : comme du reste son héros qui, las de contenir les

Sarmates, les Goths ou les Perses, las d'intervenir dans les gloses éperdues des théologiens, se mourait vilainement, lui, le « vainqueur perpétuel », d'une occlusion intestinale. Il venait encore de faire étrangler son neveu, pour supprimer un éventuel compétiteur. Impitoyable jusqu'au bout, notait Gérard reconnaissant que, tout de même, arriver à n'essuyer aucune défaite en trente et un ans de bagarres sur le Rhin, le Danube ou l'Euphrate, vider le Panthéon au bénéfice du Nazaréen, ancrer pour mille ans l'empire d'Orient à Byzance, il fallait le faire ! N'est-ce pas Napoléon qui, jaloux, a dit à son sujet : *Quel bilan !*

Et la journée passa. A six heures Constantin était mort et Gérard s'apprêtait à changer la cartouche de son stylo quand Yveline rentra et entrouvrit la porte :

— On sort, ce soir ? On s'offre la reprise d'*Aïda* au Palais omnisports de Bercy ?

Elle fut tout de suite contre lui qui essayait de gronder :

— Qui a enfreint la consigne pas-de-cadeau ?

— Toi le premier. Tu m'as donné ton nom, ce matin.

Leurs têtes s'inclinaient l'une vers l'autre et leurs joues se touchèrent. Et durant une minute ce simple contact leur fut délicieux. Enfin Yveline murmura :

— Voilà ! Nous n'avons plus qu'à vivre...

Un léger pli barra le front de Gérard qui laissa monter à ses lèvres, pour la seconde fois :

— Oui, maintenant à la grâce du temps !

1987

34

S'il n'en reste que onze, je ne serai pas le douzième, plaisantait Gérard quatre ans plus tôt ; et voilà qu'on n'en comptait plus que neuf et qu'il se pointait, dixième, à la réunion des anciens de son cours, si longtemps évitée. Pourquoi ? Par curiosité maligne sur le thème : *Où en sont-ils ?* Cela ne lui ressemblait guère. C'était plutôt une sympathie tardive qui avait joué : le dernier quart de la classe avait *tenu* et la réunion des bacheliers de 1931 pouvait apparaître comme un concours de bonne conservation où son état — appuyé par son état civil — permettait à Gérard de faire bonne figure. Ni lui ni Yveline, assez favorable à ce qu'elle croyait devoir être l'occasion de réconfortantes comparaisons, n'avaient prêté attention à un détail : c'était à tour de rôle que, désigné par Tardoir, pharmacien nantais, faisant office de secrétaire, chacun devait recevoir les autres et, pour 1987, l'amphitryon était un cinq-ficelles — dont deux en or et trois en argent — réformé après perte non glorieuse d'un bras dans un accident de chasse et, depuis son veuvage, retiré dans une maison de retraite de Chantenay : cadre évidemment peu favorable à l'oubli des déboires et des bobos collectionnés depuis un demi-siècle par ses invités.

Toujours est-il que, sous un ciel gris de fin novembre, débarquant de sa voiture vers midi et quart, Gérard fut tout de suite édifié par la rencontre, sur le trottoir même, devant l'établissement, d'un autre arrivant, gnome tout blanc, tout sec, fauchant l'asphalte de la jambe droite, mais doté d'un nez en bec de chouette et d'yeux ronds, cerclés d'écaille, si typiques que, remontant d'un brouillard de plus de six cents mois, un nom jaillit aussitôt :

— Brieuc Lavadec !

— Eh oui, fit l'hémiplégique, Brieuc le rigolo. Ex-quincaillier à Quimper : en gros, il est vrai, sur la fin. Présentement étudiant, à soixante-douze ans, malgré Montaigne qui proféra cette énormité : *La sotte chose qu'un vieillard qui ânonne l'abécédaire !* Moi, tu vois, je fais une licence ès lettres. Pour l'honneur !

Voilà qui était infiniment sympathique, qui signalait un beau souci de résistance aux pendules ! Un gamin riait dans les rides creuses, presque parallèles, qui striaient les joues du Breton. Mais déjà, torturant entre deux doigts de sa main valide un bouton du manteau de Gérard, pointant le menton au-dessous du sien, il postillonnait tout autre chose :

— Et toi, Laguenière, comment fais-tu ? Une pareille allure à nos âges ! Et une très jeune femme, dit-on ! Entre nous c'est dommage que nous ne recevions pas les dames. La tienne aurait sûrement rafraîchi l'atmosphère, consolé l'esthétique. Regarde-moi : tu as devant toi un échantillon des copains. Alors imagine ce que sont leurs nanas...

Franchissant la grille, pénétrant dans le maigre

même né grand-oncle de l'arrière-petite-fille de son inlassable géniteur !

Cependant Gérard faisait le tour de la table, serrant des bouts de doigts. Il reconnut Tardoir à sa verrue toujours plantée au coin du nez, mais flotta pour les autres dont un seul se nomma, Francheteau, en se touchant les oreilles pour montrer qu'il était sourd. Retombé sur sa chaise, le colonel déboutonnait un gilet traversé d'une archaïque chaîne de montre et grognait :

— Tu es en retard de cinquante ans, maître, et tu l'es encore aujourd'hui de vingt minutes. Je note que l'effectif s'est encore réduit, mais que pour la première fois il n'y a pas d'absents. Et maintenant on bouffe !

Un échange de coups d'œil suivit et un demi-silence traversé de chuchots, de cliquetis de vaisselle, de craquements de pattes de homard ouvertes au casse-noix.

— Il ne va pas nous intimider, ce bougre-là ! éructa le colonel.

Gérard gênait : comme un inconnu. Du moins il gêna cinq minutes. Comme il souriait dans le vide en écoutant poliment son voisin, un certain Benourd dont il n'avait aucun souvenir, lui parler de l'intérêt que présenterait pour la France l'élevage du Boukhara, le mouton à queue grasse qui produit l'astrakan, entièrement soviétique, la conversation s'anima, se croisa pour devenir une palabre confuse de potaches au réfectoire : à ceci près que des voix plutôt cassées, se servant du passé simple ou composé, mais très peu du futur, se mirent à chiner dans une brocante de souvenirs. Ceux qui ne s'étaient pas perdus de vue pouvaient sans doute suivre, se retrouver dans l'inextricable enchevêtrement de noms, de mariages, de naissances, de connaissances, d'allusions, d'adresses, de situations, de biens, de maladies, de gueuletons, d'enterrements, faisant de chacun un être tout à fait étranger au très ancien morceau de jeunesse vécu en commun.

Encore ne s'agissait-il là que d'un dialogue confus. Avec les idées — car ils en avaient, paraît-il — un prêt-à-penser défraîchi déferla. Puis les penseurs, qui levaient le coude, s'émurent, eurent grand-pitié d'eux-mêmes et bientôt, sans se douter que comparés à des clients d'hospice ils étaient, eux, des vieillards de luxe, ils en furent au lamento, entrecoupé tout de même de braves claquements de langue, de considérations satisfaites sur le cuissot de chevreuil et le Pommard 77. Et Gérard, abandonné par le partisan de l'introduction en basse Bretagne du mouton de Turkménie, n'eut plus qu'à écouter. Les pauvres ! Deux à deux, trois à trois, avec des pauses, pour honorer le coup de fourchette, mâcher, apprécier, déglutir, comme ils y allaient ! A gauche ça parlait d'agressions, de verrous, de systèmes d'alerte, puis sans transition de prothèses, d'appareillages pour édentés complets du maxillaire supérieur. A droite ils avaient tout perdu : les digestions faciles, leurs proches, quelques amis, beaucoup de relations, leur tailleur, leur confiseur, leur chanteur préféré, leur sénateur UDF remplacé par un PS, leur coiffeur qui employait la tondeuse et pas comme le nouveau le rasoir sur cheveux mouillés, leur tranquillité, le charme de leur rue gâché par des constructions neuves, *leur* Nantes enfin, leur Nantes de jadis dont ils étaient presque seuls à avoir connu l'Erdre coulant au milieu de la ville et le bras de Loire supprimé pour en faire un boulevard. En face c'était un peu la même chose : la cantilène au bel autrefois, mais avec une variante sur les dévaluations, sur les gains, les budgets et les foutues retraites qui vous les réduisent de moitié, si même elles ne risquent pas, mon Dieu! de capoter avec ce chômage, cette dénatalité qui raréfient les cotisants. Et de nouveau à gauche on percevait une confidence de Francheteau s'excusant de sa presbyacousie — *Tu sais, mon petit père, l'équivalent pour l'oreille de la presbytie pour l'œil* — sans entendre son interlocuteur gémir sur son arthrose. Et de nouveau à droite, mais repris par le chœur, un constat maupiteux : jamais plus, jamais plus, le désastre des glandes, rien, rien qui désormais brutalise la braguette et dans l'indifférence, dans la résignation, le vilain contentement de demeurer en paix. Ah, les copains, ce n'était pas des panthères grises, ni des fervents du Seniorem Shutz Bund, ni même des adhérents possibles au Club de l'Age d'Or! D'un pied nerveux tapotant le plancher Gérard enrageait discrètement, les regardant noter de précieux tuyaux confiés par l'un ou l'autre : la meilleure marque de fauteuil automatique de relaxation, de lunette-loupe pour lire les petits caractères, de générateur piézoélectrique antidouleur, de casque télé pour ne pas gêner les voisins en poussant le son trop fort, sans oublier les considérations sur les droits du conjoint survivant et le taux des pensions de réversion que peuvent espérer les veuves.

Il y eut bien, un moment, une jolie sortie de celui qu'on appelait Jo et qui, du fond d'une gorge que ravageait l'emphysème, ramena difficilement :

— Moi, le pire, je vais vous le dire... C'est que jadis à cent ans on faisait encore carrière, on préparait ici-bas l'avenir qui vous était réservé là-haut... et que, maintenant, zéro! Vive Bouddha et la métempsycose! Je veux bien revenir vautour ou crapaud : tout, plutôt que la retraite absolue!

Malheureusement dans la bouche de Tardoir fusa aussitôt l'association :

— Je vois si bien Baumel en serin !

Baumel, c'était le plus récent disparu : le chanteur, un peu niais, de la bande, spécialiste des romances de dessert, étouffé l'an passé par un cancer des bronches. Sujet tabou, en principe. Mais, les verres aidant, la fascination sénile devant la Dame Noire l'emporta :

— Au moins le voilà guéri ! risqua le colonel, très rouge. C'est ce que disent les Indiens de qui meurt dans sa tente.

— Affreux à penser ! enchaîna Tardoir. Mais décédez, mes agneaux, améliorez mes chances. Je vous remercie d'avance.

— A qui le tour ? cria l'éleveur sur pré-salé.

Gérard se recroquevilla. Au bar de l'escadrille pendant la guerre on savait qu'au prochain vol, sur une file de neuf pilotes accoudés au comptoir, deux au moins, abattus par la chasse ou par la DCA, ne reviendraient pas. Mais nul n'était assez stupide pour poser la question. Même en admettant qu'avant sa venue, pour lui faire payer ses dédains, ces imbéciles se soient donné le mot, la farce restait impardonnable. Plus hagards que rigolards, ils se regardaient tous. Mais le colonel le regardait, lui :

— Si ça se trouve, fit-il, si fringant que tu sois, maître, ce sera toi.

Alors Gérard se leva et, d'une chiquenaude, épousseta une mie de pain restée sur son veston. Moches, ils étaient moches de gueule, d'âme, de cœur et parfaitement à leur place dans ce ghetto d'avariés. Il n'avait rien à faire avec ces gens-là. Il ne devait pas rester une minute de plus. L'idée d'être lié à ces rebuts du siècle, l'horreur d'être de leur promo, de leur ressembler au moins par la date figurant sur sa carte d'identité, l'envie de vomir, de leur rendre leur déjeuner le faisaient trembler sur ses jambes. Il fit un pas en arrière, péniblement, en renversant sa chaise. Puis, tandis que les neuf, muets, effarés, se tassaient sur leurs derrières, l'un passant une main lente sur son crâne d'ivoire sale, l'autre émiettant un reste de pain, la plupart fripés de mauvais sourires, il alla en tanguant décrocher son manteau de la patère et l'enfila posément. Mais à la porte il se retourna et desserra les dents :

— A vous entendre je me demande pourquoi vous tenez tant à votre pauvre vie. Adieu ! Vous me démoralisez.

Puis soudain des bribes d'une chanson de Brel lui forcèrent la trachée et c'est en tirant violemment le battant qu'il se mit à chanter, admirablement faux, mais à tue-tête :

— *Me retrouver parfois, me retrouver une heure, une heure seulement, beau, beau, beau et con à la fois...*

Il braillait encore dans le couloir en bousculant un énorme paquet d'étoffe qui se révéla être une dame d'un volume impressionnant empaquetée dans un châle saupoudré de flocons et qui criait à la cantonade :

— Il neige !

Affligée d'une couperose éclatante et d'un *buffalo neck* considérable, la matrone le considérait d'une prunelle cernée par l'arc grisâtre du gérontoxon. Gérard s'excusa et, rejoint par un serveur qui lui tendait son cache-nez, il lui allongea royalement cent balles en maugréant :

— Je m'étais trompé de salle.

*

Mais le soir, dans son bureau de Moret, après avoir fort imprudemment patiné sur quatre cents kilomètres de route blanche avec une hâte de rentrer qui ressemblait à une fuite, il s'en voulut ; et la contrition lui inspira quelques lignes, grattées sur le cahier de moleskine :

Ces pauvres types ! Sauf Lavadec, ils étaient tous bien irritants. Mais le moins que je puisse dire c'est que j'ai manqué de charité envers eux. Nul ne peut plus compter sur le respect dont fut entouré Abraham, sur ses vieux jours retiré à Bersabée. S'ils sont ce qu'ils sont, les survivants du cours, c'est surtout parce qu'ils consentent inconsciemment à ce que la société moderne entend qu'ils soient : des êtres dépassés par les connaissances, les inventions, les mutations galopantes et en même temps multipliés par la gérescence qui les voue à la décohabitation familiale, au ghetto des MAPA et des unités de long séjour, purgatoires d'avant le jugement. Je les ai enfoncés dans l'opinion qu'ils ont d'eux-mêmes.

35

Elle eut d'abord un frisson. Un long, un profond soupir lui ramona les bronches. La tête lui tourna. Une onde chaude lui parcourut le corps, à fleur de peau, remonta vers le visage qui s'empourpra. Son pouls devint sensible un peu partout : aux tempes, au cou, aux poignets. *Encore !* murmura-t-elle, en regardant sa montre. Cela durait généralement cinq minutes, au bout desquelles elle frissonnait de nouveau, avant de passer dans la phase froide, où le front devient moite, la paume collante, la respiration moins serrée.

Elle l'attendit, maussade. Ces bouffées, Lhomond en prédisait pourtant la disparition. C'était vrai qu'elles devenaient plus courtes, mais non plus rares. Se sentant mieux, elle monta sur le Terraillon, vérifia son poids, puis se mit à retoucher ses aisselles à l'épiline. Elle n'avait pas le temps de retirer du frigo — dont elles ne doivent jamais sortir sous peine d'en gâter le liquide astringent — ses deux coupelles-soutiens-gorge et de procéder à une application sur seins bandés. Mais elle pouvait commencer son nouveau traitement de Sept-fois-Sept. Elle enfonça vivement le picot dans la première capsule, pressa le contenu dans le creux de sa main gauche et s'enduisit rapidement le visage, sans oublier le cou, ce fichu cou que rien vraiment n'empêche de gaufrer.

Elle n'avait plus maintenant qu'à procéder au maquillage léger que Gérard appréciait... Léger ! Il en avait de bonnes ! Désormais il ne pouvait plus guère l'être. On ferait au mieux. Tout en se crayonnant Solange, une fois de plus, constata que l'épilation spontanée de la moitié externe des sourcils dont l'autre moitié, près du nez, demeurait fournie, lui changeait le visage, en raccourcissant ces deux arcs. Elle rallongea. Il fallait être convenable pour ce monsieur ; il fallait lui tirer de l'œil ce regard radar qui se trahit aussitôt et vous renseigne sur ce que vous êtes devenue. De chez Me Lantron, cousin éloigné qui au sortir de ses cours, le soir, l'employait à de menus travaux et lui assurait ainsi quelque argent de poche, Edith avait téléphoné l'avant-veille :

— Papa est rentré de Nantes. Il passera chez toi dimanche vers quinze heures pour ce que tu sais.

Zèle inattendu ? Contrôle ? Gérard et Solange ne s'étaient pas revus depuis leur divorce. Habitant à moins de cinquante kilomètres l'un de l'autre, ils s'évitaient soigneusement. Gérard ne traversait jamais Nemours pour ne pas être obligé de passer devant la boutique. Solange s'interdisait de céder à la curiosité et d'aller voir quel genre de maison contenait, avec son ex, sa prof et leur gnard, la moitié de son ancien mobilier. Ni elle ni lui ne décrochaient l'appareil à l'occasion des rares affaires qui les concernaient encore. Toute communication passait par Edith, si neutre, si discrète en ses navettes que l'incendie de la librairie, Gérard en avait d'abord été informé par un article, en page locale, de *la République de Seine-et-Marne*.

— Comme d'habitude il va être en retard.

Penser tout haut, voilà deux ans qu'elle le faisait, dialoguant parfois d'une curieuse façon avec elle-même.

— Quelle habitude? Il en a peut-être de différentes, maintenant. Tu parles comme si tu étais encore sa femme.

Elle haussa les épaules, considéra le coffret où s'alignaient sept tubes remplis chacun de sept capsules de *Concentré biologique anti-temps* et, relisant la notice qui parlait *d'actifs purs neutralisant les rayons UV et piégeant les radicaux libres qui altèrent la peau,* hocha la tête en émettant un petit rire aigre. On se dope, bien sûr, plus qu'on ne se dupe. Et soudain elle tressaillit: le timbre de la boutique venait de retentir:

— J'espère qu'il ne m'amène pas l'autre! fit-elle en allant se poster sur la marche la plus haute de l'escalier intérieur, mirador de routine d'où elle surveillait quotidiennement la clientèle déballant son linge sale. Pour la démonstration elle avait volontairement laissé ouvert son Lavomatic et Gérard, le même Gérard, enfin presque, peut-être légèrement voûté, mais toujours brun, soigné, ciré d'en bas, sanglé du milieu, reteint d'en haut, observait la rangée de blanches machines faisant face à la rangée de chaises d'attente. Salué avec enthousiasme par le teckel — pour qui le divorce n'existait pas —, immobile, ne daignant même pas lever le nez, il racontait d'une drôle de voix sa version du désastre:

— Vive les courts-circuits! En vendant ton fonds, tu n'aurais pas liquidé le tas de bouquins au tiers de sa valeur. Mais la Providence veille sur toi. Elle permet que ça brûle aux trois quarts et que les pompiers fassent une soupe du reste. Bernard, honteusement, s'en-sauve, te croyant sur la paille. Il a tort. Tu étais bien assurée. On te retape la baraque. On te rembourse le stock, valeur d'inventaire. Tu n'as plus qu'à changer de patente...

A Solange de descendre deux marches. Puisqu'il prenait les choses sur ce ton-là, autant relayer Gérard :

— Exact, fit-elle. Faible mise, pas de compétence spéciale, un peu d'attention. A condition de tourner huit machines nourrissent une femme seule. Tout juste, je dois dire. L'idéal, pour supprimer le loyer, serait d'acheter les murs qui, justement, sont à vendre. Mais là, je ne peux plus...

— J'achète : au nom d'Edith, bien entendu, et en avance d'hoirie. Nous sommes d'accord ?

Elle inclina la tête et de marche en marche, oscillant du talon, cherchant des yeux qui ne la cherchaient pas, elle mit une demi-minute pour arriver en bas. C'était clair. Il ne voulait pas monter, revoir des meubles et des objets qui avaient émigré de sa vie. Pas de rencontre en privé. Il reprenait :

— Alors nous nous retrouverons avec Edith et les vendeurs chez le notaire d'ici une quinzaine. Ce que je veux, comprends-moi bien, c'est, maintenant que ta pension provisoire est éteinte, aider à ce que tu t'en sortes, à ce que vive décemment la mère de ma fille. Je regrette déjà que sa grand-mère ne soit pas dans ce cas. Mais moi non plus je ne peux pas tout faire.

Solange s'était arrêtée à un bon mètre de lui : distance qu'aucune botte de sept lieues ne saurait plus franchir. Lui, faussement distrait, rapprochait mentalement deux dates, soustrayait l'une de l'autre : 1987 moins 1935. Soit cinquante-deux. Le double de vingt-six : l'âge qu'elle avait quand il s'était rendu au premier rendez-vous dans l'ombre de la traboule. Ce qui paraît naturel quand il s'agit d'inconnus ne cesse de nous offenser quand sont en cause des témoins dont les comptes obèrent aussi les nôtres. Cinquante-deux ! C'était peu pour lui, trop pour elle. Le regard que Solange attendait l'atteignit, s'attarda, puis se détourna. Evidemment il n'y a nulle part, sauf sur la planète imaginaire de Salacrou, des montres dont les aiguilles tournent à l'envers, des gens dont le destin est de rajeunir jusqu'à ce qu'ils en meurent. Evidemment il n'y a que les statues qui puissent rester intactes. Tout de même, folle peut-être, mais pas molle, elle s'était toujours âprement défendue ; elle continuait ; elle vivait le plus loin possible de son âge : apparemment pour rien, pour personne — encore que, à en croire certains, ce ne fût pas si sûr.

— Je te remercie, fit-elle.

Le frémissement de sa lèvre en disait davantage. On se sépare, on se répare, mais rien n'efface tout à fait ce qui ne peut pas ne pas avoir été. Gérard déjà s'écartait, dérivait vers la porte, lentement, comme indécis. Peut-on embrasser bonnement une ancienne femme avec qui vous avez vécu vingt ans, que vous avez remplacée, mais avec qui au nom de l'enfant commun vous avez fait la paix ? Ça ne lui venait pas vraiment à l'esprit. Sans doute serait-il resté plus longtemps si Solange avait prononcé le nom de Noël. Mais pour la mère de la fille, ménagée à ce titre, le demi-frère relevait d'une parenté forcée, pour ne pas dire pénible. Ça ne pouvait pas non plus lui venir à l'esprit. Francine lui ayant été hostile ainsi que les enfants, elle ne sut évoquer que la très vieille tante :

— Mais dis-moi, si je ne m'abuse, Mamirna va avoir cent ans.

— Oui, fit Gérard, et ça fait du bien de se dire que, même s'il s'agit d'un cas exceptionnel, on a encore une génération au-dessus de soi, qu'elle vous donne l'exemple...

Puis aussitôt, rendant la politesse, il demanda :

— Que deviennent tes sœurs ?

Mais comme Solange faisait deux pas vers l'escalier, tête retournée, muette invite à la suivre, il ouvrit brusquement la porte dont le timbre servit d'adieu. Sur le trottoir il leva une main dont les doigts durant quelques secondes pianotèrent dans l'air. Sa voiture était rangée en face, un prospectus bleu coincé sous l'essuie-glace. Sa hâte était facile à interpréter : il avait voulu voir, il refusait de s'émouvoir, de s'appesantir sur le passé. Plantée derrière sa vitrine, Solange ne pouvait que lui donner raison et, comme il braquait son volant, elle se mit à tourner la manivelle du rideau de fer.

36

Onze heures. Sur la machine à traitement de texte qui a fini par remplacer sa vieille Underwood et dont il ne sait pas encore bien se servir, Gérard a tapé quatre pages : consacrées aux Adventistes du Septième Jour et terminant le quarantième chapitre de l'interminable ouvrage entrepris sur *les Sectes* depuis la parution de son *Constantin*.

Onze heures et demie. Signature du compromis de vente des murs du Lavomatic, en l'étude des frères Perrinet, notaires associés. Il a filé tout de suite après.

Midi et quart. Déjeuner au snack du Restoroute avec Edith, chaudement félicitée pour avoir repéré dans *l'Echo du Gâtinais* l'annonce d'un commissaire-priseur habilité à liquider sur place un lot de meubles et d'objets divers dont une « caissette contenant des coquillages ». Le vrac, en tel cas, promet de la casse et pour un amateur c'est un peu l'équivalent de ce qu'est pour un enfant une pochette-surprise.

Quatorze heures. Antiquaires et particuliers n'achètent guère, à titre décoratif, que de la grosse coquille, bien présentée : genre strombe, triton ou volute. La caisse a été enlevée pour trois fois rien.

Dans la voiture même père et fille n'ont guère trouvé que troques épointées, avicules morcelées, spondyles aux épines cassées. Mais tout de même un beau et solide ptérocère, intact, frère de ceux que les îliens de l'Indo-Pacifique utilisaient jadis comme coups-de-poing.

Seize heures. Gérard a ramené Edith chez Francine qui, tout excitée, venait d'avoir le maire au bout du fil. Un maire lyrique. La ville fêtera le 22 janvier sa centenaire et en même temps une famille qui, de Mamirna à la petite Irène, compte cinq générations vivantes : exactement ce que raconte Mme de Sévigné ébaubie d'entendre une vénérable dame en alerter une autre en lui lançant : *Ma fille, dites à votre fille que la fille de sa fille crie !* Pour le déjeuner Francine prévoit déjà, symboliquement, un gâteau à cinq étages, une *ziggurat* en pâte de marrons nappée de chocolat...

*

Dix-sept heures. La nuit tombait quand Gérard est rentré à Moret. Il n'a pu s'empêcher de tiquer en apercevant Irène en train de jouer dans la salle avec Noël :

— Bruno m'a amené la petite pendant ton absence, s'est empressée d'expliquer Yveline. Rose attend son second, tu le sais, et le gynéco veut qu'elle s'allonge.

Le mois passé, elle s'était déjà fait avoir par André, lui imposant Gérard III pour huit jours... vite transformés en quinzaine. On ne peut plus dire qu'elle n'est pas acceptée, la situation ! Elle inspirerait plutôt aux enfants une sorte de fierté bougonne et un bel entrain pour exploiter Yveline, trop bonne fille, croyant avoir une dette envers eux. Ils oublient que pendant les cours d'Yveline c'est une gardienne qui s'occupe de Noël et que celle-ci n'aime pas qu'on lui confie deux enfants au lieu d'un. Père fervent, mais plus médiocre aïeul — et le sachant, et le regrettant, et faisant tout ce qu'il peut pour le cacher —, Gérard déjà s'avançait pour mignoter un peu la gamine quand son regard est tombé sur une photo du *Monde* ouvert sur la table. Il s'est arrêté net. Il s'est penché. Il s'est relevé, tâchant de ne pas avoir l'air trop grave pour ne pas inquiéter Yveline qui, forcément, avait lu l'article avant lui et l'enveloppait du regard :

— Encore un ! a-t-il dit simplement.

Il hésite, puis décide mollement :

— Je crois que je vais aller marcher un peu.

*

Pour ne pas tricher comptez vos pas, recommandait le cardio. Sachant pertinemment que le bout de l'avenue en vaut neuf cent cinquante, il les compte rarement, mais il le fait cette fois, avec rigueur. Il se doit en principe deux aller et retour. Mais tiendra-t-il ? C'est ridicule d'être gêné par les coins d'ombre dense entre deux réverbères. C'est insupportable, cette sensation de froid dans le dos, cette impression que *ça se rapproche de lui* ou, plutôt, qu'il avance dans une zone de plus en plus dangereuse, un champ de tir où chaque mois tombent des titulaires de la septième dizaine qu'il a plus ou moins fréquentés. Depuis le début de l'année ça défile, ça défile. Yves Allégret, le 31 janvier. Alain Gaude, son meilleur ami, le 18 février. Georges Arnaud, le 4 mars. René Hardy, le 12 avril. Roger Cazes, le 23 avril. Jean Delay, le 29 mai. Yves Jamiaque, le 8 juin. Michel de Saint-Pierre, le 19 juin. Henri-François Rey, le 22 juillet. Jean Bloch-Michel, le 14 août. Jean Anouilh, le 6 octobre. André Roussin, le 3 novembre. Georges Franju, le 5 novembre. Et ses collègues historiens Jean Maîtron, le 16 novembre, puis Jean Bouvier, dont parle *le Monde* du jour, décédé l'avant-veille, mercredi 9 décembre...

Obsèques. Obsèques. *A qui le tour?* On peut comprendre les gens qui refusent les calendriers, celui des Postes notamment que le facteur renouvelle chaque année en empochant vos étrennes et dont rien ne prouve qu'il vous garantisse douze mois. On peut comprendre ceux qui en arrivent à craindre tout ce qui se termine : la fin de la bougie, la fin de la bouteille, la fin du livre, la fin du film, la fin du jour, toutes trop vite venues, annulant de courtes durées, préfaçant ce qui sera la fin des fins. On peut comprendre qu'ils craignent aussi tout ce qui commence et, plus que les autres, les entreprises à long terme, les travaux de longue haleine exigeant, au propre comme au figuré, assez de souffle pour les mener à bien...

Mais stop ! Voici le bout de l'avenue. Gérard s'arrête devant le numéro 178 où, gardant la masse indistincte d'un simili-manoir normand dont une seule fenêtre est éclairée, deux chiens-loups, dans un furieux va-et-vient le long de la clôture, l'engueulent copieusement...

Ils ont raison ! Gérard se redresse, pivote sur ses talons. Quand par séries entières, comme des titres amortis, ceux-ci, puis ceux-là disparaissent autour de vous, il n'y a que deux attitudes possibles : céder à l'angoisse d'être amputé de la vie d'autrui ou se réfugier dans le fortin de la sienne. Elles ne se contredisent pas, elles peuvent se suivre et la seconde, sans l'offenser, vous protège de la première.

Il s'est remis à marcher. En sens inverse. Un peu trop vite. C'est vrai que l'hécatombe ne s'arrêtera pas. C'est vrai qu'il n'est pas souhaitable de survivre outre mesure, qu'il est préférable de s'en aller lorsqu'on devient une charge au lieu d'un secours. C'est vrai qu'un jour, en sa définitive absence, Yveline sera seule avec l'enfant, qui aura peu connu son père et pour qui elle évoquera quotidiennement de petits souvenirs douloureusement doux, rappelant par exemple au fromage que papa préférait le brebis des Pyrénées ou qu'en fait de coiffure, ignorant la raie, il ramenait d'un coup de peigne ses cheveux sur le front. Mais c'est vrai qu'en attendant — et si possible en attendant longtemps —, même s'il ne coupe pas à quelques légères défaillances, même s'il doit être client d'une thalassothérapie annuelle, rester fidèle à la gastronomie minceur, aux extraits de papaye, aux gélules quotidiennes, même s'il doit recourir discrètement pour assurer ses prestations nocturnes bihebdomadaires aux capsules de céleri ou — mieux — aux glossettes de stérandryl, il est là ! Un peu là ! Il existe ! Il fonctionne, *adulte prolongé* sachant que le quatre-vingts est devenu banal ; que les centenaires ont été multipliés par dix et même par trente en certains coins, par exemple en Géorgie où les macrobiens sont assez nombreux et en assez bon état pour composer le fameux orchestre de Soukhoumi ; qu'il n'y a d'ailleurs pas besoin d'aller chercher si loin ce qu'on a dans sa propre famille avec Mamirna ; et que, n'en déplaise aux grincheux vous taxant d'égoïsme ou de naïveté, c'est la plus saine ambition qu'on puisse avoir pour contrer les responsables de ce monde — Dieu, le hasard, la nature, la société —

qui n'ont jamais réussi à former un homme en moins de vingt ans et le mettent en retraite à soixante avec la même désinvolture qu'un ingénieur assez maladroit pour construire en vingt jours une voiture qui n'en pourrait rouler que quarante.

Il marche. Au-dessus de lui dans un ciel dégagé, maintenant bien noir, scintillent froidement des centaines d'étoiles, toutes expédiant en raison de leur distance une image-retard d'ancienneté variable. On distingue même, à côté de Mirach, la tache blanchâtre de la galaxie d'Andromède pour qui, à deux millions d'années-lumière, ni Gérard ni ses plus lointains ancêtres ni même la race humaine ne sont encore apparus. Qui prétend qu'il n'y a pas de machine à remonter le temps ? Il faut rire, bonhomme ! Sans changer d'avis pour autant il faut se dire que, si à trente parsecs d'ici l'univers nous ignore, sur la terre familière, sur la terre fourmilière, c'est à peu près pareil ! Faim, guerres, misère, cancer, cataclysmes divers font rage. Voilà des drames plus urgents que celui de l'âge qui concerne tout le monde, mais pas tout le monde en même temps et n'émeut plus personne quand il s'agit d'un privilégié ayant déjà vécu près de trois quarts de siècle...

*

Stop ! Cette fois devant la maison, dont la salle d'eau est éclairée. Irène et Noël, plongés dans la même baignoire, y sont sûrement en train de s'éclabousser ou de faire flotter le thermomètre en forme de bateau. Cependant Gérard s'attarde une minute : au-dessus de la girouette invisible à cette heure, mais dont il connaît l'emplacement, s'avance d'est en ouest un point lumineux : un satellite qui chatouille l'immobilité des constellations. Gérard le suit du Cygne dans le Dragon, puis brusquement pousse la grille, traverse le jardin dont crisse la mignonnette. Il entend déjà une voix tendue, typique, d'annonceur lisant son texte : *La Nouvelle-Zélande proteste contre la décision, prise par Paris, de rapatrier le commandant Mafart...* Mais la main qui s'avançait vers le bouton de la porte d'entrée se porte vivement à la hauteur de sa cravate. Gérard lâche :

— Qu'est-ce que c'est ?

Rien de plus. Il sait très bien ce que c'est. Ce n'est ni la première ni la dernière fois que ça le traverse. La douleur est vive : en coup de poinçon. Rien d'autre à faire que de rester immobile, de pacifier sa respiration, de la commander en inspirant calmement, profondément. Pas un geste. Sauf pour glisser le comprimé de Risordan habituel qui doit fondre sous sa langue...

*

C'est passé. Un peu pâle, Gérard pénètre dans la salle juste au moment où y débouchent Yveline et les mioches, Irène en pyjama bouton-d'or donnant la main à ce grand-oncle en pyjama bleu qui a un an et une demi-tête de moins qu'elle.

— Toi, Gérard, tu es fatigué, dit Yveline, sourcils froncés.

Et aussitôt :

— Deux appels durant ta promenade. A l'occasion du millénaire le Club Parole aimerait que tu fasses une conférence sur Hugues Capet. Quant à Mme Strumberg, de Radio Canada, elle demande si tu pourrais détacher certains chapitres des *Sectes,* comme ceux qui concernent les mormons ou les témoins de Jéhovah, pour en faire une série d'émissions.

Gérard qui s'est assis, qui a déjà sur chaque genou un enfant fleurant l'eau de Cologne, qui s'enfonce dans le doux, élude immédiatement :

— Que le Club s'adresse aux spécialistes : Bordonove, Pignon ou Sassier qui viennent tous d'épouiller Hugues Capet ! Quant à déflorer mes textes, non, je ne cours pas après le dollar.

On se resserre. Yveline pose une fesse sur le bras du fauteuil, tandis que la marmaille se chamaille pour occuper le côté droit du veston. Légèrement aidé, le hasard favorise Noël. Irène se rabat sur une cuisse qu'elle chevauche en criant *Hue, Papi !* sans se douter, l'innocente, que ce diminutif, accepté par son papi Raon, horrifie son papi Laguenière. Il est, celui-là, parfois capable de penser qu'une arrière-petite-fille possède seulement le huitième de ses gènes : pas plus qu'un cousin issu de germain. Mais il se rachète en professant que, si vous est plus cher celui que vous avez fait vous-même et encore plus cher celui que vous êtes en train d'élever, il n'en reste pas moins que l'enfant par procuration, l'enfant de l'enfant de l'enfant, de génération en génération vous propage à l'infini...

Il fait bon. Entre leur bain et leur dîner que suivra leur mise au lit, c'est un moment câlin réservé à la petite classe : quelques minutes insignifiantes en apparence. Mais Gérard, pour qui chaque minute compte, n'est pas de ceux qui croient qu'il y a des bonheurs fades. Yveline dit des choses, en mélange : que le gamin ne peut plus mettre le pull tricoté par Marie, que l'Agence Havas a expédié les billets pour l'Utah, que l'électricien a envoyé sa note, plutôt salée, qu'elle regrette de n'avoir pas vu le spectacle de Robert

Hossein : *L'Affaire du courrier de Lyon...* Gérard écoute de l'oreille gauche en essayant de distinguer ce discours de celui que, dans l'oreille droite, lui balbutie son fils. Oui, il fait bon et les radiateurs n'en sont pas les seuls responsables. Trois ans qui ne furent pas plus d'extase que de popote, mais de travail comme de sorties, d'entente de jour et de nuit, avec des fâcheries bénignes, des sautes d'humeur inévitables, des mots pointus donnant sitôt envie de baiser la bouche fautive, voilà qui justifie l'invocation de l'humoriste : *Seigneur, assurez-nous l'emploi, l'amour et le charbon !* Mais Noël s'agite, Irène miaule qu'elle a faim...

— A la soupe ! décrète Yveline qui, raflant l'un et l'autre, les emporte, riant, criant, battant l'air de quatre jambes et de quatre bras.

Vraiment, Gérard a envie de dire merci. Et pourtant au bout de vingt secondes son sourire disparaît et c'est *merde !* qu'il murmure. Un nouveau coup de poinçon lui passe entre les côtes.

37

A une heure imprécise Yveline s'est réveillée : probablement parce que la fatigue évidente de Gérard, rentré d'un court séjour à Salt Lake City, l'avait inquiétée la veille au soir.

Les volets étant crochetés, les rideaux soigneusement tirés, c'est dans l'obscurité absolue qu'elle a ouvert des yeux inutiles sur soixante mètres cubes de nuit où, seule, la mémoire intime des lieux lui permettait de remettre les meubles en place : l'armoire au milieu de la cloison d'en face, la commode à droite de la porte, la table entre les deux fenêtres, le lit orienté nord-sud et encadré par deux chiffonniers assortis à l'ensemble, d'orme massif, réclamé par Yveline soucieuse de coucher « dans une chambre n'ayant, comme elle, servi à personne d'autre ».

Elle n'a pas bougé. Elle n'était qu'une tête hors des draps. Rien ne prouvait que descendît vraiment du plafond un lustre en étoile garni de cinq ampoules de quarante watts, elles-mêmes chapeautées de menus abat-jour en vessie de porc. A la rigueur se devinait, à sa très faible odeur résiduelle, l'existence d'un tapis marocain tissé avec la laine de moutons de l'Atlas. Mais le grand noir, exaltant l'ouïe, la rendait sensible à des craquements infimes, au glissement fluide de l'eau dans les radiateurs et, surtout, à cette horloge vivante qu'est une respiration, inhalant seize fois par minute. Celle de Gérard, aussi calme, aussi régulière que la sienne, n'avait rien d'alarmant. Elle s'est rendormie.

*

Pour se réveiller en sursaut, une heure ou deux plus tard, pas sûre d'avoir rêvé, pas sûre d'avoir vraiment entendu un cri étouffé, à côté d'elle. Dans cet état encore tout soporeux dont il lui faut brusquement émerger, Yveline a besoin d'une minute pour se démêler, pour retrouver le sentiment. Quoi donc ? Qu'y a-t-il ? Ténébreuse, à croire qu'elle est tapissée de papier carbone, la pièce semble maintenant condenser le silence. Yveline, qui se tient le sein gauche au-dessous de quoi ça cogne, s'est assise dans le lit. Reprenant conscience, elle s'interdit l'affolement, mais acceptant de ne rien voir refuse de ne rien entendre, sauf ses propres battements. Elle n'ose toucher, déranger le repos de cette masse invisible, immobile, qui s'allonge dans l'autre moitié du lit et dont la présence n'est certifiée que par la tiédeur limitrophe du drap. Alors elle se penche, elle écoute de très près, elle arrive à distinguer de la sienne une respiration courte qui n'a plus rien à voir avec ce qu'elle était tout à l'heure. Pas de plainte. Pas de râle. Mais pourquoi si peu de souffle ? Elle se décide, avance la main, tâtonne, saisit enfin un poignet de Gérard qui ne réagit pas.

— Chéri ! murmure-t-elle, d'une voix blanche.

Difficile à trouver, le pouls est rapide, fuyant, presque imperceptible. Mon Dieu ! Yveline soulève le bras, le secoue, le lâche, le laisse retomber, flasque, sur la couverture. Gérard n'a toujours pas bronché.

— Chéri !

Cette fois, c'est un cri. Yveline sait maintenant que ses craintes étaient fondées. A vrai dire elles n'ont jamais cessé, elles datent d'aussi loin qu'elle peut se souvenir, mais ce qui peut arriver, tant que ça n'arrive pas, semble jour après jour plus improbable, alors même qu'en épuisant la chance jour après jour s'en accroît la menace... Trois ans ! C'est tout ce qui lui a été donné. Trois ans et ce serait fini ? Mais non, rien ne le prouve. Yveline cherche nerveusement l'interrupteur à deux touches, les enfonce, allume tout, la veilleuse comme le plafonnier ; et la lumière crue, qui lui pique les yeux, qui ressuscite soudain le plafond très blanc, la chaude couleur des panneaux d'orme, le bouquet de roses de Noël posé sur un napperon, le valet de nuit où Gérard a soigneusement rangé ses effets la veille au soir, éclaire aussi cette tête dont la nuque creuse le traversin, dont le visage de cire, déformé d'un côté, n'a plus d'expression sous le pointillé blanc d'une barbe de deux jours contrastant si fort avec les cheveux bruns qu'ils ont l'air d'une perruque.

Un instant, parce que c'est plus fort qu'elle, parce que ce gisant lui a encore fait l'amour hier soir, Yveline, mue par l'improbable espoir d'un simple malaise, par le refus de son impuissance, baise une bouche froide, tapote des joues, des mains dont les tracés veineux ont presque disparu. Puis, très vite édifiée, elle se redresse, elle court, elle se précipite sur le téléphone. Elle sonne le cardio. Elle sonne Lhomond. Elle sonne Francine. Elle sonne André à qui elle demande, épuisée, d'avertir le reste de la famille.

*

Et maintenant elle attend. Elle est seule dans la pièce en face d'un homme en retraite de son corps. Elle est seule dans la maison avec deux enfants en bas âge qui dorment de l'autre côté du mur, deux enfants qu'il n'est pas question d'alerter mais dont elle ne saurait que faire si l'un d'eux, Noël notamment, à qui cela arrive, venait sur ses pieds nus demander le pot.

Elle attend. Elle n'a pas pu avoir le cardiologue ; il ne se dérange pas la nuit ; c'est un répondeur, utilisant la voix de la secrétaire, qui répète : *Au top, veuillez préciser votre nom, votre adresse, votre numéro de téléphone et le motif de votre appel. Au besoin appelez le Samu.* Lhomond, malgré l'heure, malgré la distance, doit être en route. Il a crié : *Surtout ne le bougez pas. Couvrez-le. J'arrive.* Francine doit être en route. Elle a crié : *Je viens, je viens tout de suite avec Edith.* André, lui, rappellera demain matin. Il a dit : *Ce n'est peut-être pas si grave que vous le pensez.*

Elle attend. Ce n'est peut-être pas si grave, en effet. Ce l'est peut-être plus encore qu'elle ne le craint. A genoux au bord du lit elle guette le moindre signe, le moindre mouvement ; elle n'a pour se rassurer que celui de la poitrine qui, sous la veste de pyjama, se gonfle et se dégonfle faiblement. Elle se recroqueville, elle-même oppressée, en proie à un tourbillon de réflexions confuses. Quand elle s'est réveillée, la première fois, c'est clair, Gérard n'avait rien. A ce moment-là elle aurait pu faire quelque chose pour éviter l'attaque. Mais pourquoi aurait-elle tenté quoi que ce soit sans savoir ce qui allait se produire ? Elle ne pouvait pas deviner, c'est vrai. Pourtant l'extrême lassitude de Gérard était visible. Même pour fêter son retour, elle aurait dû ne pas y ajouter et se refuser tendrement. Un effort de plus, sait-on ce qu'il coûte ? Au surplus elle n'a pas vérifié la boîte de survie. Pendant son voyage Gérard a-t-il pris ses médicaments ? A-t-il oublié sa trinitrine ? Si oui, il était sans défense. Si oui, il fallait tout de suite le surdoser.

Elle attend. Elle tente de remonter le temps. Qui pourrait faire en sorte que *cela* ne soit pas arrivé, qu'on en revienne à hier ? Par exemple, au moment où Gérard est sorti de la douane, poussant un chariot chargé de deux valises dont une pleine de cadeaux détaxés. Au moment où tous les deux ils ont pris l'apéritif au bar de l'aéroport, où ils ont ri parce que le serveur, à qui Gérard venait de réclamer un porto, se retournait vers elle pour demander : *Et pour vous, mademoiselle, ce sera la même chose que pour votre papa ?* Au moment où, l'un et l'autre haletants, vers onze heures, ils se sont disjoints. Au moment où ils ont éteint en se disant : *Bonne nuit !*

Elle attend. Ah, la bonne nuit, en effet ! Comment se couper de ce qui vous est si proche, comment accepter que, dévolu, ce soit aussitôt révolu ? Sans transition. Sans ménagement. Elle tremble. Elle s'égare. Et voilà qu'au lieu de le remonter elle a soudain hâte de descendre le temps, de voir passer la semaine au bout de quoi la dernière fois elle a su que Gérard était hors de danger. Que fait Lhomond ? Que fait Francine ? Il faut que vite, très vite, Gérard soit transporté à l'hôpital, soigné, réanimé. Il faut qu'on le sorte de cet état. Le répondeur avait sans doute raison, en lui conseillant d'appeler le Samu. Elle peut toujours. Elle hésite, parce que c'est à Lhomond de juger de la situation, parce qu'il est possible qu'il ait déjà averti un service. Elle hésite et finalement renonce parce que l'appareil est dans la salle, et qu'en son absence Gérard pourrait ouvrir un œil et se croire abandonné. Elle attend. La tête lui tourne. Elle l'appuie sur le bord du lit. Elle n'en peut plus, elle se laisse aller...

*

Ce sont Edith et Francine qui, chacune par un bras, l'ont relevée, honteuse d'avoir craqué. Elles ont les clefs de la maison, elles s'y sont glissées sur la pointe des pieds pour ne pas réveiller les enfants. Maintenant, encadrant Yveline qu'elles tiennent encore par les coudes, aussi effrayées qu'elle, les yeux fixes, elles restent figées devant ce zombie qui, voilà quelques heures, leur annonçait joyeusement son retour en leur promettant une surprise.

— *La dame noire repasse toujours,* murmure Francine, accablée.

C'est le titre même d'un article nécrologique signé discrètement *G.L.* et retraçant la carrière d'un ami journaliste qui avait vingt fois échappé au pire. Mais Yveline s'est reprise et trouve une étrange réplique :

— Ne le condamnez pas. Il a déjà su avorter de sa mort.

— Vous avez vu sa mâchoire ? souffle Edith, très bas. Elle n'en dira pas davantage. Une portière a claqué, dehors. C'est sûrement Lhomond qui, descendu de voiture, écrase du gravier et, traversant des portes laissées béantes, débouche dans le couloir, de ce pas de médecin toujours un peu retenu, posé à pleine semelle sur les parquets. Il entre, trousse en bout de bras, et le coup d'œil qu'il jette sur le lit, le haut-le-corps qui l'accompagne en disent long. Il salue, d'un air navré, ne s'attarde pas, se penche sur son malade en bougonnant :

— Tous les mêmes ! Ils prennent leurs médicaments et se croient quittes. Ils oublient qu'ils sont des handicapés du moteur. Surmenage, trimbalage d'avion en avion, décompression, décalage horaire, écarts divers, imprudences répétées et voilà ce que ça donne... N'aviez-vous donc aucune autorité sur lui, Yveline ?

— Sur le sujet, aucune ! balbutie la jeune femme. Vendredi 16 il a eu un malaise qu'il m'a avoué le lendemain. J'ai essayé de l'empêcher de partir pour les Etats-Unis. Il m'a répondu, comme toujours : Si je cesse de faire mon métier, je ne peux pas vivre. Continuer, c'est le moindre risque.

— Le moindre risque ! Vous voyez ce que c'est...

L'ami l'emporte sur le praticien, dont la voix s'est enrouée et qui secoue sa barbe en ajoutant :

— Edith, laisse-nous cinq minutes et si tu peux fais-moi un café bien serré...

La fille écartée, il arrache les couvertures pour découvrir le père dont le pantalon de pyjama est souillé.

— On ne pourra vraiment faire d'examen sérieux qu'à l'hôpital. Votre description, Yveline, ne me laissait guère de doute. Avant de partir j'ai pris contact avec Fontainebleau.

— C'est un nouvel infarctus ? demande Francine d'une voix peu convaincue.

Lhomond ne répond pas. Il procède méthodiquement aux contrôles de routine. Mais le sang-froid professionnel cache mal sa tristesse comme son embarras. Sitôt paru, hélas ! il n'a pu qu'être édifié. Même pour des profanes l'insensibilité générale, la déviation du maxillaire, la main en flexion devraient être des signes éloquents. Stéthoscope, tensiomètre ont regagné sa trousse. Il retire une épingle du revers de sa veste et gratte le bord externe de la plante du pied : les orteils, au lieu de se fléchir, s'écartent en éventail. Il n'avait pas besoin de cette confirmation, mais elle a le mérite d'intriguer la famille. Son goût de rassurer, cette fois, serait condamnable. Il tousse, il se décide :

— Vous le voyez comme moi : c'est une hémiplégie. Je ne prétends pas que le cœur ne soit pas en cause. Au contraire, c'est sûrement lui qui a lâché le caillot...

Yveline est devenue blanche. Elle articule avec peine :

— Vous voulez dire...

— Excusez-moi, je vous dois la vérité : quoi qu'il arrive, Gérard restera paralysé du côté gauche ce qui est tout de même moins grave que de l'être du côté droit puisqu'en ce cas l'aphasie lui ôterait la parole.

Yveline se cramponne à l'épaule de Francine. Elle ferme un instant les yeux. Celui qui est là, couché de tout son long, ignorant tout le monde, il avait parfois, quand il était debout, de terribles boutades : *Moi, je veux mourir en bonne santé, couic, comme un guillotiné.* Ou encore : *Pas de déchéance à l'échéance : sinon je sais ce qui me reste à faire.* Ce qui l'attend, le malheureux, serait-ce donc l'inverse ?

— Il a tout de même une chance de s'en tirer ? souffle Francine.

— Oui, lui accorde Lhomond, traînant sur la diphtongue.

— Une chance ! Pour ce qu'il risque, est-ce le mot juste ? murmure Yveline.

— Il a toujours été crâne et même un peu crâneur, reprend Francine. S'il s'en remet...

Le doute l'étrangle. Lhomond va terminer la phrase :

— S'il s'en remet, il lui faudra une autre sorte de courage.

Trop est trop, cependant : le souci de ne pas entretenir d'illusions ne doit pas aller jusqu'au refus de tout espoir. Deux doigts dans sa barbe, dérivant vers la porte, il concède :

— Soyons franc : ce n'est pas le cas le plus fréquent, mais il y a des paralysies qui rétrocèdent.

*

La sirène d'une très lointaine usine, le passage d'un poids lourd dans la rue, des pépiements de moineaux qui griffent les gouttières annoncent l'imminence du jour. Tandis que Lhomond, au téléphone, confirme à l'ambulancier l'urgence du transfert, le numéro de la rue, l'itinéraire, Yveline et Francine, que vient de rejoindre Edith, sont restées près du lit. N'osant s'asseoir, ne sachant que faire de leurs mains, exténuées d'inquiétude, les trois femmes parlent tout bas et leurs chuchotements se croisent, indistincts :

— Il respire plus vite.

— Je crois que ce n'est pas bon signe.

— Il n'avait pas fait de bilan depuis six mois.

— Regardez : il bouge.

A vrai dire il ne s'agit que d'un remuement confus, peut-être dû à une inspiration plus profonde. Edith s'agenouille pour reboutonner la veste de pyjama ouverte par le médecin pendant l'auscultation. Mais soudain Francine se baisse et tend la main vers le médaillon d'or qui luit dans la broussaille de la poitrine :

— Nous ne pouvons pas lui laisser ça.

— Si ! dit fermement Yveline.

— Mais vous ne savez pas ce qu'il y a dedans.

— Si ! répète Yveline. Laissez-lui le médaillon. S'il le peut, s'il le veut, c'est à lui de choisir.

Chacune soutient le regard de l'autre qui peu à peu se noie. Tandis qu'Edith achève de refermer le col du pyjama et pose une main sur le front de son père, Yveline, très droite, regarde son mari et celui qu'elle voit, c'est celui de la veille : intact, *vivant son reste* avec cet appétit qu'il avait d'elle en même temps que de lui. Non vraiment, ce n'est pas le moment de le trahir. S'il doit être diminué, tel qu'il sera, de tout cœur elle l'acceptera, à condition qu'il s'accepte. L'amour, pour s'éviter un deuil, n'a pas le droit d'exiger davantage. Quoi qu'il arrive, elle est là, songeant que, prévenue, ce qu'elle a fait, elle le referait. Pour sa courte joie, à elle. Pour lui assurer, à lui, ses trente-sept mois de paradis terrestre. Pour ce petit garçon qui, de toute façon, le continue. Francine, écrasée par son poids, a fini par s'écrouler sur une chaise. Elle gémit :

— S'il meurt, il ne saura pas, du moins, qu'il a perdu.

La gloire avant le glas ! Il vit encore, Gérard. Il survivra peut-être. Mais s'il s'en va, Yveline, bravant l'idée qui la déchire, se doit de protester :

— Non, Francine ! Il aura gagné ! Il n'a jamais été vieux.

DU MÊME AUTEUR

Aux Éditions Grasset

Vipère au poing, roman, 1948
La Tête contre les murs, roman, 1949
La Mort du petit cheval, roman, 1950
Le Bureau des mariages, nouvelles, 1951
Lève-toi et marche, roman, 1952
Humeurs, poèmes, 1953
L'Huile sur le feu, roman, 1954
Qui j'ose aimer, roman, 1956
La Fin des asiles, essai, 1959
Plumons l'oiseau, essai, 1966
Cri de la chouette, roman, 1972
Ce que je crois, essai, 1977
Abécédaire, essai, 1984

Aux Éditions du Seuil

Au nom du fils, roman, 1960
Chapeau bas, nouvelles, 1963
Le Matrimoine, roman, 1967
Les Bienheureux de La Désolation, roman, 1970
Jour, poèmes, 1971
Madame Ex, roman, 1975
Traits, poèmes, 1976
Un feu dévore un autre feu, roman, 1978
L'Église verte, roman, 1981

Composition réalisée par COMPOFAC - PARIS

IMPRIMÉ EN FRANCE PAR BRODARD ET TAUPIN
Usine de La Flèche (Sarthe).
Librairie Générale Française - 6, rue Pierre-Sarrazin - 75006 Paris.

ISBN : 2 - 253 - 05479 - 8 ⊕ 30/6879/8